无法完成的画像

刘建东——著

河北出版传媒集团
花山文艺出版社
河北·石家庄

图书在版编目（CIP）数据

无法完成的画像 / 刘建东著. -- 石家庄:花山文艺出版社, 2022.3（2022.10 重印）
ISBN 978-7-5511-6092-6

Ⅰ.①无… Ⅱ.①刘… Ⅲ.①中篇小说－小说集－中国－当代②短篇小说－小说集－中国－当代 Ⅳ.①I247.7

中国版本图书馆CIP数据核字(2022)第030044号

书　　名：无法完成的画像
Wufa Wancheng De Huaxiang
著　　者：刘建东

选题策划：郝建国
责任编辑：申　强
责任校对：李　伟
装帧设计：陈　淼
美术编辑：胡彤亮
出版发行：花山文艺出版社（邮政编码：050061）
（河北省石家庄市友谊北大街330号）
销售热线：0311-88643221
传　　真：0311-88643234
印　　刷：河北新华第二印刷有限责任公司
经　　销：新华书店
开　　本：880×1230　1/32
印　　张：9
字　　数：190千字
版　　次：2022年3月第1版
2022年10月第2次印刷
书　　号：ISBN 978-7-5511-6092-6
定　　价：56.00元

目　录
Contents

丹麦奶糖

开车经过大门口，门卫曲辰挺直腰板，恭敬地向我的车行了一个军礼。看到他，我突然想到了皮包里放了几天的那盒丹麦奶糖，便摇下车窗，从包里拿出那盒糖扔给他。那是个精致的圆形铁盒，上面印着最著名的美人鱼雕像。他诚惶诚恐地接过去，又行了一个军礼。

这盒奶糖是数天前收到的。寄件人那一栏是空白，没有姓名和地址。外包装上全是英文，我拿出英汉词典，研究了半天，才明白是产自丹麦的奶糖，随手把它放在包里。时常会有这样的情况，莫名地会接到一些茶、土特产之类，往往很快就有人通过短信或者微信告知，这是他的一番好意。一般我都会笑纳。可一连几天，这盒奶糖却一直无人认领，这倒出乎意料。

我把奶糖交给了曲辰，我相信，这二十年里，他没有见过外国糖果，他一定喜欢北欧的口味。曲辰其实是我的大学同窗，大学时期我们志同道合，情如兄弟。这一年，因为成就突出，我开始享受政府特殊津贴；这一年春天，曲辰刚刚告别监狱。

一个多月前，我和肖燕站在监狱门口，看着曲辰从大铁门里出来，产生了某种错觉，像是回到了二十多年前，我和肖燕站在兰州大学的门口，看着最后一个豪迈地走出大学校门的曲辰。那个时候，在即将踏上社会的曲辰眼里，世界就像是一个等待他去收割的广袤的田地。时光流转，此刻的曲辰明显苍老许多，颓废许多，他看上去要比我大五六岁，抬头纹像是被刀子随意刻上去的。阳光其实并不强烈刺眼，他却下意识地眯起眼睛。我们相互拥抱，并流下了相对复杂的泪水。

在车上，我寄语曲辰："出来了就从头儿再来，好好混出个人样。"

肖燕一反常态："先别说理想和未来，先解决吃饭穿衣问题吧。"

曲辰吐了一路，把胆汁都吐出来了，其间我们还把车停在路边，等着他还神儿。他说他看见自己的魂儿被这辆汽车带走了，他蜡黄着脸，摩挲着车的座椅，问我这是什么牌子的汽车，他好像记得他们监狱长就有一辆这种汽车。肖燕告诉他是迈腾。曲辰感叹说，他进监狱前坐过的最好的车是桑塔纳。他问我，现在还有没有这款车。我拍拍他摇晃的身体，"老曲，还有。不过二十年，时代还是这个时代，没有任何变化。"

实际上，在随后的生活中，曲辰会日益感觉到，对他来说，这句话不过是安慰而已。

一九八九年夏天，我们仨从兰州大学毕业后，一起分配到石家庄工作，他的梦想就是做一名无冕之王。他的梦想是最早实现的，他得到了命运之神的垂青，按他的意愿被分到电视台做新闻记者。他生命中最闪光、最值得骄傲自豪的，都集中在最初的那几年时间里，他拼命地工作，努力地付出，经常加班加点，很快就脱颖而出，成了电视台的主力，年纪轻轻就做了新闻部的副主任。更让我羡慕不已的是，没两年他就神秘地向我们宣布，他恋爱了。那个叫孟夏的姑娘经常在电视屏幕上出现，主持《影视大世界》。他嘚瑟得要命，对我和肖燕千叮咛万嘱咐，要我们一定每期都看孟姑娘的节目。每次他打电话过来，印证我们是不是履行了承诺时，我都敷衍他，说看过了看过了。最不可理喻的是，他非逼着我们说出观后感，正当我犹豫地想说点儿什么来应付他时，他却迫不及待地、略有激动地说出他的观感。那长长的观感让我昏昏欲睡，而他语无伦次的声音，却能让我想象得出他手舞足蹈的样子。我从来没有面对面地接触过孟夏姑娘，也没见过他们俩成双成对在一起。在我的印象中，那个年轻貌美的姑娘，只适合出现在电视里，而不是我们真实的生活中。曲辰却生活在半虚幻半现实的情境之中。所以，某一天，当我在炎热的广州出差，竟然接到了他的长途电话，摊派给我一个匪夷所思的任务时，便没有什么大惊小怪的了。我都不知道他是怎么打听到我住在哪家宾馆以及房间的电话号码的，他几乎是对我下达命令，要求我必须替他买五斤荔枝，还特别提示我，孟夏超级爱吃荔枝。二十世纪九十年代初，在北方，荔枝还极其罕见。当我坐在拥挤的火车上，小心地看护着那一包荔枝时，突然就想到了“一骑红尘妃子笑，无人知是荔枝来”那句诗。在曲辰眼里，孟夏简直比杨贵妃还珍贵。

就是这样一个爱吃荔枝的姑娘，却让爱得疯狂而执着的曲辰，在命运的波涛中翻了船，落了水。一九九五年的冬天，大雾时常光临这座北方城市。那一年发生了后来震惊全国的聂树斌案。聂树斌在当年的四月被枪毙，只不过，那时候的一声枪响，像鞭炮声一样被仓促地淹没于历史的喧嚣之中了。一九九五年，河北省省会石家庄，萧条，灰色，没有一点儿现代化的气息，从曲辰工作的电视台向南走一百米，就是一片一望无际的麦地。那之后一年，北国商城才开业；那之后两年，石家庄地标性建筑电视塔才开始建设。雾和曲辰后来一直纠缠在一起，留在我的记忆里，是因为出事那天，是一个雾锁全城的夜晚。肖燕最先得到的消息，第一时间里，他想到的是打电话给肖燕。我骑着自行车，赶到电视台的集体宿舍时已是午夜时分，肖燕先我一步赶到。此时，曲辰正蜷在床上瑟瑟发抖，我闻到了一股浓烈的酒味。那个雾气弥漫的冬夜，曲辰前程似锦的生命黯然跌落，梦想从此消失。据曲辰的描述，那天夜晚，他在外面与人喝了酒，回到电视台集体宿舍时，听到对面主持人孟夏的宿舍里人声鼎沸，原来是一个陌生的男子在为主持人庆贺生日。他怒气冲冲地冲进去，责问主持人时，孟姑娘却勃然大怒，毫不客气地让他出去。曲辰灰溜溜地回到宿舍，越想越生气，等他再次闯进主持人的宿舍时，手里拿着一把在兰州买的很小的水果刀，就是这把不起眼的水果刀，要了那位陌生男子的命。愤怒冲昏了曲辰的头脑，刀子被他疯狂地挥来挥去，最后捅进了男子的大腿。曲辰复述时，故意漏掉了那个男子的身份。后来我们才得知，那个男子是位大学老师，主持人孟夏的男朋友。男子被送到医院后不久就因失血过多咽了气，因为刀子扎破了他的动脉。那是一个难熬的夜晚，曲辰完全傻了，他还不知道那个无辜的年轻人已经躺在几个路口之外的市三院的太平间里。他一语不发，静待着命运的夜晚快速逼近。天还没亮，警笛声就在电视台大院里响了起来。他被带上警车的最后时刻，含泪叮嘱我，要我替他照顾衡水乡下双目失明的母亲。

曲辰被判死刑，缓期执行。二十年来我遵守诺言，定期去看望他的母亲。而曲辰，如果不是自己的原因，在第十五年就能够出狱。死缓后来改成了有期徒刑，但是在临近出狱时，曲辰却试图越狱，延长了自己的刑期。又过了几年，他又涉嫌袭警，再次人为地延长了刑期。他害怕从监狱里出来。这一次，当他再次想赖在监狱里时，没有得逞。

出狱回城的车上，我问曲辰是不是回老家去看望一下老母亲。曲辰坚决而悲伤地摇摇头，“我哪有脸去见她，就当她老人家没我这个儿子吧。”

在酒店里给曲辰接风洗尘。曲辰却一滴酒也不喝，这就让气氛有些压抑。他显得犹豫，目光躲闪，连他以前最喜欢的鱼香肉丝也不敢轻易动筷子。人显得颓废，没有自信。肖燕问起他对未来的想法，曲辰万分沮丧地说：“不知道，我本来是想一辈子都躲在监狱里不出来，不见亲人，也不见你们。不知道哪儿出了问题，我尽力了，可他们说什么也不让我在里面待着了。”

曲辰无法预知和谋划他的未来，这和二十年前那个意气风发的年轻人已经不是一个人。他可怜巴巴地看看我，又看看肖燕，说：“反正我无处安身，你们要是怜悯我，就给我一口饭吃，如果有下辈子，我做牛做马来报答你们。”

他的话让我和肖燕心情很糟糕。半夜，肖燕从噩梦中惊醒，又把我推醒，问我为什么曲辰会变成这个样子。我打着哈欠说："如果你在监狱里待上二十年，还不如他呢。"

大学时期，曲辰是校园里的明星，校学生会主席，深得女生们的喜爱。肖燕也是其中之一。她说她从曲辰的身上看到了年轻时革命领袖的影子。但是她却没有选择曲辰，而是在大学最后一年接受了我。她明白地告诉我，曲辰强大的外表下隐藏着更加强大的不安。这一点不知她是怎么看出来的。

"你打算怎么安置他？"肖燕问。

"他要想有什么大的作为已经不可能了，我相信他自己也明白这一点。"我想了想，突然脊背上发凉，谁也无法保证，什么时候，你的生命就停留在某处，虽然躯体存在着，却已经失去了任何意义。

肖燕甚至比我还要悲观，她说："也许他已经不适应这个社会了。"

"在外面总比里面好。"我说。其实我们还没有做好充分的准备，不知如何让他融入这个已经完全不同的世界中。

"谁知道呢？"肖燕忧虑地说。

我给曲辰找的第一份工作与他的经历有关，在一家婚庆公司做摄像。可是只做了两天他就不去了，我问他为什么，他低着头，憋了半天才说："人多，太热闹。"他是羞于见人，不想抛头露面。第二份工作他倒是比较满意，在社科院当门卫。我每天上下班从大门口经过时，他都从门卫室里的椅子上站起来，毕恭毕敬地向我敬个礼。后来我就对他说，不要那样，我又不是什么大领导。他答应得好好的，可我再从门口经过时，他一如既往。后来我就懒得说了，慢慢地，对他这个动作也就习以为常了。

曲辰像一个外星人一样，出现在我们的生活里。除了在我单位看守大门，他整天猫在我借给他的那套房子里，害怕和人打交道。为了让他早日适应这个全新的社会，我尽量让他多参加一些聚会和活动。对于我的安排，他没有拒绝。

我拉上他参加朋友间的私人聚会。大家都带着家属，而我是三个人，我、肖燕和曲辰。介绍曲辰时，我丝毫没有隐瞒，告诉他们，我大学同学，刚从监狱出来。省二院的副院长刘同取笑我，说我真会开玩笑，搞社会科学的人就是比他们更能想象。他是个心血管专家，他说："不像我们，太实际，不浪漫，盯着的就是那些红红的血管，看它是不是堵塞了，是不是需要把它给疏通了。哪像你董所长，这么会编故事，做评论，把人生弄得像一出戏。"

曲辰真诚地补充说："今天是我出狱的第二十天。"

大家一哄而笑。酒席间曲辰照例是沉默不语，滴酒不沾，看着大家笑。不管爱说笑的刘同怎么劝，曲辰也一口不喝，弄得刘同很扫兴，他大声说："你说你是从监狱里出来的，你就讲讲监狱里的故事，给我们听听。"

曲辰看了看我。我挥挥手，"讲讲讲，我还没听过呢。"

曲辰正襟危坐，真的一本正经地讲起他在监狱里的事情。曲辰不说话则已，一张嘴就吸引了大家，他说了同监号的一个男人的故事。

"聂树斌你们知道吧？"

刘同好奇地问："他跟你在一个监狱待过？"

"不是，我没见过他，我进去时他已经被枪毙了。"曲辰停顿了一下，“我说的是和他有同样经历的一个人，这人姓张，比我晚进去十年。我开始以为他比我大十几岁，后来才知道他其实比我还小五岁。他犯了强奸罪，逢人便说他是被冤枉的。可是没有人信他的话，只有我肯听他的。前几年，聂树斌的案子出现逆转后，他十分兴奋，觉得自己也看到了希望，每天都看报纸，看电视上的新闻，指望出现聂树斌那样的奇迹。”

“你觉得他是不是另一个聂树斌？”肖燕问。

实际上，除了肖燕，没有人太认真地听他的话。在他讲述的过程中，我们照样互相转圈敬酒。大家完全忽略了这个讲述者，他的讲述也有点儿孤芳自赏的意味。最先的提议者刘同在和我喝了一杯酒后转头问曲辰：“谁强奸谁了？谁又进了监狱？老董，你这位朋友是不是一位受人尊敬的作家？真会编故事。”

曲辰没有回答肖燕的问话，对刘同露出一副讨好的笑脸。

回到家里，躺在床上的肖燕表达了对我的强烈不满。她说我不应该那么对待曲辰，“在你那帮朋友面前，曲辰就像是一个被围观的猴子。”

喝多了酒的我头重脚轻，只想睡觉，我吃惊地说：“你怎么能这么想？我都是为他好。让他早日融入正常的生活之中，要不他以后怎么办？”

肖燕说：“不对，二十年前，我们是平等的，每个人的生活都是自己设计的。而现在，他一出来，就低人一等，生活需要别人来设计。他学会了看别人的眼色，揣摩别人的心思。而你，你们，其实已经居高临下……”

我没有听完便睡着了。

从那次聚会后，在对待曲辰的问题上，我与肖燕渐行渐远。她也拒绝出席类似的活动，因为她不认为这些做法对曲辰有益。好在曲辰并没有感到厌倦。当他能从倾听者眼中看到一丝的等待或者期盼，他的内心就得到了巨大的满足。

还有作家诗人们的聚会。

这是我最基本的生活圈，文人们的圈子。每个人都有一个相对固定的圈子，这个圈子里的人互相喜欢，互相讨厌；互相欣赏，互相猜忌；互相排挤，也互相利用……面对他们我游刃有余，如鱼得水。我喜欢那种被众人推崇的感觉。这一次，曲辰讲了另外一个狱友的故事，一个失手杀掉自己妻子的男人的忏悔。他说，那个狱友天天想着在外面的两个儿子，不知道他们会变成什么样子。说者无意，听者有心。就是那次不经意的聚会，诗人何小麦被曲辰这个人以及他的故事，深深吸引了。她是报社的记者，诗人的气质加上职业的敏感，让她心潮澎湃。她说她一夜未眠，曲辰的故事激发了她的灵感，她诗兴大发，第二天她特意请我去喝了咖啡，希望我答应让她采访曲辰。我说："你可以自己去找他呀，我又不是他的经纪人。"

何小麦说："董老师，我看他好像很听你的话，没有你恐怕不成。"

"他现在是自由身，我又不是监狱长，他不用任何事都向我汇报。"我虽然嘴上如此说，却有些小小的得意。

我把女诗人的想法说出来后，曲辰果然犹豫地看着我："你说答应还是不答应？"

我笑笑说："这是你的事，你自己拿主意。不过，这也是你全面了解社会的一个渠道,你得多和人交流、沟通,我看可以试试。”

“仙生,你说行就行。”曲辰诚恳地说,“只是我有一个疑问。”

“说出来听听。”

“我讲的故事都是社会的一些阴暗面,这些人也都是杀人越货的坏人,为什么她会对这些感兴趣?我记得以前这些人是会被人所鄙视所唾弃的,是反面典型。”曲辰眉头紧锁。

我试图向他解释时,感觉自己就像是这个时代的代言人一样,“时代在变化,单一的思维模式,单一的对事物的判断,现在都已经失效了。”

“那么,这是好还是坏呢?”曲辰问了一个非常尖锐的问题。

我没想到,他的思想还是那么直接,那么天真。“我没法给你答案,你自己去判断吧。但是我提醒你,你的思维得跟得上时代,不要再用二十年前的思想去评判一切。”

曲辰忐忑地去赴女诗人之约时,我却又收到了一盒一模一样的丹麦奶糖。这样的事情重复两次,我便提高了警惕。暗自倒吸一口凉气,到底是谁在给我不断地邮寄同一件礼品?什么原因?这一次我给予了足够的重视,认真仔细地查看了所有的蛛丝马迹。快件寄自本市,寄件人做得很巧妙,只有收件人的地址和名字,其他的无迹可寻。坐在会议室里,这盒奶糖让我心神不宁,思想本能地向不好的方向滑行。和我坐在一排的科研处处长老焦冲我笑了笑。那一笑也让我感觉很暧昧。老焦和我是同事,又是潜在的对手,我们俩都是副院长的有力竞争者,彼此见面都十分客气,甚至还互相恭维几句,但谁都心知肚明,对方不是那个能坦诚相待的人，都在暗暗较劲。我在自己的事业上一路狂奔，而他已经修炼成一个职业官僚，据说他已经攀上了某省委副书记。我一直自信自己的专业能力，不屑于搞这一套，觉得还是得靠实力说话，他一个军转干部，丝毫没有业务水平和能力，凭什么与我相抗衡？我也冲他点点头。那一刻我突然联想到，奶糖与他有关？他要给我某些暗示还是什么？一想到此，我的神经立即绷紧了，再次把目光转向他。老焦却装作很认真地在本子上记着什么。也许是我心理起了变化，看他时的感觉便不一样。

那天晚上，当肖燕提到要去北戴河时，我有些心不在焉。这几年，肖燕成了一个梦想破灭的人，她心绪很差，时常感到不安，对现状越来越不满，牢骚满腹，对社会上的任何事情都看不惯，对我，也是不断地流露出不满。她越来越固执地怀念起以前的梦想，想着重温旧日时光，每年的夏天，她都会安排去北戴河的行程，因为大学时期，我们俩就是在北戴河的鸽子窝确立的恋爱关系。在那里，我们恋爱，是因为我们从对方身上看到了对美好事物的向往，看到了未来明确的目标，梦想仿佛就在我们憧憬的前方等待。在鸽子窝，我们看着海鸥飞起落下，就像是海鸥想飞得更高一样，我们互相表白着对美好前景的向往。我要成为一位像马尔克斯那样的作家，而肖燕，只想做一名教师，像她妈妈那样，桃李满天下。肖燕越来越想念那个地方，她说，真实的我们留在了那里。只有回到那里，短暂地忘记现实，她才会感觉到内心的安宁。

当她再次提起去北戴河一事时，我有些敷衍了事地哼哼了一声。肖燕推了推我，“你哼哼是怎么回事？到底去不去？”

“去吧。”我说。

“要是不情愿，你就说出来。”肖燕生气地说，“我就看不惯你这样。你看看你现在什么样，心里想着的都是什么？”

我说：“什么呀？人生不就是如此吗？”

“真的是如此吗？你的官位，你的社会地位。除了这两样，你还有什么？”

我辩解道：“这不是一个男人成功的标志吗？你以前不也是这么认为的吗？”

肖燕翻了个身说：“反正我不喜欢。我感觉不像是一个有个性的人，而是被驯化出来的产品，好像这个社会是个庞大的机器，专门生产你们这样的人。你和那些人一样，留恋自己的成绩，沾沾自喜，喜欢被捧上天，有天生的优越感，觉得这个时代就是你们的。你们变得自私、高傲。你们更像是守财奴，固守着自己那份累积起来的财富，守着自己已经获取的地盘，小心翼翼地看护着它。容不得别人觊觎，容不得别人批评，容不得被超越，容不得被遗忘。有时候，我教育学生，让他们畅想他们的未来，当有学生说起想做你们这样的人时，我都觉得心虚。”

“你有些牵强附会了，那你告诉我，我应该怎么做才算是一个成功者？”我反问道。

梦想早就破灭的肖燕一时语塞，支吾着：“我不知道。我真的不知道。”

肖燕的话并没有在我的思想中起什么化学反应，有时候我感觉自己根本停不下来，没有时间思考自己是个什么样的人，自己要做什么样的人。就连曲辰，这样一个彻底失败的人，也没有充分地认识自己。在去往师大的路上，我问坐在后排的曲辰：“你能认识你自己吗？”

曲辰犹豫着不知如何回答，出狱之后的曲辰完全是一个陌生的人，早就没有二十年前的坚毅和果断，这也很正常。我说：“你实话实说，怎么想的就怎么说。”

他试探着说：“说实话，我白活了这一生。我为自己的冲动与不理智付出了一生。”

“你后悔了？”

“不是后悔，是忏悔，我一直在忏悔。”他低声说。

我接着问：“你还有梦想吗？”

“梦想？”曲辰笑了，这是我第一次听到他的笑声，“早就没了。从那天晚上就结束了。我以为我会在监狱里待一辈子，会在无数个夜晚，仰望夜空，跟随着月亮的移动，想象月光照在高墙之外的情景。”

我试图和曲辰回忆一下我们在大学时期对未来的憧憬与畅想，可是想了半天，我也没有想出来，便打消了主意。

在门口正好看到曲辰要下班，我问他，想不想去大学校园里看看。曲辰眼睛里闪现出一丝期待。我说，今天要去师大有一个文学讲座，也许你能从那里的气氛中找到一点儿当年梦想的影子。我相信，已经出狱的曲辰不会就这样沉沦下去，他内心深处仍然有未能燃尽的梦想的种子。他忐忑地坐在我身边，问我，我出现在课堂里会不会格格不入？我说，你放心，他们不会关心你，不会去无端揣测一个陌生人，他们的注意力只在我身上。曲辰说，谢天谢地。

师大博物馆前竖着一块大大的广告牌，上面有我的大幅照片和介绍。曲辰羡慕地说："你看上去像我们大学时教我们民俗学的柯杨教授，很有学者气质。"我说："你要是奋斗到今天，也一样。"曲辰低头不语。

报告厅里挤满了学生。我一进去就看不到曲辰了，后来讲座时我看到了他，在最后一排的边上。我讲座的题目是"哈姆雷特与我们"，讲的是我们在现代社会中的焦虑与不安，讲了我们与哈姆雷特遇到同样的命运抉择时的软弱无力感。实际上我的讲座部分地借鉴了肖燕对于我的批判，但是仅此而已，当我在说这个十分尖锐的问题时，我根本没有意识到，我是在说我自己，我感觉我说的那部分人，在芸芸众生之中，与我无关。

我的讲座不断地被学生们的掌声所打断。这份热烈，坐在他们中的曲辰也深切感受到了，所以当讲座结束，我开车行驶在槐安路上时，曲辰仿佛还能听到教室里的掌声，他说："你不是问我有什么梦想吗？我坐在学生们中间，听着你游刃有余地从莎士比亚讲到鲁迅，从卡尔维诺讲到《水浒全传》，我似乎意识到，这好像曾经是我的梦想之一。它们好像在我的生命里也曾经那么清晰，那么逼真，那么令我感动。"

"做一个有良知的记者？"我试探着问他。

他若有所思，"没有那么具体，就是这种感觉。"

"现在还会有吗？"我追问他。

他躲闪着我的问题，"现在？我从来没想过，对我，可能有点儿太奢侈了。"

我掏出那盒奶糖，递给他。他说："我已经有一盒了。"

我笑着说："这又不是梦想，你紧张什么。"

他接过来，借着外面闪过的灯光看了看，“和上次的一样，我一直想问你，这是什么东西？哪个国家的？我早就把英文忘光了。”

“丹麦的，奶糖，我相信比大白兔好吃。”我说，“丹麦你不会忘记吧？”

“安徒生的老家。”曲辰说，“童话的故乡。我在监狱里只看一个作家的书，就是童话。安徒生的每一个童话我都能倒背如流，有时候我还会给狱友们讲，而且能让他们感动得哭了。”

“童话。”我想了想，对我来说，读安徒生已经是二十多年前的事了，那些故事的细节我都快想不起来了，“也许你可以与我的研究生一起做个讨论，题目我再想想。”

曲辰百般推辞，他直言自己会很紧张。我鼓励他，当年你也是中文系的才子，就这么定了，这是个很好的课题。我接着说：“科研处的焦处长你认识吧？”

曲辰想了想问：“是不是那个戴假发套的焦处长？我给他办公室送过快递。”

“对，就是他。”我看着他说，“我需要你再去送快递的时候帮我一个忙。”

曲辰毫不犹豫地说：“我肯定要帮你的。”

我伸出右手拍拍他说：“关键时候还是好兄弟最让人放心。我实话给你说，现在他和我是竞争对手。我们俩要竞争一个副院长的位子，任何风吹草动都可能改变最后的结局。你手里的这盒奶糖，为什么会有两盒，连我自己都搞不清。”我把我如何收到奶糖，如何疑虑重重，一股脑儿地告诉了曲辰。

曲辰说：“仙生，奶糖是好东西呀。有人给你送这么好的东西，是多么美好的一件事呀。”

我忧心忡忡地说：“你不在我的位置上，没有腹背受敌的感觉，体会不到有什么事情会发生在身上的某种不祥的预感。所以你不可能了解。小心一些总是好的。我怀疑是老焦在背后搞鬼。我需要你能够找到写着他的字的东西，本子呀，信件呀，等等吧，只要是他手写的字，我想辨别一下，是不是他。”

“你是不是太多疑了？”曲辰小心地问。

“我知道自己多疑，但它让我感觉到安全。”

曲辰显然还没有意识到这项任务对于他的难度，没有意识到，在他思想的深处，还有另外的一条线在牵着他。他拍拍自己的胸脯，赌咒发誓说：“没问题，保证完成任务。”

讲座后我便去上海出差，参加一个关于文学传承的研讨会。开完会后我没有直接回来，而是应作家胡克之邀去了趟黄山，等我回到石家庄时已经是一周之后。一进办公室，看到了一堆信件、快递之中最醒目的那一个，外包装都是一样的。我不禁倒吸了口凉气，看来，这个寄件人真的是很有耐心和恒心，他究竟要干什么，他在考验着我的神经，我的耐心。又是丹麦奶糖。我抄起电话打到了门卫。今天当班的不是曲辰。而且，据门卫李师傅说，曲辰已经有两天没来上班了，请了假，不知去干什么了。我来到曲辰的住处，这套建于二十世纪八十年代的房子，是单位分给我的，一直空着，现在成了曲辰的容身之处。家里没人。他手机关机，我联系不上他。

晚上回家，肖燕很晚才回来，她一进门就喝水。喝完水才说：

"你知道我今天干什么去了？"

我翻了翻白眼："你还能干什么，上课呗。"

"No，"肖燕说，"我今天请了假，带着曲辰去找人了。"

我疑惑地看着她。

"你还记得上次吃饭时他讲的那个故事吗？"她坐下来，"就是和刘院长他们吃饭那次，他讲的那个强奸犯的故事。"

我摇摇头。

"你呀，只记得你那点儿事，什么名呀利的，别的一概进不了你的脑子里。"肖燕说，"就是那个自认为与聂树斌一样被冤枉了的男子。曲辰也觉得他有冤情。他出狱时答应那名狱友，替他找到当事人，帮助他解除他内心的痛苦。他说这是他出狱后最想做的事，就像当年怀揣的那些梦想一样。按照狱友的提示，他已经自己去找过当年的那个姑娘，那个当事人。可是没有找到，十几年了，街道变了，房子没了，人更不知道跑哪儿去了。他向我打听老棉七的那栋宿舍。我是这土生土长的，那栋楼我还有印象。于是我请了假，带着他去找棉七的那栋集体宿舍。"

我轻声说："我不知道，他现在仍有梦想。但是，这梦想似乎……"

"似乎什么？"肖燕问。

"没有什么。似乎也不能算是梦想。"

"这怎么能不算梦想呢？这总比你那些虚名更真实一些。"肖燕不满地说。

"你们找到了？"

肖燕神情疲惫，目光炯炯，"没有。棉七宿舍早就拆了。但是已经有了一点儿线索。”

我提出了自己的质疑：“你相信他的话？”

“为什么不呢？”肖燕看着我，对我的疑问很是奇怪。

“你们把中国的法律想得也太不堪了，太经不起推敲了，难道监狱里都是聂树斌？”

肖燕嗫嚅着：“如果有这个可能呢？”

“曲辰这么想也就罢了，枉你作为一个人民教师，想法也和他一样简单。”我批评他们非常可笑的做法。

“我不同意你的说法。”肖燕反驳我，“你这是惯性思维方式，你和大多数人一样，什么事情都是从自己的立场和利益出发。为什么不站在别人的立场呢？”

那个夜晚，我们无法达成一致意见。我说服不了她，她对我也感到失望。

我说服不了肖燕，同样，我也没能阻止曲辰。我觉得应该制止他们这种不理智的行为。第二天我直截了当地告诉曲辰我的想法。曲辰为难地说：“仙生，你就让我放手干点儿自己想干的事吧。你觉得我的人生还有什么意义吗？而这件事，我既然答应了小张，我就要兑现我的承诺。”

“仅仅是兑现承诺吗？”

曲辰无助地说：“或许是的。我觉得活得有点儿意思。”

我落败了，缴械投降。我不能再勉强曲辰什么。

我想起自己找他的目的：“你答应我的事办了吗？”

曲辰一听我问这事，立即就明白了，局促地坐在沙发上，挠着头，“没，没有。”

"怎么回事？"我不禁有些气愤。一周过去了，他什么都没做。

曲辰站起来，摊开手，"仙生，请听我说。不是我不守承诺。我也去过焦处长的办公室，我也有机会拿到你想要的本子、信纸什么的，可是我伸出手去，却突然觉得有些不对劲。我这才意识到，我自己的身份、我曾经的往事、我做过的错事。你可能不会觉得什么，可是那些事，像个尾巴一样，长在我身上，终究会跟随我一生。"

"那又怎么样呢？"我若无其事地说。

曲辰严肃地说："一想到此，我就停下了手。我犹豫了。我觉得又像在往错误的方向走。我陡地就想到那个错误的夜晚，惊出了一身的冷汗。这一周我都纠结着，痛苦着，我向你道歉。"

我没有责怪他，他的想法可以理解。我让他坐下来，心平气和地与他摆道理："你想得太多了，这与你长期与这个社会脱节有关。你不大了解，现在是一个复杂的时代，你不能简单地把一件事定性为好还是不好，你得放在特定的环境或者特定的条件下去比较。就说这个事吧。也没有什么大不了的。人与人之间，就是这样，在怀疑、鉴别、揣测、辩解、确定之间来来回回，这就是丰富的人生与社会。"

"那为什么，当我想要去伸手时，还有一种深深的犯罪感？"曲辰忧虑万分。

我哈哈大笑，"犯罪感？如果都像你说的那样小心谨慎，我们每个人就都是罪犯了，你看看，不是所有人都活得比你好吗？"我安慰他说，没有人会把他的犯罪感当回事。你看看老焦，干了多少那么多你认为的坏事，可是他心安理得，照样官运亨通，事事如意。“就拿我来说，我打过别的女人的主意，闯过红灯，进过歌厅，骂过人，给写得很烂的作家写过书评，要照你说，我该进监狱了？”

我与曲辰的谈心，不知道是不是产生了效果，但是结果是令人满意的，他在内心挣扎了数天之后，还是帮我拿到了老焦的一个笔记本。当那个红色的笔记本交到我的手上时，曲辰几乎虚脱了，他说：“这事以后还是别干了。”

那天，曲辰忧国忧民地和我谈了次心。

谈的不是我，而是肖燕。他叹口气说：“肖燕变了。”

“她不再年轻了。”

曲辰说：“我说的不是年龄，而是心理。她的内心世界以前是那么丰富，那么阳光，那么富有激情，充满幻想。可是现在都没了。”

我默然无语。日子一天天过来，我还真的没去想过，身边的妻子有什么变化。

曲辰接着说：“我们俩去寻找那个女人的路上，她说起了孙尔雅。”

“谁是孙尔雅？”我一无所知。

“是她的同事，一个年轻的女同事，一个中学语文老师。”曲辰看着我，像看一个怪物。他显然不了解，为什么我会不知道肖燕想要说的一些事和一些话。

“啊，”我装作轻松地说，“孙尔雅。”

他接着说：“孙尔雅是一个非常年轻的姑娘，研究生毕业后分到十五中做语文老师，和肖燕一个办公室。她业务很优秀，工作能力很强，已经独立带毕业班，也获得了不少的荣誉，可有一天她却突然辞了职，远赴云南勐海一个偏僻小山村去支教。她的举动对肖燕震动很大。走之前，肖燕曾经问过孙尔雅姑娘，问她为何选择如此的方式去挥霍自己的青春。那个姑娘的回答让肖燕一辈子都记得，她说，没什么特别的理由，就是在网上看到一张一个旅行人拍的那所山村小学的照片，便有了去教书的冲动。她很佩服小孙老师的行为，这让她觉得自己非常无能。她这种想法很奇怪呀。我觉得她很好啊，特级教师，十大名师。可她怎么就觉得自己是个理想幻灭者呢？”

我摇摇头，“我也在想，这是怎么回事呢？”

曲辰说：“我觉得你们俩很奇怪呀。你不告诉她糖果和老焦的事，她也不向你说心里话。我说仙生，你们过得是什么日子呀？！”

我打哈哈说：“没什么，仅仅是不想说而已。”

曲辰白了我一眼，继续说：“不说你们了。真是看不懂，我也不想懂你们的事。你知道吗？肖燕请求那个孙老师加上她的微信。现在，每天，你知道肖燕最快乐的是什么吗？”

我摇摇头。

“是看孙老师在微信上发的照片，有山村小学的一砖一瓦，有小学生们稚嫩而灿烂的笑容，有崎岖的山路，有湛蓝的天空，还有新长出的路边的小草。通过那个孙老师的眼睛，通过她的镜头，世界是那么美好，而孙尔雅就是那个制造者。”

我低下头来，想想象一下通过曲辰向我描述的那个山村学校，可是我想象不出来。我的脑子里浮现的是一个笔记本，是一本党员学习笔记。这是曲辰经过漫长的思想斗争，从老焦办公室帮我拿到的。不得不佩服老焦，他很认真，形式做得非常过硬，字体刚劲有力。我坐在办公桌前，花了一个小时的时间来做对比，把快递单子上的字与他的字相比较，实际上我没有得出令自己满意的答案，字体并不相符。这让我长出了一口气。那个笔记本，我不再让自责的曲辰放回去，我对他有些担心。再一次开会时，我拿着那个笔记本，直接交给了老焦。老焦惊讶地看着我，我轻松地说笑道："那天开党支部会，我借了你的笔记，学习学习。你忘了？"我没理会老焦的表情，径直走开了。

刚开始的几天，我想问问关于孙尔雅的事，可是张了张嘴却不知从何说起，便放弃了。肖燕一直在翻箱倒柜地找东西。问她，她也不说。直到几天后她仍然是一无所获，才被迫问我："我那套《安徒生童话》你见了没？"

我很纳闷，"哪一套？"

"1986年版的，上海译文出版社出的，绿皮的，32开的，一共16本。"

"你要干什么？"我想到了曲辰的话。

"就是想找出来。"肖燕一边找一边回答。

我走到她身边，万分忧虑地说："我有些担心，你怎么越来越受曲辰的影响，你可知道他是什么样的人。"

肖燕不搭理我，继续找她的书，那套书还真被她找到了，在地下室的角落里。她如获至宝，兴奋地说："我不管你的事，你最好也别管我。我们井水不犯河水。"

那几天，她把那一本本《安徒生童话》捧在手里，像是看一本从来没有看过的童话似的，如饥似渴。时而激动，时而沮丧，时而欢呼雀跃，时而悲伤落泪。我对她说："太夸张了吧。"她根本感受不到我的存在似的，把我的话当成空气。

肖燕带着毕业班，这阻碍了她与曲辰的行动，但一遇周末，她不加班的状况下，基本都是她开车带着曲辰在这个城市里到处乱撞，他们在寻找那个消失在茫茫人海中的女人。他们只知道一个名字——叶晓青，连那个女人长什么样，在哪里工作，甚至是否还活在这个世上都不清楚。我挖苦肖燕说他们是大海捞针。肖燕说："就算是针，那也是个看得见摸得着的东西，它在那里，就不怕被找到。"令我惊奇的是，对任何事情都失去了热情、看破世事、牢骚满腹的肖燕却焕发了极大的热情。不像是在寻找一个毫不相干的女人，而是在寻找她自己美好的过去。

曲辰，就像是被突然扔进来的一个人，在不属于他的时代里，努力做着也不属于他的事情。我曾经问过他一个尖锐的问题："如果找到了那个女人，你们准备怎么办？"

事情很明显，有前因就得有后果。曲辰倒是很干脆，他不假思索地说："让她承认她冤枉了小张。"

我笑了，"姑且不说你们先是设了一个自以为是的前提，就是这个叫叶晓青的女人真的冤枉了小张，小张是另一个聂树斌。这个前提你已经认定它是真实的了，我不反驳你，你，还有肖燕都不会听我的。我只想知道，如果她不承认呢？你能怎么办？你不是法官，你不是警察，你连那个小张都不是，你完全是一个局外人、一个毫不相干的人、一个陌生人。你凭什么让别人信任你，让别人重新打开自己受伤害的内心世界？”

他的思维在此时显得异常简单。“她会良心发现的。王书金都能主动承认自己的过错，她更应该有这样的觉悟。”

“如果这一切都是小张的臆想呢？”

“我不相信。”曲辰目光坚毅。

曲辰，因为专心地去做一件他认为正确的事情而情绪高涨，所以当他兴致颇高地和我一起去酒店时，还没有意识到有什么问题，可当他看到迎接我们的老焦时，惊讶地直拽我的衣袖。

酒席是老焦安排的，专门请我的。他战友的女儿要考我的博士研究生。战友的女儿姓黄，叫黄莺儿。刚坐下来我就冷不丁地问了一句老焦：“你去过丹麦吗？”

老焦一直在防着我，可万万没想到，我竟然问这么一句。他还算反应迅速，稍一犹豫便说：“没有，我倒是想去，你有机会让我去呀？”

我说：“要有机会我还去呢。”

姑娘在整个酒宴过程中一直给我倒酒。一个小时之后，我就喝得东倒西歪了。曲辰搀扶着我，我们走在灯火通明的槐安路边，万达酒店的霓虹灯像是飘在云雾中。那一刻，我感觉时光倒流：我们身处兰州，大学时期的那个内陆城市，而我眼前的车流与霓虹，像是在盘旋路，在兰州饭店，在黄河铁桥。而我和曲辰，那是第一次喝啤酒，第一次两人喝得需要互相搀扶着向学校走。就是那个醉醺醺的夜晚，曲辰向我透露着他的野心，他要成为一个伟大的记者，成为中国的法拉奇。苍茫的夜色中，他带着酒气背诵了法拉奇的名句：“如果你生为一个男人，我希望你成为那种我经常梦想的男子汉：对弱者赋予同情，对傲慢者给予轻蔑；对那些爱你的人抱以宽宏大量的气度，与那些想支配你的人作殊死的斗争。”可是，这不是兰州，这是石家庄，距离遥远的兰州有二十六年。浓重的夜幕中透出来的是曲辰充满疑问的脸，他说：“我真不明白，你为什么要和焦处长一起吃饭；我真不明白，你为什么要答应他的请求。我以为你们俩是对手，是敌人。你们会互相提防，互相不信任。不会妥协，不会配合。我真不明白。”

我说：“你不明白就对了。因为你脱离社会太久了。这是一个你不明白的社会。如果人人都明白了，那还得了。我不能像老焦那样，江湖做派，什么事都整得跟金庸小说似的。我是个文人，我得有文人情怀，要大度，要宽广。这才显得我和他不同。”

他不明白的事情还有很多，我答应了老焦，在第二年的春天让黄莺儿顺利地成为我的博士生。她成为我的学生的那天我问她，老焦是不是真的是她父亲的战友。黄莺儿说：“是的，他们一起去过老山前线，在一个猫耳洞里待过。”

我信了她的话。

曲辰不喜欢女诗人何小麦。女诗人却很喜欢和他在一起，不管是出于什么目的。曲辰不止一次地向我抱怨，他不想和何小麦交往了。虽然她并没有把他看作一个刑满释放人员，没有戴着有色眼镜看人。这让他觉得跟她在一起没有隔阂，可她的某些兴趣和独特的癖好令他大伤脑筋，十分不适应。

她选择约会的地点令曲辰头疼不已。酒吧。越热闹，越喧嚣的酒吧越是她的最爱。而且喝一种叫威士忌的酒，黄黄的，加很多很多的冰块。每一次，她都要告诉曲辰，怎么喝威士忌才更有范，更绅士：用那种平底的玻璃杯，先把大块的冰块放进杯子里，再倒进去威士忌。她很能喝这种洋酒，每次都喝得不省人事，都是他把她送回家。

女诗人何小麦有几分姿色，离过一次婚。然后便不再结婚。她指着酒杯中慢慢融化的冰块说："你看到没有，这就是男人。"

曲辰不知道她所指为何，她的每一句话好像都是一首令人费解的诗。所以他都无法答话，继续听她作诗。

当他向我重复何小麦的话时，我能够想象得到诗人何小麦的样子，因为我太熟悉她们和他们，熟悉他们表演似的人生。人世间，每一个人都是一个演员，有的人演给自己的内心，获得持久的安宁和平静；有的人太专注于自己外在的表演，收获着短暂的自得与喜悦，以至于忘记了到底什么才是自己真正的人生。

我说："她肯定会告诉你她的癖好，好显得她如此真诚，令你不得不把隐私全盘托出。"

"你怎么知道？"曲辰震惊地问。

我沉着地说："我当然知道，这是她惯用的演技。"

我似乎能穿透时间与空间，清晰地看到何小麦手托着酒杯，不停地转动着有黄色液体的酒杯，冰块与玻璃壁碰撞的声音被淹没在嘈杂的声音之中，她告诉曲辰："我收集男人的隐私。别想歪了，我不是垃圾桶，不是什么人的隐私我都感兴趣。我有伟大诗人的洁癖，我要让我的想象和文字被星光洗濯过，所以，我只收集两种男人的隐私，一种是成功的男人，他们的隐私更令大众着迷，因为这是他们向往的人生；另一种就是失败的男人，这一类人，不令人着迷，却让人痛恨，就像是吸食了吗啡。"

“所以你把自己都交给了她。连你如何失手杀人，你如何爱一个姑娘都说给她听？”

曲辰哭丧着脸，“挺神奇的，她一个醉酒的人，好像毫不设防。我却什么都给她说，有问必答。你呢？”

我一愣，“什么？”

“你和她在酒吧喝过酒吗？你尝过那种黄色的洋酒吗？关键的一点是，她问过你的隐私吗？”曲辰看着我，像是在说一句家常。

我心头一悸，“喝过。但是没问过。”

“如果她问，你会说吗？”曲辰的想法很奇特，让我很不好作答。我赶快把话题岔开了，“我们来说说童话吧。”

我带着三个学生，一个硕士，两个博士，全是女生。当我把我的想法告诉她们，说起曲辰对安徒生的热爱时，她们反应热烈，积极地出主意，献言献策，最后把此次课程的题目定为《童话与我们的生活》。她们一直在期待着这次不同凡响的讨论课，而曲辰还有些紧张。他完全不知道这节课要干什么，对他有什么意义。我劝慰他，你什么也不用干，只讲你自己就成。

果然，开始时曲辰还局促不安，可是一讲到自己在狱中如何向狱友们讲述安徒生的童话，他仿佛就回到了那个特定的环境之中，讲述也不结巴了，流利异常。他绘声绘色，很会在讲故事中营造氛围。向狱友们讲《跳蚤与教授》故事的场景，被他巧言说出，竟然打动了我的那几个女学生。他是个讲话的天才，我听着他的讲述，也隐约看到大学时期那个能言善辩的学生会主席。

其实这节课的主角并不是他，他只是作为一个引子。他的讲述为这节课的讨论奠定了一个好的基础。在我的学生之中，系统地看过和研究过安徒生童话的没有，基本上都是看过一两篇。她们围绕着这节课主题展开的讨论非常激烈。

薛小会说："我们的生活不需要童话，我身边的人，从来没有听说谁还在看这一类的文学作品。对于我们来说，它是孩子们的专利。它是还未踏入社会的孩子们，对于未知的社会的一种幻想，一种美好的愿望。一旦我们告别了童年，我们便不再需要童话。我们需要的是直面社会，直面人生的勇气，因为社会不像童话中那么简单，容易辨识，能让我们一下子看到哪个是好人哪个是坏人。社会更复杂，也更凶险。"

黄莺儿说："需要还是不需要，这不是一个问题。关键的问题是它还能给我们的心灵带来多大的影响。现代人的心灵是脆弱的，脆弱到只允许少数的、更简单的、更机械的某些东西来安慰。童话是这类东西吗？"

马悦说："童话基本的文学属性是不会改变的。它教化社会，启迪人生。尤其是安徒生，经典是永远需要的。这要看我们现代人如何去看待它。"

…………

讨论一直持续了一上午。结束后我请他们在饭店吃饭，我问曲辰："你觉得讨论得如何？"

曲辰满脸愁容，看看我，又看看我的学生们，忐忑地说："实话说，我没听懂。"

我说："你这句话，就是童话。"

我们的对话引得博士硕士们大笑。

已经是第四盒奶糖了。奶糖放在皮包里，皮包在汽车的后座上，可是那奶糖上的美人鱼像是从包里跑出来，在我眼前晃悠。奶糖令我心神不宁，浮想联翩，会是诗人何小麦吗？她去过欧洲，她给我寄奶糖与一个成功男人的隐私有什么关系吗？走神儿之间，便撞上前面的一辆宝马。宝马停下来，我坐在车里，还没缓过神儿来，美人鱼还在眼前晃。有人敲着我的车窗，我摇下来。一股脂粉气，是个女人，长发，戴墨镜，我等待着她对我破口大骂。情节却突然反转，墨镜摘下来，是一张漂亮的脸蛋。那张脸没有愤怒，只有微笑，她快乐地叫道："董老师。"

我没想到，我撞到的是孟夏。

宝马车还能开，孟夏轻松地说："没事，撞坏了有人给我买。"

我和她有几年没见了，大约十年前，她主持《读书》栏目时，我作为栏目的策划，与她经常在一起讨论、争辩、研究。当时肖燕还十分反对我与她合作。最直接的理由就是因为她曲辰进了监狱。我说："责任不在她身上，你觉得她爱过曲辰吗？"

肖燕低头不语了。除了曲辰自己，没有人能证明，这个如花似玉的女人爱过一个叫作曲辰的电视新闻记者。

我没有把她当成女神，所以在我眼里，她就是一个有姿色、性格豪爽、虚心上进、爱耍点儿小脾气的年轻女主持人。那时候我刚刚当上文学所所长，获得了全国"五个一工程"奖，经常出席各种活动、会议，风头正劲。她很尊重我，我也非常配合她。在我们的共同努力下，《读书》栏目风生水起，在全省乃至全国有了不小的名声。而那一年，正是因为这个栏目的成功，孟夏获得了第五届河北省优秀节目主持人。她的演讲稿也是我起草的。演讲稿中，我清楚地记得，还引用了诗人顾城的那句名诗“黑夜给了我黑色的眼睛，我却用它寻找光明”。颁奖那天晚上，她单独请我吃饭，喝酒。她换下晚装，穿着一身休闲装，看上去俊美清爽。那天她兴奋，也很忧伤，但她没有说她的忧伤来自何处。她喝了很多酒，我也一样。我把她送回家时，她紧紧地抱住我，没有让我走。之后我们又断断续续合作了大半年的时间，可是没有人提起那一夜的事情，好像我们彼此有一种默契，要保守那个只属于两个人的秘密似的，再或者，那一夜根本什么也没有发生一样。很快，电视台开始改革，收视率低的栏目陆续被砍掉，《读书》位列其中。失去了能发挥她特长的最好平台，她不得已去了综艺栏目，之后我们便断了联系。

“这几年过得好吗？”在国贸酒店的单间里，一坐下她就问我，“报纸上时常看到你的文章和访谈，你的名气越来越大。”

“挺好的。”我说，“名气又不能当饭吃。你呢？”

“你看呢？”她的头发烫得很夸张，脸就显得很小巧。

“我看不错，连宝马车撞坏了也不心疼。”我调侃道。

孟夏叹了口气，“除了容貌还在，没剩下什么了。”岁月好像只是在她脸上划过轻微的痕迹，她看上去依然那么年轻美丽。

“我都老了，你还是老样子。”我感叹道。

“我在做一个访谈节目。一周一期。时段不太好，夜已经很深了。”她把秀发向后拢了拢。

我说：“我知道。每期我都看。这个节目和你挺配的，说实话，你不大适合综艺节目。”

孟夏笑了，她没有问我对那个节目的评价。对于她来说，也许这些都已经不重要了。重要的是我们再次相遇了。

她特别健谈，这是她最大的变化，以前她只是静静地听我说，偶尔发表一下意见。现在，她好像是积攒了太多的话要向我倾诉，滔滔不绝，讲的都是工作，以及工作中遇到的各色人等，尤其是那个节目中她访谈过的人，她对他们非凡的人生特别感兴趣。我认真地听着，不时地插上一两句话。酒店单间里暖意融融，像是找回当初我们合作时的感觉。时光流转，现在正好相反，我们像是互换了身份。

时间过得太快，等她低头看手腕上的表时，已经是十点多了。她满含歉意，“见到你真好！”她浅浅地笑着，表情像个十七八岁的小姑娘，像我们第一次见面时一样。

我突然想起了包里的那盒奶糖，便拿出来递给她。

孟夏接过去，看了看说：“你肯定不是特意给我买的。”

“不是。”我诚实地说，“你知道是什么吗？”

她摇摇头。

“奶糖，丹麦的。你应该去过丹麦吧？”

她看着上面的图案，“去过。我去过哥本哈根，也见到过这个小铜人。谢谢你。”

我们走出酒店时，孟夏转头问我：“今晚你还有什么打算？”

我说：“没有，随遇而安。”

“那陪我走走吧。”

她意犹未尽，我没有理由拒绝。我们把车留在了酒店的停车场，徒步行走。我们沿着槐安路，把万达广场甩在身后，夜色中车流不断，偶尔会有一两辆疯狂的汽车呼啸而过。我们在高尔夫球场边缓缓地行走，她丝毫没有感觉到话语的疲惫。她给我讲去欧洲的经历、去北极的感动。她讲一个被访谈人的执着，讲他如何每天都给她送花，讲他滑稽的着装风格以及笨拙的求爱方式。她像是给一个亲人在讲分别后的一切。我们经过美术馆，经过民心河，来到了世纪公园。河边昏暗的路灯光下，仍然有一位老人在一动不动地坐着钓鱼。后半夜的公园静谧安详，像是个安然入睡的妇人。她挽住了我的胳膊，时而头会靠在我身上。

直到夜色慢慢退去，天光羞涩地揭开城市新的一天，随着不断变化着的光线，她美丽的面庞激情饱满，生动而丰富。我们拥抱了一下互相道别。看着她消失在我的视线之外，那个时候的我以为，在若干年之后，这个突然出现的女人，只是一个偶然。我深深地吸了口清晨的空气。这个难得的夜晚，带给我的除了与其相见的愉悦，一夜未眠的疲惫，还有一丝的遗憾，在拿出那盒奶糖的时候，我曾经希望这是她的礼物，是她对过去美好岁月的留恋。

令我想不到的是，我们这一次的邂逅要继续向前滑行一段。一周后，我正参加一个作家们的聚会，接到了孟夏的一个电话，电话中的声音绝望而悲伤，她说："你能不能来看看我。"

我到了她的家里，她泪流满面，扑到我的怀里。她没有说为什么，我也没问。那天晚上，她话极少，与撞车那晚截然相反。她是个沉默的人，只是让我把她抱得紧紧的。当我把她的衣服褪去时，我听得到丝质的衣服离开她肌肤的窸窣之声，我能感觉到她身体的战栗。这个已近中年的女人，身体还保持着年轻的弹性，她啜泣的身影像是一个小姑娘，惹人疼怜。我抱紧了她，那惊人的颤抖也传递到我身上，让我感觉到内心莫名的空寂与悲凉，像是一个幽深的山谷。

天还没亮，我便醒了。我伸手没有摸到她，却闻到了淡淡的香烟味，是薄荷味道。我侧过头，看到旁边的沙发上，烟头的光亮一明一灭。我还没有说话，她开口道："你走吧。我害怕在白天到来之时看到你。一到白天，我就感觉到不真实。"

我知道，邂逅已经结束了。我穿好衣服，向外走。她又说："你那盒糖我尝了一块，味道不是我喜欢的。"

"那你喜欢什么味道？"

"你猜猜。"

"荔枝味的。"

孟夏轻声笑了，"不是。谢谢你，我感觉好多了。也许再过几年，我们又在某地偶然相遇了。"

我摸了一下她的头，"也许吧。"转身离开了。

走到外面，已经是凌晨四点。月圆之夜，通向黑暗尽头的街道空旷而静谧，树木在深思，空气格外清新，我深深地吸了口气，整个城市都有一股薄荷的香烟味。我的身体轻飘飘的，又蜕去了一层皮。我一直觉得自己是个蜕皮的动物，会周期性地蜕去原有的皮肤。那些皮肤由不断变化的思想、意识、感觉、情绪组成。多少年来，我渐渐地蜕去了羞耻那层皮肤，蜕去了激情那层皮肤，蜕去了幻想那层皮肤……每一次，我都得到了某种意义上的重生。我也不知道，是越来越喜欢这样的蜕变，还是厌恶。

蜕去了一层老皮的我，很快就感觉到身体的沉重了。而那股薄荷的味道也很快消失了。突然间从斜刺里蹿出一条浓重的黑影，直扑而来，容不得我有半点儿思考和躲闪的余地，我的脸上就感觉到了疼痛，城市在颤抖，身体摇晃了几下。我定下神儿来，才借着路灯光，看到对面站着一个人。我还以为是抢劫的，吓破了胆，下意识地说："大哥，我给你钱。"

黑影不说话，再次扑上来，对我一阵拳打脚踢。因为有了防范，我左躲右闪，一一化解了他的攻击。这个时候我才渐渐地发现，那个黑影有些熟悉。我愤怒地大喊一声："曲辰！"

是他。攻击我的是他。这个时间，他怎么会在这里，我脑子里一团糨糊。被我识破的曲辰好像突然就没有了力气，我那声喊像是狠狠地打在他身上，一下子把他击倒在地。他委屈地抽泣起来，肩膀一耸一耸的像个娘儿们。我蹲下来，就在我与他面对面，我们能够互相看到彼此模糊的面孔时，我心里都是坦坦荡荡的。我气愤地指责他："你在这里干什么？为什么打我？"

他停止了哭泣，用手胡乱在脸上抹着，"你在这里干什么？"他反问我，语气很冲。

他问得我倒有些不知如何回答。

"你理亏了吧？不做亏心事，不怕鬼敲门。"

"我做什么亏心事了？"我笑了。

曲辰用双手撑着地，欲站起来，可他试了几次，都以失败告终。显然，刚才愤怒的举动已经令他筋疲力尽。他只能怒气冲冲地说："我知道你干了什么，我知道你干了什么。"

看着曲辰，昏暗的光线中，仍能看得到他的形象，蓬头垢面，早已经不是二十年前的那个意气风发的曲辰。我不清楚，眼前这个人，为什么还会出现在我们的生活中。在生活的路途中，他早已经成了一个掉队者、一个失败者。我、肖燕、他，早就不可同日而语，而他之所以仍然还在，是我还留恋过去的情分，还念及旧情，还在怜悯他。那只能说明一个问题，就是因为我蜕变得不彻底、不干净。我不知道该可怜他，还是应该痛恨他。我想狠狠地踢他几脚，还是放弃了，我抚摸着自己疼痛万分的脸颊，怒从心中来，“你想想你自己的处境，看看你这样子，你还有脸打我、跟踪我，你凭什么？你有什么资格？”

他愣愣地看着我，一时也不知怎么回答。这是一个令人尴尬的场面。就算是当年他无意杀了那个大学老师，做了天大的错事，我们相对而视时，都没有如此难堪。停了足足有三分钟，他才小声说：“我没有跟踪你。我是放心不下孟夏。”顿了顿，他又说，“我知道了，这里不属于我，我不应该再和你们见面。我不需要你们的怜悯和同情。你看看你们，一个全国闻名的学者，一个中学的特级教师，一个著名的主持人，我是什么，一个刑满释放人员，一个低人一等的人。”最后的几句，他几乎是在低吼，声音嘶哑而愤怒。

说完，他挣扎着站起身来，拍打拍打身上的土，踉跄着向东走去。我张了张嘴，伸出手，可是没有喊他。我看着他，像个垂暮的老人，摇摇晃晃，拖着长长的影子，一点点地消失在一排银杏树后。

浓密的夜幕被撕成碎片，开始快速而狂乱地奔跑。

从那儿以后，他不再搭理我，我们虽然几乎天天见面，却形同陌路。当我开车或者步行经过单位大门时，他也不再向我敬礼。

肖燕隐隐感觉到了我们之间有什么问题。她问过我，我告诉她什么事也没有。她不信，又去问了曲辰。我相信，她从曲辰那里也没有得到答案。

曲辰，更专注地投入寻找叶晓青一事中。功夫不负有心人，他和肖燕的努力终于有了回报。他们找到了目标。一个周末，肖燕很晚才回家。她特别亢奋，向我宣布，他们找到了那个受害人叶晓青。不过，她现在的名字改成了印彩霞。她向我讲了寻找到印彩霞的详细过程。那个女人看上去还很年轻，住在恒大城，桥西区的一个高档小区。她有个男孩，看样子是个初中生。表面上她是个幸福的女人，似乎以前的遭遇并没有给她的生活带来多大的影响。我打断她复述那个漫长而曲折的寻找过程，直接问她："我就问你一点，她如何反应？她会推翻自己以前的证词吗？"

肖燕的表情一下子就凝固了，她叹口气，"跟你说话怎么那么无趣。你还会不会聊天？关键是我们找到了她，这是我们努力的回报，这只是第一步。你不知道，这段日子，寻找那个女人，像是我们俩共同的人生目标似的，在一次次的失败面前，我们越挫越勇，迎难而上，而没有知难而退。逆水行舟，不进则退，古人说得对。"

"从一开始我就知道结局。她不会搭理你们，她会对你们显出愤怒，会拒绝和你们说话，拒绝你们无理的要求。"我一针见血，直指软肋。

肖燕说："要是都像你这样想问题，那就什么也别干了。是的，那女人一听曲辰提起他那个狱友的名字，立即就警惕起来。她脸色大变，威胁我们，要打110报警。如果她心里没鬼，为什么会如此紧张，如此忌惮听到那个人的名字。其实在不断地寻找之中，我也渐渐地接受了曲辰的观点，那个在监狱中的人与聂树斌一样，是无罪的。”

“曲辰我了解。他没有任何生活的动力、人生的目标，所以他沉湎于此，可以理解。难道你也没有？你，一个人民教师，你的心思不用在教书育人上，却用在这么无聊的事情上。我真不知道是为什么。”我不解地看着她。与妻子肖燕，我们彼此间的默契越来越少，面目在熟稔之间其实已经变得面目模糊了。

肖燕停止她的讲述，坐到沙发上，回味着我的话，呆呆地看着电视屏幕。电视是关闭的，60英寸的屏幕闪着幽黑的光。她能在里面看到自己的样子，黑白的肖燕，一个人民教师的样子，落寞而有些躁动。她自言自语也是在问我：“你觉得我做的事毫无意义？”

我说：“是的。毫无意义。无聊，无趣，无意义。”

“什么才有意义呢？”她仍旧看着电视屏幕里的自己。

“教好学生，当好老师。”

“我的学生满天下，北大清华一大堆，这一点我做到了。我现在是特级教师，经常有外校的老师来听我的公开课，我也经常到外地去讲课，这一点我也做到了。可是我怎么就没有生活的动力了？和你一样没了梦想呢？”她烦躁地说。

那天晚上，人民教师肖燕，对着电视屏幕，坐了很久很久。我不知道，在她的凝视中，梦想长什么样。

虽然疑惑已经在内心丛生，肖燕却没有退缩。她一如既往地陪着曲辰，在周末时间去尝试着各种可能。即使找到了当年的被害人，仍然无济于事，他们不知道下一步要做什么，只是凭着一种惯性在向前滑行。而且，她成了曲辰一个牢固的精神支柱，不断地鼓励着曲辰，仿佛曲辰所面对的这一件事，就是一个天大的梦想，他在为实现梦想而努力奋斗。

夏天已至,阳光开始肆虐横行,炎热让这个北方城市无处藏身。人们开始向往有海风的地方。肖燕又在催促我，赶快开始我们定期的北戴河之行。而整个夏天，我被各种各样的学术活动包裹着，它们就像是我鲜亮的外衣，我需要它们来装点门面。我告诉肖燕，这个夏天只能爽约。肖燕很是不快。一到夏天，她的心情才会稍稍地好转，北戴河之行更像是一次心灵的祭奠，或者一次生命的仪式，一年之中她都在等待着那次旅行的开始。她向往着鸽子窝。鸽子窝又叫鹰角公园，是北戴河的著名景点，毛泽东就是在那里写下了著名的《浪淘沙 · 北戴河》。每年夏天流连在那里，我们都没有毛泽东的博大胸襟，有的只是平凡人的感慨与感叹，那里成了我们的追思感怀之地。尤其是肖燕，感慨今不如昔，感慨人心不古，感慨年华的流逝，感慨世事的沧桑，感慨梦想不知何时何故就悄悄地流失了，就像是干涸的水。有时，她还会感动得流下泪水。

但是我突发奇想，向她提议：“我不能陪你去怀念过去，但有一个人可以。”

“谁呀？”

“曲辰呀。”我说，“他和我们一样，曾经怀揣同样的梦想、同样的期待、同样的憧憬。”

肖燕思忖良久，犹豫着说：“不行吧？”

“怎么不行，他最合适。”我像是突然甩掉一个包袱似的，感觉很轻松。

我的建议最后还是被肖燕采纳了。在一个周末，她与曲辰一起坐高铁去了北戴河，而我则去了机场，奔向祖国的南方。等我回到石家庄时，酷暑仍在，肖燕他们还没有回来。我以为我会轻松地等待着肖燕的圆满归来，听她讲述他们对梦想的追忆。可是当天晚上，我就接到了她的电话，让我连夜赶到北戴河。她几乎要哭出来了，声音都变了调，“他被抓起来了。”

我一时没有反应过来，“谁？谁被抓了？”

“曲辰。他被警察抓起来了。我一点儿办法也没有。你赶快过来想想办法，得把他弄出来呀。”她哭着说。

我连夜坐火车往北戴河赶。晚上已经没有高铁，只有直快列车，开往燕赵大地东北部的直快列车还是那么慢，我躺在卧铺车厢里，咣当了一夜，目送着首都在夜色中匆匆而过，历时十个小时，才在第二天的八点多到达了北戴河。一路上我都在想，到底出了什么事，曲辰惹了警察。所以一晚上我也没睡好，下火车时直打哈欠。凉爽的海风一吹，睡意更浓。曲辰不好好地享受凉爽的海风，又和警察打上交道了，真是恶习不改。

肖燕在火车站接我。在出租车上，她断断续续地向我描述了事情的大概。他们每天都去一趟鸽子窝，连曲辰都有些烦了。有一天，他在外面等着肖燕，不一会儿却给肖燕打电话，声音激动，也有些慌张地说看到了那个叫叶晓青也就是印彩霞的女人。事情就是那么巧。肖燕也觉得巧。兴奋的曲辰语无伦次，话没说完就挂断了电话。肖燕再打过去，就没有人接了。等她从鸽子窝公园出来，就找不到曲辰了。直到傍晚，她才接到了电话，号码是曲辰手机，说话的却不是他。一个陌生的男人，一上来就自报家门："我是警察。"这个女人这次真的动了怒，报了警。肖燕说她去了北戴河分局，曲辰显得很平静，还安慰肖燕说："我没事。你该去鸽子窝还去吧。"

肖燕当然没有心思再去鸽子窝，她懊恼地说："不管怎么说，我也是有责任的。是我拉他来的，他出了事，我心中不安。"

我一边安慰她一边给秦皇岛的朋友打电话。朋友小边，笔名文飞，爱好诗歌，他出书时我给他写过序，每年他都给我寄点儿秦皇岛的土特产，来省会时也不忘请我吃顿饭。小边不接电话，却很快回了一条短信："稍后我打给您。"我猜测，他一定是出席非常正式的场合，不便接电话。整整一天，我们就等待着小边的电话。肖燕不愿意回宾馆，我们就待在鸽子窝公园。我们进去时天开始下雨，淅淅沥沥。即使如此，公园里也是人头攒动，一拨又一拨。我们只好躲在望海长廊里，躲避着不断挤来挤去的游人，忍受着他们的雨伞滴到身上的雨水。但是无暇抱怨，同样也无暇共同去追忆曾经拥有的梦想。我们看着灰蒙蒙的天，看着在雨中翻飞的海鸥，却异乎寻常地想着一件事，那个诗歌爱好者的电话。肖燕浑身湿漉漉的，眼睛迷离。她这个假期算是泡汤了。她不断地催促我再给小边打个电话。而我靠在石柱上，困顿无比，对她说："再等等，再等等。他会打过来的。小边是个靠谱的人，放心吧。"

黄昏就要降临了，看着太阳缓缓地向大海中坠落。一天就要在绝望中结束时，我已经动摇了，盘算着托另一个人时，小边的电话来了。一上来他先说对不起，“我有重要的事，不便接电话。”

我突然蹦出一句：“你去过丹麦吗？”肖燕凝着眉盯着我，问这句话好像成了我的一块心病。我立即改口，对小边表示了理解，便把大致情况向他转述一遍。小边很痛快地说：“董老师您放心。”

放下电话没有五分钟，他的电话又打过来了，说事情已经搞清楚，按流程处理完就可以去领人。我礼貌地说晚上请他吃顿饭，小边说：“董老师，应该我请您。但这次就算了，身不由己，我实在抽不开身，下次去石家庄我一定向您请教。”

我们顶着夕阳，匆匆赶往北戴河分局时，我对肖燕说：“你总是抱怨梦想破裂。抱怨我成了俗人一个，每天只会拉帮结派，吃吃喝喝，利益互换，你看看，遇到真正的难题，这些起了作用了吧？那些虚无缥缈的梦想呀，有什么用？真正的梦想是脚踩在大地上的感觉。”

她罕见地，紧咬着嘴唇没有反击我。

在避暑胜地，大海在我们南面，像是一个幽深的梦，伸向遥远的黑暗。我们各怀心思一起在海边散步，游客仍然如织。这是一个不夜的沙滩，沙子很软。北戴河的天气变化多端，白天下雨，晚上已经晴了，明月高悬，月光映在辽阔的海面上。大海像是一个巨大的黑色吸盘，更像是一个庞大的深谷，要把那茫茫的黑暗之水都吸进去。

肖燕在小摊上给我和曲辰一人买了一套沙滩服，花里胡哨的，蓝蓝绿绿黄黄，上面有夸张的椰子树。所以我们俩的穿着有点儿滑稽，像是小丑。这有点儿像我们在大学时一起去盘旋路留念照相，一起去商场买同一样的外衣，一起去青海湖旅游……我们以前一致的方面太多了。可是现在，除了这一身衣服，我们再也没有可以拿来比拟的了。我对他是恨铁不成钢，他也一样，在心里可能是恨我更多一分。他一直怪罪说，不应该管他，让他在里面待着。他严肃地说："那才是我应该待的地方。"他把沙子踢来踢去，发泄着不满。肖燕试图想忘记这不愉快的一个假期，提起了那次我们一起去刘家峡的经历。我们三个人，在游历完黄河上游，领略了祖国的母亲之河是如何以险峻之势完成它最初的奔流后，还来到了向往已久的刘家峡水电站，造访了炳灵寺。为了省钱，我们决定走夜路回永靖县城。也是个皓月当空的夜晚，山区的羊肠小道，隐隐约约地盘在黑暗之中，像是远古的一幅中国画，山路开始还是温柔体贴的。这让我们想起许多著名的临夏花儿。我们班有一个临夏来的男生，笔名叫骆驼。几乎会唱所有的临夏花儿。我不喜欢那种腔调，我还是喜欢我们家乡的《回娘家》这样的曲调。但是曲辰喜欢，他喜欢所有新奇的东西，他向骆驼学了很多临夏花儿。这也是他广受女生喜欢的原因之一。我们还是头一次被淹没在夜色包裹着的山路上，起初是兴奋，华北哪有这样的情景？肖燕就建议大家唱歌。我说唱《校园里有一排年轻的白杨》，肖燕反对，她说场合不对，情景无法交融。"此情此景，只有唱此地的歌。"她鼓动曲辰唱临夏花儿。曲辰放开嗓门，唱道"东山的云彩西山里来，西北风吹给这雨来，拔草的尕妹们一溜儿，哪一个是我的肉"。他又唱"花里头俊不过牡丹，人里头美不过少年"。大山、月光是最完美的舞台，我、肖燕，还有路边的野草、昆虫是最认真的听众。他唱了一首又一首，后来嗓子都哑了。

我们也听烦了，肖燕说：“怎么都是这么流氓的词？”我们哈哈一笑，看到自己的身影紧紧地跟着我们，是一个轮廓分明的黑黑的点。抬头向天空仰望，原来月亮已经爬到了正上方。一旦静下来，我们才发现，问题来了，先是感觉到了大山里的静，是死寂，是能够放大所有细微声音的寂静。昆虫的叫声，连野草的晃动之声似乎都能听得到。更令人惊惧的是居然有零星的狼嚎声。害怕从心里溜了出来。恐惧让肖燕的心态发生了变化，慌乱了，走路的姿态也变了，她大叫一声摔倒在地上，把我们俩的魂都吓飞了。她走路崴了脚，疼得哭了起来。剩下的路我们俩轮流背着她。山路越来越长，越来越不可爱。我们开始诅咒这弯弯曲曲的山路、永远没有尽头的山路。后来好不容易我们看到了星星亮光，那是一个村庄，那亮光就是我们所有的希望，在牵着我们，鼓舞着我和曲辰残留的最后一点儿力气。我们赶到村子时，我和曲辰都累瘫了。

说起这段往事，短暂地忘记了现在。肖燕兴致很高，她提议曲辰再次引吭高歌一曲临夏花儿。曲辰想了想说：“我得找找词。二十多年没唱了。”他想了好久，唱道：“白杨树高么柳树高，白杨树的叶叶嫩了；新朋友好么旧朋友好，旧朋友的恩情重了……大山根里庄子多，庄子多嫁下的汉多；维了个朋友是货郎哥，货郎哥给下的钱多……灯盏没油添油来，手拿上拨灯棍来；我有个胆子进来，你没个胆子进来……”

那一夜，北戴河有些湿润。

曲辰与我的关系如故，他对我的冷战仍然在继续。有时候走过门口，我就想到了办公室的丹麦奶糖，在这个时间段里又多了两盒。我看着他冷峻严肃的面孔，犹豫着还是把奶糖的事放下了。

但是有一天，我不得不告诉他，不管他对我有何意见，他必须得和我出一趟远门。

“为什么我要和你一起？”

“因为你娘病了。”我说。

一听这话，曲辰慌了，慌得恨不得插翅飞回故乡。

我开着车在黄石高速上奔驰。我们的目的地是衡水市武邑县清凉店镇。那是曲辰的家乡。一路上，曲辰都显得紧张不安。他脸色非常难看，想必是一夜未眠的缘故。听到老母亲病重的消息，他彻底改变了出狱时的铁主意。他还是决定去见母亲，不管他多么不孝，人生多么失败，他都无法回避。在遥远的一个地方，一个行将就木的老人，是他心中永远的牵挂，也是最牵挂他的人。他选择了坐在后排的位置上。我从后视镜中看到他屡次身体前倾，试图和我说说话，但最终都放弃了。一路无话，路途沉闷无比。

老天有眼，让他见了老母亲最后一面。

老母亲伸出颤巍巍的手，抚摸着他的脸、他的身体。曲辰像是在风中簌簌发抖的小树，哭泣着。母亲把他摸了个遍，对他说：“仙生每年都来看我。你让仙生给我捎的吃的喝的，我都吃了、喝了。我吃的时候，喝的时候，就想到你小时候在村子里跑的样子、你上房掏鸟的样子。你让仙生给我捎来的钱，我一分也没有花，都替你存着。我知道，你早晚一天会用上的。”她从枕头底下艰难地拿出一个脏脏的小包，是用手绢包裹着的。她把小包递到曲辰手里。曲辰回头看了看我。我把头转过去，不忍多看这令人忧伤的场面。

曲辰与母亲在一起相聚了一下午。母亲拉着他的手不放，实际上老人已经没有了力气，基本上是曲辰在抓着母亲的手。她用生命中最后的力气在讲以前的曲辰，讲他小时候，讲他上学时候的事，但她没有提一句曲辰进监狱的事。我走到了院子里，把时间留给了他们母子。我坐在院子里，看着两三只鸡在悠闲地踱步。院子和房子都很破败，房顶上还长出了草。他们说话的声音丝丝缕缕地能传到我的耳朵里，但听不真切，基本上是老母亲在说。我相信，那是曲辰生命中最美好的一个下午。我也感觉内心里澄澈明净。时间仿佛一下子慢下来，静静地如细水长流。我耐心地看着屋檐的影子一点点地挪动，一寸一寸地把我罩起来，那夏末秋初的阴凉是如此的清爽美好。

当院子里再也看不到房屋的影子时，屋子里传来了曲辰的哭声。

那天晚上，守在母亲身边的曲辰突然真诚地对我说："谢谢你为我做的一切。"

我说："我答应过你，替你照顾好老母亲。"我知道，不管到何时何地，这是我永远无法蜕掉的一层皮。

他又哭了。哭过之后，他说："我把你的钱还给你。"

我摇摇头，"听你娘的话，那钱是你的。你娘说，你早晚能用上它。"

第二天，我一个人开车回来，有一个省委宣传部的文化座谈会要开。曲辰在家安排母亲的葬礼，在老家给母亲过了头七才回来。回来后的曲辰对我说他突然有了梦想，他在城里完成答应狱友小张的诺言，便要回到老家，守着地下的母亲。他说，他们那里的很多土地都荒了，没有人愿意种田。他要回去承包几亩地，种果树，种大枣、梨、苹果，做一个有梦想的人，一个痛改前非的人，一个有用的人，一个有意义的人。

从那以后，我和曲辰的关系有所缓和，他又开始向我敬礼。

那年的冬天，许久没有露面的诗人何小麦兴致勃勃地要请我吃饭。我警惕地说："不去酒吧。"

"请您吃饭，地点当然您定。"她的声调有些像林志玲。

但是在光明渔港，她依然自带着英格兰的威士忌。她说这是她从英国带回来的，我一看威士忌就想到曲辰说的话，就紧张。这像是套取隐私的药引子。我赶紧说："我喝啤酒，喝不惯洋酒。"

何小麦说："我不管你喝什么。反正我只喝威士忌。"

何小麦请我吃饭的目的有两个，她毫不隐晦，一是她写的有关曲辰与他的狱友的长诗就要出版了，她想搞点儿活动，在社会上制造点儿响动。第一步是在新华书店做一个新书发布会，想请我去，还要请曲辰也去。这个我答应了，但是曲辰那里我做不了主，得问后再定。她从LV包里拿出一个信封，递给我，"这是出场费，我先付你了。"我随手放到口袋里。听她讲第二个请求。她说："你不是和宋玉老师熟嘛，想请你引荐一下，我想去长沙见他，我这本书，想申报他们办的那个但丁诗歌奖，你也知道，这个奖在诗歌界地位很高。"

我想了想，我和宋玉关系很好，只要有益于她，我乐意做这个引荐人，但是有一点我有些犹豫。我说："你也知道，宋玉嘛，这个宋玉，有点儿……有点儿……”

何小麦说：“好色。天下谁人不知，这算哪门子事呀。这是他的公共隐私吧？你忘了，我最擅长的是什么？”

我想起她的收集隐私癖，便说：“好吧，我给你引荐。”

突然之间我想起一件事，问她：“你去过丹麦吗？”

何小麦说：“去过，不过我不太喜欢那个国家。”

“为什么呢？”

“太井井有条了，没意思。很奇怪，那种地方怎么会诞生一个叫安徒生的老头儿。”何小麦说，“我想去那里，是因为一个诗人，英格·克里斯滕森。你听听她的诗句：鸽子存在，做梦者，以及玩偶；杀人者存在，以及鸽子，以及鸽子……日子存在，日子和死；以及诗存在……”

在何小麦的脑海里，是这种坚硬得令人感伤的诗歌，而不是安徒生，不是温情。但是那个遥远的地方，与我没有任何关系，我只想到了那盒奶糖。

她出发去长沙那天，在机场给我发了微信，是一张她的自拍照，搔首弄姿，穿得鲜艳无比。照片下还附着六个字“献给宋玉的礼物”。

诗人的脑子里在想什么？

小张出狱了。

小张就是曲辰的狱友，被他当成另一个聂树斌的人。曲辰很兴奋，而肖燕则有些许失落，她不再可能陪着曲辰去寻找所谓的正义，余下的日子，属于两个寻找幻想的人了。我回到家里，看到她像那天一样，坐在黑屏的电视机前，盯着电视屏幕发呆。我问她怎么了。

她说："小张出来了。"

"哪个小张？"

"就监狱里那个，我们一直都在为他忙活。"

"你见他了？"

"没有。"忙乎半天，她连面都没见过。

"那你应该感到高兴才对，就不用你天天陪着曲辰做那些无用功了。怎么这么垂头丧气？"

肖燕想了想，"是呀，我怎么就高兴不起来？"

停了一会儿她又问我："你说，他们能得到想要的……东西吗？"

"连你也怀疑了吧？"我说，"我并不看好，不靠谱的事，不着边际。"

曲辰倒是很执着，执意要让小张来见见我。他想让我给小张一些鼓励，他说他已告诉小张我是个什么样的人物。所以小张来到我面前时，紧张万分。小张是个很木讷的人，就像曲辰所说，他看上去很苍老，总是低着头，不敢正眼看人。他始终不说话，曲辰说一句，他点点头。曲辰说："你应该有信心，有自信。你没做过那事，为什么要背一辈子黑锅？"

小张点头。

曲辰又说："你看到没有，董仙生，我大学同学。是我们省，啊不，全国的大评论家，名人。国务院每月都给他发工资。他的话你得信吧？他知道你的案子，他也不相信你做过坏事，他相信你能成功。必要的时候，他会帮助我们。"

小张抬起头感激地看了我一眼，泪水在眼眶里打着转，迅疾又低下头，拼命点头。

他们向外走时，我拉住曲辰，疑惑地低声问他："我什么时候说过那些话？"

"你没说过难道心里不是这么想的吗？"曲辰说。

我尴尬得不知如何回答，赶忙转移了话题："这个小张是不是不会说话？"

曲辰说："他只和我说话，话痨，就是那一套老话题。陌生人他从来不说话，他不信任何人，他只信任我。"

我想说些泄气的话，可话到嘴边又咽了回去。我摆摆手，让他走了。

他们的进展很不顺利。这我早就预料到了。参加何小麦的新书《幽暗之光》发布会时，曲辰一直愁眉不展。何小麦意气风发地给读者签名售书时，被晾在一边的我偷偷地问曲辰，是不是遇到难题了？曲辰苦笑，"是啊，还在原地踏步。我们找到了更近距离接触她的时机，因为我发现，她也不想把事情闹大，她好像有某种顾虑，不想让她的家人知道这件事。你说她为什么要改名？为什么要躲避她的家人？肯定心里有鬼。但是她就是一口咬定，十几年前那个侵犯她的人就是小张。她说，你就是变成鬼化成灰，我都认得出来。小张很痛苦。他在监狱里拼命地努力，减刑提前出来，就是要见这个女人。可她一点儿希望都没给他。"

现场气氛热烈，人数众多，到场的以诗歌爱好者居多，我看到有很多似曾相识的面孔。发布会因此推迟了半个小时，我站得都累了。曲辰一直看表。他说他和小张还约好了一起去找那个印彩霞。发布会终于开始了，何小麦不仅是个男人隐私的收藏者、一个特立独行的诗人，还是一个会推销自己的讲故事高手。她把自己这部长诗的背景说得荡气回肠，好像每一句诗后面都是一个悲情的故事，都躲藏着一个阴暗的心灵。然后我说了几句冠冕堂皇的话。参加此类活动太多了，我感觉自己就像是个机械人，在哪个场合，说什么话，都有一套固定的模式，无非是称赞诗作、拔高艺术水准、肯定思想高度。我的话引来读者的阵阵掌声。轮到曲辰发言了，何小麦显得很激动，面色娇艳红润，几乎是含情地看着曲辰。曲辰看看何小麦。他没有见过这种场合，有些发蒙，张了张嘴没有说出话来。我们耐心地等着他，连读者都那么期待地看着他，因为主持人说他就是这首诗的源头，也就是这部长诗的灵魂，是幽暗之光。大家都想看看光之灵魂是如何附在一个刑满释放人员身上的。憋了半天，曲辰才犹豫着问："我说什么？"

下面有一些小的骚动。何小麦说："你想说什么就说什么，最真实的想法，最真实的感受。"

"我想说什么就说什么？"

何小麦鼓励地说："说吧。"

我冲他点点头。

曲辰说："那我就说了。我虽然离开这个社会二十年，可是我觉得不管是在哪里，在监狱里，在监狱外，大家对于美的认同是有一个标准的，审美从古至今都不会有多大的偏差。我记得诗歌是颂扬美好的事物、美好的人性的，比如《诗经》里的'关关雎鸠，在河之洲，窈窕淑女，君子好逑'。可是，这本书里的诗，写的完全是恶，是阴暗面，是不可告人的丑陋。你们为什么还那么喜欢？那么推崇？……”

何小麦的脸色变了。主持人赶紧截住了他：“好的，诗中的主人公之一，当他解读这部佳作时，他是用书中的灵魂，在对这个社会、这个时代，发出他的质疑与困惑。这也是这部长诗带给我们的震撼。谢谢曲先生。下面……”

曲辰搞砸了新书发布会。发布会匆匆结束，有不满的粉丝还踹了曲辰一脚，何小麦一言不发地在众多读者的簇拥下扬长而去。她们的下一个目的地是酒吧，到酒吧里喝威士忌、读诗。

曲辰委屈地说：“又不是我想说。我不想说，非让我说。我说错了吧？”

我的评论集《听，那精神的轻唤》入围了全国最高奖“文学评论奖”的最后获奖名单，获奖篇目正在网上公示。我已经接到了无数恭贺的短信、微信和电话，已经让研究生黄莺儿安排好请客吃饭。而肖燕对我的获奖似乎无动于衷，她挖苦我说：“你写的那些东西都能获奖，这是当下文学的悲哀。”

我有些不满，“你看过吗？你认真地看过我写的论文、文章吗？”

“没看过。”肖燕说，“因为不值一看。”

“你看都没看，你怎么知道不值一看？”

“就是不值一看。”

我懒得和她理论，这个时候电话响了，是我的研究生马悦。马悦急急忙忙地说：“老师您赶快上网看看吧。”

“怎么了？”

“有人举报您获奖的书里，有一篇文章涉嫌抄袭，网上吵得可热闹了。”

在看到网上的举报内容前，我还是很平静的，这事不可能发生在我身上。我是个爱惜羽毛的学者，从不做那些令人不齿的事。可是看到网上的匿名举报内容，我有些动摇了，不平静了。这篇写乡土文学的文章是出书之前才写成的，在《文学争鸣》上发表，是《文学争鸣》的命题文章。我没有时间去写，便把大概的想法告诉黄莺儿，基本由她来完成的。文章写成后，我只做了简单的修改，便发给了催命鬼似的《文学争鸣》的苏主编。这时，黄莺儿打来了电话，愧疚地向我道歉。她说，她写的时候根本没多想，写到那里时，那些观点好像就已经在她脑子里形成了，信手拈来。她根本想不起来，那是她曾经看过的她一个硕士的师兄写过的主要观点。她哭着说：“对不起老师，我真的忘记了。”我虽然心绪难平，但强压着怒火安慰她：“没关系，这和你没关系。”我突然想起她是老焦介绍给我的。如果不是这件事，我早就忘记了。她是一个勤奋上进的姑娘，于是我问她：“你去过丹麦吗？”

黄莺儿愣住了：“老师您说什么？”

“没什么，没什么。”我说，“挂了挂了。”

随后打来电话的是老焦，这有些意外。老焦完全是关心关怀的口气，他说：“老兄啊，不用顾及网上的流言蜚语，你是一个正直的人，走得正行得端的人，谁不知道呢。那点儿小毛毛雨无足挂齿，轻如鸿毛。走自己的路，让别人去说吧。”他停顿了一下，“不过，你得奖的消息可是传遍了，全院上下都等着你来请客，昨天院长还问我，什么时候给你开庆功会。可是今天院长有点儿不高兴，他就不直接找你了，让我转达你，让你好好给评奖委员会说明情况，不隐瞒事实。事实就是事实，谣言无论披上多么华丽的外衣毕竟也是谣言。保重啊老兄！”

我无言以对。我知道这是老焦早就给我下好的套，可是我太过自信和自大，无意间留下了一条缝，就让他给钻进去了。我只能认下这一步棋局，因为这是我的失算。第三个电话是评奖委员会副主任委员姜先生打来的，他张嘴抱怨道：“你电话这么忙，一直占线。”

我连忙道歉：“所有的影响都由我来承担，不管评奖委员会做出什么决定我都坦然接受。”

姜先生便消了怒火，安慰我一番，鼓励我下次再努力之类的，便挂断了电话。我呆呆地坐在那里，不知道要干什么。

在我一直通电话的过程中，肖燕在旁边敷面膜，刷微信，一如往常。等我呆坐在那里，任凭电话仍然响个不停时，她拿过我的电话，调成静音，对我说：“完了？”

“完了。”我说。

她那张贴着白色油亮的面膜的脸毫无表情，“这个奖对你重要吗？”

我木然地说：“重要。”

“什么对你不重要呢？”

“你说什么？”我的脑子一时缓不过神儿。我虽然已经在最短的时间内把那篇文章与老焦、与我的学生黄莺儿的关系理顺，可我还是无法在短时间内说服自己。

“我是说，什么才是你可以放得下的呢？这么多年，你像是一个饥饿的人，疯狂地占有，疯狂地攫取，你想得到所有可以证明你身份地位的证书、奖励、职位、津贴，连我都替你累，你却从来都没有感觉到疲惫。”肖燕的脸像是个玩偶。

“如果我一无所有，像曲辰一样一无所有。你能满意吗？”我问她。

肖燕想了想，“不能。”

“那你让我怎么做？”

肖燕说：“我不知道，反正不是现在这个样子。”

一连几天，都有人发来信息和问候，劝慰我，替我惋惜。尤其是始作俑者黄莺儿，每天都会在我面前哭诉，哭诉她的无意、她的大意、她的马虎。最后她会颤巍巍地问我：“董老师，我能如期毕业吗？”每一次我都会说：“跟你没关系。跟毕业没关系。”可她第二天仍然会哭丧着脸出现在我面前，像是一个天天要去火葬场的人。

就连曲辰，也不知从哪里得到了消息，竟然说想请我吃饭。我们坐在马路边，已经是深秋了，路边的烧烤摊生意稀落。坐下来后，曲辰说：“有两个事，一个是你的，一个是我的。先说哪个？”

我说：“说你的。我知道你说的第一件事是什么，第二件我不知道。”

曲辰说：“那好吧。还是小张。他要疯了。每天他都给我讲一遍事发时的情景。他说他确实见过那个女人，但他不知道她叫什么，做什么工作。整个夏天，他每天骑车下班时都要穿越一条胡同，从她家门口经过，几乎每次，他都会看到那个女孩坐在窗子前的一把椅子上看书。通常都是黄昏时分。窗前女孩读书的场景太美了，他经过时就会情不自禁停下来，多看两眼。入梦之后，那个场景也会反复地出现。他不断地问自己，难道就是因为我喜欢美好的东西，欣赏美好的东西，就有错了吗？”

“没错。美好之所以存在，是因为人们都喜爱。”我说。

“是啊，小张也真是委屈。”曲辰说，“他仅仅是想把那个场景留在他的脑海中，仅仅是想多看那个女孩两眼。那个女孩显然也注意到了他，肯定是留意到了一个年轻的小伙子，支着车子，如饥似渴地观看她的样子。女孩并没有因为有人窥视自己而羞涩，可能也很享受这种关注。在他们两人之间，或许形成了某种默契，一个专注的读书人，一个投入的观者。谁也没想着改变这样的情景。所以，当有一天晚上，谁也不愿意发生的事情发生时，在黑暗的保护下，女孩没有看到那个行凶者的真面目。但她向警方可以提供的唯一的线索就是那个支着自行车、窥视她的年轻人——小张。那个时候，那个美好的场景对于她来说已经完全是另一回事了。”

“如果没有后来的事情，这是一个好故事的开始。”我叹息道。

曲辰说：“是啊，谁说不是呢。造化弄人。开始阶段，印彩霞还是一口咬定，那天晚上的那个行凶者就是小张。她反问小张，如果不是你，法院为什么判了你十五年徒刑？为什么你自己都承认了？后来，我们不断地打扰她，牛皮糖似的黏着她，让她倍感压力。她明确地告诉我们，她的丈夫、孩子都不知道她的过去，她也不想让他们知道这一切。所以还是劝我们，不要再找她，而是去找法院、检察院、公安局。再后来，印彩霞说，即使我说不是你，我有证据吗？法院会听我的吗？小张想请她一起去当时判案的法院，向他们说明情况。印彩霞指责小张，你们还想让我好好活着吗？你想毁了我的生活吗？小张和我，一筹莫展，不知道下一步要干什么。”

我说：“绝望了吧？”

“是的。”曲辰说，“小张彻底地绝望了。他觉得，他活着的唯一希望就是找回骑自行车穿过那条胡同时的自己。如果找不到，他活着已经没有任何意义。”

我盯着曲辰同样失望的脸，问：“你找我是想得到一些精神上的支持？”

曲辰说：“我不知道。绝望的小张，那天晚上想到了死。小张跑到社科院的楼顶，他说他想从那里跳下去。但是他是个胆小如鼠的人，他哭着说，他连死都不敢。我害怕地紧紧抱着他，唯恐他真的跳下去。就在我抱紧他的那一瞬间，我突然意识到，原来我也被别人的命运所左右着。如果他真的跳下去，我该怎么办？对于我与小张，也许是我们距离现今的社会太远了，我们都不知道，该如何应对，我们手足无措，慌不择路。”

我问他：“你知道了我的事？”

曲辰点点头。

“你看到了什么？”

曲辰仔细地看看我，点点头又摇摇头，“我没看出什么。”

我说：“我知道你的另一个目的，是想来安慰我，安慰我丢失了一个已经到手的大奖。我只能用我的经验来告诉你，所有的宽容与大度、人文情怀，都是扯淡。你别指望别人会对你心慈手软，会对你良心发现。”

肖燕虽然已经失去了与他一起去寻找印彩霞时的热情，但她仍然对这件事满怀热忱。她想起了《安徒生童话》,想把它送给小张。那天晚上，她把那套绿皮的《安徒生童话》摆放在茶几上，一遍遍地抚摸着，就像是抚摸自己的宝贝孩子。我劝解她，舍不得就算了，你就是给他《安徒生童话》，又能怎样。肖燕说，听曲辰说，这个小张，在监狱里最喜欢听曲辰讲安徒生的童话，每次都痛哭流涕的。如果以前能给他生活的勇气，现在，也能给他展望未来的信心。令她意外的是，不管她把安徒生说得多么好，不管她如何说，在安徒生的每一个童话里，都寄托着一个梦想，小张也没有接受她的馈赠。他看都不看《安徒生童话》。他说他不需要这些精神鸦片，不需要那些虚幻的梦想，他需要的是能够看得到的、摸得着的那个人，那个真实的明明白白的自己。

坐在我家客厅里的曲辰，面前摆放着那套退回来的《安徒生童话》。曲辰显出了无奈,他像个孤独的漂泊者,看不到大海的边际。梦想早就破灭的肖燕却信心仍在，她问曲辰："你是不是在小张身上看到了你自己？"

曲辰惊惧地看着她，"我想都没想过。"

肖燕说："那是因为你不敢想，但是你潜意识里肯定是有这个念头，而且这念头还很强烈。你和小张，都不想承认贴在你们身上的标签，不承认你们现在的身份。你们想让时间倒流，让记忆消失。"

曲辰脸都白了，眼睛也红了。

"对于你来说，想要彻底告别过去是不可能的。但是你从小张身上看到了希望，你已经把你和小张的幻想绑在一起，那是你们共同的梦想。"肖燕不愧是一个出色的语文老师，她的分析让曲辰心惊肉跳，连我这样一个评论家，一个自认为对经典文学人物已经了解得透彻的人也不得不佩服。那个夜晚，我和曲辰，都成了她的学生。

肖燕接着说："你比我要幸福得多，毕竟，你和那个小张，还有梦想。不管那个梦想是不是合理，是不是合法，但它毕竟是一个实实在在的梦想。你想得到我的建议吗？"

曲辰拼命地点点头。

肖燕说："牢牢地抓住它，去实现它吧。梦想稍纵即逝。"

我相信，肖燕的话给了曲辰巨大的精神上的支撑，让他抛弃了绝望与无奈，带领小张，走上了一条追寻他们卑微想法的不归路。

黄莺儿一直处于忐忑不安之中，在我面前谨言慎行，唯恐说错一句话。她越表现得像是犯了错、心里有鬼，我越不知道该如何坦然相对。弄得我们俩像是互相提防的对手。终于我无法忍受这种局面，把她单独叫来，想和她好好谈谈。

我还没开口，她先紧张地说："老师，没有马悦她们吗？"

"没有。"我说，"今天我们不说课题。说点儿别的。"

她低下头。

"你去过丹麦吗？"我冷不丁地问她。

黄莺儿惊讶地抬起头，"老师，上次您电话里问过我了。我没去过。我没出过国。"

我说："啊，我忘记了。我找你来，就是想告诉你，那件事情已经过去了。对我对你，都已经过去了。你不要总是感到愧疚。"

黄莺儿脸色绯红，"老师，我什么也没做。我和焦叔叔什么关系都没有。”

我摇摇头，“我不关心你和老焦什么关系。我只知道，你是我的学生，我是你的老师。我希望把我自己最好的知识都教给你，我也希望你能做一个优秀的学者。没有别的。”

“老师，我和焦叔叔真的什么关系都没有，我无意中犯的错跟他也没有关系。”她脸色又变白了。

我越显得真诚，黄莺儿越觉得惊恐万分。谈话其实已经无法进行下去。我挥挥手，“算了。今天就到这儿吧。”

她一步一回头，走到门口，还给我鞠了一躬。

唉！

我心绪难平，立即拿起电话打给老焦。他的副院长任命很快就要下来了，正志得意满。我说：“老焦，不管我们俩之间如何竞争，我都不希望你把一个无辜的孩子牵涉进来。”我没等老焦回答便挂断了电话。

与老焦较量的落败，除了让我感到失落之外，也许并没有什么影响。我仍旧是一个有分量的评论家，来寻求我帮助的作家诗人们依旧趋之若鹜；我依旧去各地讲学，在妻子肖燕的眼里，我也依旧是那个被梦想抛弃的人。

不仅仅我是个被梦想抛弃的人，有一天，我接到了孟夏的电话。电话里的声音很是焦虑，她问我还记不记得一个叫何小麦的女诗人。我说：“我以为你已经消失了，我需要再等待若干年，才会在某时某地，和你邂逅。”

她说：“你别打岔，回答我的问题。”

我问她怎么了，我经常能见到何小麦。孟夏说：“以前何小麦上过我的节目，还是你介绍的。但是现在她提出了一个无理要求。”

我有点儿紧张，“什么要求？”

“要和我谈谈男人。”电话里的孟夏很是气愤，“非常无理，这是对我底线的挑衅。”

我安慰她，让她不要理睬那个疯子女诗人。我说：“她的念头是我们无法理解的。”后来我问她最近生活怎么样。她回答说，很好，好得不能再好。我们闲聊了几句，就在我觉得无话可说，要挂断电话的那一刻，一个想法突然冒了出来，我冷不丁地问她：“你还有没有梦想？”我记得，当初主持《读书》栏目时的那个年轻美貌气盛的孟夏，梦想着用书籍照亮所有人平凡的心灵，照亮所有人前行的路途。

她略微犹豫了一下，也许她早就忘记了这两句话，早就忘记了《读书》栏目。她有点儿动情地说：“仙生，我告诉你。我现在脑子里经常想到的是一个场景。那是小时候，大概七八岁，我父亲领着我，在我们家楼下的人行道上，在夕阳的余晖中，监督着我翻跟头的情景。便道上铺着灰色的方砖，紧挨着马路，是一排排的法国梧桐树，树皮斑斑驳驳，很是好看。西边是一个新华书店，夕阳就从新华书店的楼上照过来，映在父亲身上。父亲的脸是昏暗的，但他的目光却是亮的。我翻了一个又一个，我的身体轻盈无比，整个世界都随着我翻滚、旋转，那一刻，我觉得，整个世界都是我的。现在我只有一个梦想，那就是回到七八岁时的自己，我迫切地想在父亲的目光中，再把整个世界旋转起来。”

我说：“这也不难。我们可以找一个地方，轻松地让你梦想实现。”

她有点儿激动，“真的吗？”

我说：“当然，我的一个学生，经营一个健身房。他那里地方很大，足够你翻上千个跟头。”

对于我的提议，孟夏很是兴奋。我们讨论了具体的细节与时间，我说，我可以让我的学生停业，等待着我们。我还建议她早点儿准备好翻跟头的服装与鞋子。孟夏兴趣盎然地说：“当然，我要好好地准备。”我说：“我可以来代替那个明亮的目光。”孟夏笑了。最后我们约定，周五的晚上，我在健身俱乐部的门口等她。

约定的时间，也是夕阳西下，余晖绚烂，只是，我没有见到法国梧桐。

她却没有来。夕阳很快地就落在了高楼大厦的另一端，此时，光明跌落，夜幕拉开，城市像个巨大的制造黑暗的机器，瞬间就把余晖搅进了黑暗之中，汽车、灯光，就连我，都是这个巨大机器的一部分零件，我们各就其位，共同生产着城市的梦想与传说。闪着刺眼灯光的汽车组成了一条条的河流，我隐约看到，孟夏，那个梦想回到过去的人，在汽车的河流之上，翻着跟头，追逐着已经落下的夕阳。

没有人会想到那个意想不到的结局。

小张最终还是没有能够逃脱掉他内心的折磨。我们不知道，在整个事件的进展中，曲辰到底起了什么作用，因为小张这个人，他是无论如何也不会鼓起那么大的勇气，去做一件天大的事的。他软弱胆怯的性格，决定了开始，却无法预见到未来。我和肖燕都相信，决定结局的钥匙在曲辰的手中。

那个寒风凛冽的冬天，我们只是知道了一个结果。后来具体的情节我们是从电视上看到的，那已经是一年之后。在中央电视台的法制频道《一线》上，有一期节目叫作《悔恨的泪》，讲的就是小张如何再次犯了罪，走上不归之路的。主持人的解说里，没有说小张内心的挣扎，一开始就认定了小张以前的犯罪事实是成立的。电视上的小张剃了头，眼睛很亮，很坚定，不像我们见他时头发蓬乱，目光茫然无神。他说，他已经彻底放下了内心的包袱，从一个被别人冠名的坏人，变成了一个地地道道的坏人。他反而内心感到了十分的安宁，镜头里，他咧嘴一笑，笑得还真是轻松。他说，我现在可以对她说，对不起，请你原谅我。电视里也给了几个曲辰的镜头。曲辰说，是他给了小张勇气。他不知道，为什么会给他那样的建议，他只希望，时间快快地过去。

回到我们最不愿提及的那个阴郁的下午，曲辰和小张要去见印彩霞。曲辰对我说，这次是印彩霞提出要见面的。这让他和小张都感到有些不可思议，以前躲都躲不开他们，为什么这一次却如此主动？反常的举动也加深了曲辰的忧虑，他说，也许这是最后一次，如此下去，小张的精神都会出问题，他怕小张承受不了。

实际上，这一次，小张的精神没有任何问题。

到晚上九点多，曲辰给我打来了电话。他说，对于我们俩，可能这是最后一个电话。他的语气听上去有些奇怪，好像是如释重负的一种感觉。他说，小张做了一件惊天动地的事。我问他是什么事。曲辰说，他真的强奸了印彩霞。原来，他们去见印彩霞，印彩霞拿了两万块钱，希望小张拿上这些钱，跑得远远的，不要再来纠缠她，影响她正常的生活。小张愤怒了。曲辰说他第一次见到小张愤怒。小张看看曲辰，明显地想从他那里得到力量。曲辰拍拍他，“兄弟，你怎么想的就怎么做吧。”曲辰说：“就是这样,很简单,十几年前他没做过却背负了十几年的事,今天做了。”

已经没有必要再来纠正他，关于十几年前，小张是不是真的做过那件事，这已经不重要了。

曲辰说：“我也逃不了干系。有点儿遗憾的是，我在农村的梦想无法实现了。我只有一个牵挂，每年的清明，还得麻烦你，给我母亲的坟头上烧一炷香。”

我没有在他被警察抓走前见到曲辰一面。在电话里，我听到的他最后的话是忏悔。他向我透露了一个藏在内心的秘密。他向我忏悔说，他有深深的罪恶感，当他看到我和孟夏在一起时，他的怒火冲昏了头脑，对我的态度发生了转变，对这个陌生的社会产生了仇恨，他知道，他和小张，对于我们来说都是怪物。所以当他和肖燕去北戴河时，他一股脑儿地把我如何诱导他去给我偷老焦的笔记本，如何与孟夏在一起，都告诉了在北戴河找寻旧时梦想的肖燕。他痛哭流涕，分不清是因为再次要入狱，还是悔恨，“请你原谅我。愤怒让我变成了另外一个人。当然，这就是我人生最致命的弱点。我的人生就是因为这样的不冷静出现得太多而发生了改变。”

我不知道该如何回答他，是安慰他还是安慰我自己。但我最直接的反应还是震惊，不是因为他向肖燕告密，而是因为肖燕的反应。她明明早就知道了我与老焦之间那些龌龊的小动作，这是她最不齿的。早就知道了我与孟夏的苟且之事，这也是她痛恨的。

可她什么也没有说。我放下电话，曲辰告诉我的那个令人痛心的故事似乎变得不那么重要了，我的脑子里全是肖燕，我的妻子，从那个满怀梦想和憧憬的大学生到现在的中年女教师。难道，这就是生活的全部？

小张被判了死刑，在那年冬天被处决，而曲辰再次入狱。这一次，曲辰换了一个监狱，那个监狱离石家庄很远，一直向北，在河北的北部，冀东监狱。我们去探过监，肖燕还带了那套《安徒生童话》，曲辰对那套书没显出过分的激动，他说，这里的人不喜欢听这类故事。我们看到，曲辰比在外面胖了一些，目光平和。他说他想看一本书，就是诗人何小麦写的那本《幽暗之光》，我答应回去给他寄过来。

临走时，曲辰笑着说："你们、何小麦，还有孟夏，在另一种牢笼之中。"他终于说到了孟夏。

在回程的路上，我们一路无语。我们在想着曲辰那句话。快要到石家庄时，肖燕说："是不是我们对不起曲辰？"

我想了想说："不，是他，是他对不起这个时代。"

沉默。

我突然想到了孙尔雅，我说："我想去一个地方。"

"哪里？北戴河吗？"肖燕问。

我说："不。云南勐海，一个山村学校。"

肖燕惊讶地看着我。

我坚定地说："我一定要去。"

惊讶从她的脸上慢慢地退去，她说："我已经有一个月没有在微信上看到她的消息了，她令我非常担心。我也想去看看。”

在很长时间里，肖燕都无法从曲辰再次远离我们生活的阴影之中缓过神儿来。她有一种深深的愧疚感，她觉得自己影响了曲辰对于事情的判断，影响了他对社会的判断。多少次，她都在半夜里醒来，说她在梦里看到了曲辰，她在反复向曲辰说那些关于梦想的话。

丹麦奶糖仍然会收到，一直持续到曲辰再次从我们生活中消失后满一年，之后在杂乱的书信和快递之中，再也无觅它的踪影。我甚至开始怀念时常有糖果到来的日子，这一次，我已经无人可送，它已经积累到六盒，放在我的办公室桌子上，相当可观。我尝试着打开一盒，拿出一颗，放在嘴里，甜，甜味不像我们国家的糖，没有那么浓，如同刮过一阵香甜之风。淡淡的甜味慢慢地从舌尖、口腔、大脑神经，向全身蔓延，舒畅无比。我又蜕去了一层皮。是该忘记它的时候了。也许，生活就是这样，当多达六盒的甜蜜堆积如小山时，谁还想去思考那些干扰我们正常生活的烦恼呢？

甘草之味

我大抵记得十二岁那年的事，我们家突然门庭若市。

在那些行色匆匆的人之中，就有我的小姨夫秦大贵。他们像是从一列叫作忧伤的火车上一起下来的一样，哭丧着脸，说话的声音要么高亢激昂，要么低沉沙哑。他们是我们家在乡下的亲戚和一些不相干的老乡，来城里投奔我父亲，做绝育手术。

我父亲董耀先并不是一个医生。他只是在交运局职工医院里工作，他的工作岗位是医院药房的副主任。但他是我们村第一个在大城市的医院里工作的人，所以，他们都确信不疑，我父亲董耀先是一个了不得的医生。那年秋天，我父亲说破了嘴皮，也无法阻止他们前来求医的热情。我记得那一阵子，几乎每天我们家都会有陌生人出现，父母让我和弟弟喊他们大爷大娘叔叔婶子，甚至爷爷奶奶。我看着他们的年龄不比我父亲母亲大多少，有的还更年轻一些，所以喊起来就含糊其词，在喊“爷爷”“奶奶”时就像嘴里含着一个鸡蛋。

小姨夫是由小姨陪着来的。我觉得小姨的心情和小姨夫不一样，正好相反，一个兴高采烈，一个垂头丧气。过去的几年，小姨一口气给秦家生了三个姑娘，她早就厌倦了这种无止境的生育机器的身份。她和我母亲说话时，不时传来阵阵的笑声。而小姨夫却闷闷不乐，一声不吭，他坐在我们家床边，不停地抽烟，不停地唉声叹气。他把烟屁股扔到地上，狠狠地踩着。他对我父亲恶声恶语："我不信乡里、县里的医院，他们也不信。我只信你！"

父亲虽然知道自己不可能是那个主刀的医生，但是小姨夫浓重的乡音，和这份来自亲人的信任，还是让他骄傲万分，油然而生一份满足感。他挺直了腰杆，提高声量说："放心吧大贵，我给你找我们医院最好的医生。一点儿也不疼，也不会留下任何的后遗症，他有个外号，叫'蒋一刀'。在全市鼎鼎大名。这一段时间他成了我们医院最难请的人，来找他做绝育手术的人络绎不绝。你把心结结实实地放到肚子里，该吃吃，该喝喝，明天就给你动手术。"

听到父亲提到"手术"一词，那年三十三岁的小姨夫却仿佛看到了世界末日似的，放声大哭起来。这是我第一次看到一个大男人如此肆无忌惮地痛哭，觉得非常好玩，我和弟弟挤到他面前，看着他的脸上涕泪纵横。我们俩相视一笑，互相推搡着对方。父亲把我们俩拨拉到一边，安慰小姨夫："没什么好怕的，一点儿也不疼。真的一点儿也不疼，就跟被小小的蜜蜂蜇了一下似的。"

这个叫秦大贵的小姨夫，丝毫没有被我父亲的言语所安抚，反而变本加厉，哭声震天，仿佛都要把我们家的屋顶捅破似的，引得我们那栋筒子楼上的邻居都来观看。我母亲对他们说："别看了别看了，以后没法生儿子了。"而我小姨则满脸羞愧地说："丢死人了丢死人了，这么大的男人哭得像小娃娃。”邻居们不像我和弟弟那样纯粹地看热闹，他们抱有仁厚的同情心，每人对小姨夫说了一句不疼不痒的宽心话，就回去了。背过脸去的他们都有着一张快乐的笑脸。

小姨夫秦大贵的哭声，似乎持续了整整一夜。只是那哭声渐渐由大变小，由重变轻，慢慢地变成了一股泉水似的，在夜晚里细细地流进了我们的梦里。

第二天的早晨醒来吃饭时，已经听不到他的哭声。他端坐在窗前，脸色纸白，凝视着外面开始喧闹起来的街道，忧伤地说：“我儿子没了。”

没有人理会他的悲伤。他看看大早晨都在忙碌的每个人，觉得自己受了冷落，心有不甘，他央求我父亲：“我害怕疼，有啥能让人不害怕？”

父亲为难地摇摇头，然后看着墙角的那堆草药，说：“要不你嘴里吃点儿什么，可能能转移你的恐惧。”父亲从草药堆里拿了一把树根样的草药，放到小姨夫手里。

小姨夫问：“这是啥？”

“甘草，甜的。”父亲说。

他接过来，摊开看了看，尝试着把一小片甘草放进了嘴里，使劲吸吮着，脸上露出贪婪的表情。

我和弟弟没有时间看他像小孩子般无比贪婪的样子，我们甚至有些对他夸张表情的鄙视，一片甘草哪有那么陶醉，我们又不是没有尝试过。我们匆匆吸溜两口玉米面粥就背着书包上学去了。中午放学回来，他仍然坐在窗前，仍然吸吮着甘草，像是清晨时光的再现。一个刚刚做完绝育手术的男人，此时已经没有了恐惧。他有种万念俱灰的悲壮和凄凉。他把窗子打开，让秋天的冷风吹在他僵硬的脸上。我母亲非常担心他，害怕他想不开寻了短见，从我们三楼的窗户跳下去。小姨大声说："放心吧姐，他没那个胆儿。"还是我小姨最了解小姨夫，知道他没有勇气去做气吞山河的举动。他就那么一直坐着，狠狠地吸吮着甘草，也不再哭泣，只是枯坐着。我顺着他迷离的目光向窗外张望，大街上除了偶尔经过的三三两两的人和自行车，其他什么也没有，不知道他在看什么。

那天晚上，小姨夫终于有了一点儿活人的气息，他像是死过一回又复活一样，一口气吃了三碗炸酱面。吃饱了饭的小姨夫摸着我的头问我："仙生啊，你长大了想干啥？"

其实我挺喜欢小姨夫的，初中毕业的他喜欢高谈阔论。我每次回老家见到他，他都拽着我和我聊天，天南地北，时事政治，好像他去过很多地方似的。有的我能懂，但大部分都不太懂。我挠挠头，无知地说："不知道呀。"

他就严肃地说："这可不行，你看你们，啊，条件多好，不愁吃不愁穿，你得想想，别光贪玩，到我这么大了心就慌了。得想想长大了要干点儿啥，要成为一个啥样的人物。"

那天晚上，他和我父亲一本正经地谈论起理想。他咬牙切齿地说："我只有一个理想，就是出人头地，让老婆孩子过上好日子。你呢？"

我父亲心底里有些排斥小姨夫秦大贵。他觉得小姨夫是个夸夸其谈的人，是个不切实际的人。小姨夫因为当过三年兵，就觉得自己与一般的种地农民不一样。他自称是共和国的儿子，是喝着共和国的奶长大的。他之所以与共和国同龄，并不是一种巧合，而是与共和国一样，有着神圣而特殊的光荣使命。每当他如此描述自己时，父亲就乐得合不拢嘴。父亲嘲笑他："说到底，你还不是在农村里种地？种你那一亩三分地，就种种田，收收粮食，能有啥光荣使命？"

小姨夫对我父亲的蔑视并不为意，发誓说："你别笑，早晚你会相信我的。"

和小姨夫相比，我父亲的理想就有些虚无缥缈。他想了想，对小姨夫说，他在农村上学时就是想去当兵，当上兵后就是想保家卫国，在医院工作后就是想着救死扶伤。我父亲有些犹豫，他不知道这算不算理想。

小姨夫斩钉截铁地说："不算，这算哪门子理想？你老变来变去的，那算啥理想？"

夜已深，母亲和小姨已经进入梦乡，父亲在不断地打着哈欠，困倦已经牢牢地战胜了每一个人，唯独小姨夫还清醒无比，他看一眼窗外漆黑的夜晚，突然像是缓过神儿来似的对昏昏欲睡的父亲说："我恨死你了。是你让我失去了一个男人的尊严，失去了成为一个儿子父亲的机会。你这样对待共和国的儿子，祖国和人民都不会答应的。"

我父亲被他这句话吓得一下子就失去了倦意，没想到自己做好事会落下这个结果，义愤填膺地说："你别给我扣帽子，又不是我要让你做，是你找我来帮忙的。你可不能怪到我身上。这跟我有啥关系？"父亲非常生气，对小姨夫不可理喻的想法愤慨不已，他想不通，小姨夫竟然会有这样稀奇古怪的想法。他站起来，身体颤抖着，他再也不顾及礼貌，快速地逃离小姨夫，爬到床上去睡觉了。

从结扎手术之后，小姨夫就依赖上了甘草，临走，他从我们家拿走了一大包甘草，那一片片的像树根样的东西，成了他的宝贝，让他终身受用。

初中三年级的时候，我曾经在《现代汉语词典》里查到了甘草一词，里面的解释是这样的：多年生草本植物，茎有毛，花紫色，荚果褐色。根有甜味，可以入药，有镇咳、祛痰、解毒等作用。

回到家的小姨夫，总觉得自己的身体不像是自己的。他对自己的身体时时产生怀疑，可是我父亲说的他好高骛远的性格并没有丝毫的改变，他本来就对弯下身体种地不感兴趣，这次更是有了充足的理由，他说，结扎手术让他没了力气，弯不下腰去。第二年夏天，我和弟弟放暑假回老家去看小姨时，在阳光照耀的田边地头，小姨夫拄着一把锄头，戴着一顶草帽站在那里，悠闲地品尝着甘草，而小姨则弯着腰在地里挥汗如雨地锄草。他指着那绿油油的玉米说："仙生、路生，你们看到了啥？"

"棒子地，"弟弟路生抢着说，"全是棒子地。"

小姨夫摇摇头，冲着我努努下巴，"仙生，你说。"

我犹豫着说："小姨在锄草。"

小姨夫很不满意地摇着头，"你们只看到了你们看到的，却没有看到你们没看到的。"

"那是啥？"我问，他这种绕口令似的话让我们俩很费解。

小姨夫说："那是一个阴谋，一个埋没共和国儿子梦想的阴谋。”

我和弟弟都不懂他在说什么。

当我把地头这幅场景说给父母时，母亲气得在屋里团团转，说：“他怎么能这样？怎么能这样？这哪里像一个男人。这不是欺负我小妹吗？”

父亲说：“我早就说过，他就是这样的人，不切实际，好高骛远，眼高手低。你还不信。”

他恨我父亲。他明知他的结扎和我父亲无关，可他仍然满怀着对我父亲的幽怨，逢人便说是我父亲劁猪一样劁了他。在以后若干年里，他们的每一次碰面都不欢而散。一见到我父亲他就怒目而视，仿佛是我父亲让他堕入万劫不复的深渊似的。他们的关系变得十分微妙，父亲不止一次地向母亲埋怨，以后凡是小姨夫的事，他一律不管。父亲回老家的次数越来越少，他觉得一回到故乡，那些曾经让他帮忙结扎的男亲戚女亲戚就像看敌人那样望着他，目光都带着刺，他浑身上下不舒服。他委屈地对母亲说：“好像真的是我非要给他们结扎似的，这到哪儿说理去？”

父亲说是这么说，可事到临头，他又不得不管。

为了自己的理想而奋斗的小姨夫，拖着一个被他说成是假男人的身体，不得不再次向我父亲低头，在时隔一年之后又来到了邯郸城里。

那时候父亲正在自学各种医学书籍，其中有一本是北京中医院革命委员会编的《辨证施治纲要》，我曾经偷偷地翻看过，里面的望闻问切、六经辨证、三焦辨证那些词，我根本看不懂，只记得书的扉页上毛主席的一句话：“中国医药学是一个伟大的宝库，应当努力发掘，加以提高。”父亲虽然没有行医资格，可是一直想成为一个医生。他对中医有着浓厚的兴趣，经常抱着一本《新编中药歌诀》，从早读到晚，像唱歌一样，什么“桑叶甘寒肺肝经，清热明目祛痛风”，什么“黄芩味苦药性寒，归心大肠肺肝胆”，什么“桔梗苦平归肺经，解热镇咳祛痰脓”。一旦我们感冒发烧，头疼脑热，他就格外兴奋，因为展示他学习成果的机会来了。他从单位里拎回一包包的中草药，什么柴胡、苏叶、桔梗、甘草、麻黄、防风、黄芩，等等。他一一地告诉我们那些陌生草药的名字，以及它们的功用。除了他，我们没有人关心它们具体有什么用，只要能让我们赶快把烧退掉，不再不停地咳嗽，就阿弥陀佛了。我们甚至不关心它们叫什么名字。有人生病的日子里，我们家飘散着非常浓烈的中药味道。这种苦苦的味道，在我们狭小的房间里打个转，然后就飘到楼道里，飘到每家的餐桌上。一起上学时，隔壁的二小讥讽我和弟弟：“我爹说，你家吃不起白面，又用草药改善生活呢。”我们兄弟俩追着他打。

小姨夫这次来，看来是做好了充分的心理准备，打算向我父亲低头。他背着一口袋玉米面，特意拎着两包桃酥点心，还没进门，我和弟弟就闻到了那香甜的味道。他戴着一顶棉帽子，进了屋赶快把棉帽子摘下来，低眉顺眼地对我父亲笑。真想不到，他轻易就把对我父亲的仇恨给忘掉了。

父亲正拿着一本医药书在看，他头也不抬，不吭声，假装没看到他，高声念诵着：“葛根辛平归胃经，发汗解热止疼痛；发热口渴呕吐泻，头身疼痛肩背凝。”

在父亲中药歌诀的诵读声中，小姨夫表现得很耐心，他一直等着父亲的诵读完了一个段落，才说：“姐夫我来了。我的甘草吃完了。”

父亲继续读：“生地甘苦性大寒，心肾小肠心包肝；滋阴清热凉血液，降逆五血破瘀坚……”

小姨夫装作很认真地听着，等父亲一停下来，他马上又说：“我给你买了桃酥。这家桃酥是咱县最好的，我跑了二十里地去买的。”

父亲屁股挪了挪，并不抬眼看他，目光停留在中药歌诀上。

小姨夫并不气馁，他说：“我给你道歉来了，以前是我不懂事，该死。要不我给你……”

父亲适可而止，没让小姨夫把那句话说完，他抬起头来，面露愠色，说道：“要不是他小姨哭着来求我们，我是千不该万不该再去招惹你的。又看你日子过得那么饥荒，仨丫头穿得补丁摞补丁的，连顿白面馒头都吃不上。算了，原谅你了。你能耐，你真行，我是服了你了。”

小姨夫立即就笑逐颜开，他急忙掏出烟来给我父亲点上，“你大人不记小人过，宰相肚里能撑船，饱汉子不知饿汉子饥……”态度极其谦恭。

父亲急忙阻止小姨夫再说下去，“越说越不像话了。饱汉子饿汉子都出来了，这哪儿跟哪儿啊。不过咱可丑话说到前面，以后可别再落埋怨。我不想做了好事还里外不是人。”

小姨夫随声附和，“那是那是。你是大好人。姐夫，你说你说。”

父亲不紧不慢地说：“一是念在咱们是亲戚的分儿上。二是考虑你家里的情况确实也太艰苦，拉扯一大家子，也不容易。三是我正好和我们局管后勤的是战友。你到那里好好工作，也给我长长脸。别让人家说我这个介绍人的不是。”

“放心吧姐夫。我一定不辜负你的期望，努力工作，积极上进，为四个现代化贡献力量。你就看我的表现吧。”小姨夫信誓旦旦的表白，让我和弟弟觉得非常可笑，就像我们在老师面前表态一样，一个烧锅炉的怎么为四个现代化贡献力量，真是可笑。他竟然落到和我们同等的水平，这让我和弟弟很不齿。

父亲为小姨夫找的工作是烧锅炉，在交运局职工澡堂烧锅炉。小姨夫暂时忘掉了他内心的悲伤，忘掉了他人生的目标与理想，开始快乐地烧锅炉。他对我父亲的态度大变，仿佛他从来就没有恨过我父亲一样。他千方百计地讨好我父亲，一到开支那天就来我家，给我父亲买包黄金叶烟，然后趁机在我们家蹭顿饭。父亲对他的态度是不冷不热，言语也并不热情。小姨夫肯定能感觉到父亲的冷淡，但他假装看不到，照样和我们有说有笑。他最喜欢看我父亲从单位拿回来的《人民日报》，每次他都把报纸从头到尾看个遍。看完之后，他像是肚子里憋着太多的话想要说，而父亲又对他爱搭不理，他又觉得母亲是个家庭妇女，与他想说的话不相配。所以他盯上了我，凑到正在写作业的我跟前恭维我两句：“你看看仙生，多文气，啥时候都见你在学习。不像路生，在家里就见不到他的影儿。”然后他就借机把他满腹经纶向我倾倒。他像是发现了什么秘密似的告诉我说：“你等着吧，我们国家很快会有大事发生。”

我头也没抬，好奇地问：“啥大事？”

“我也说不清，反正，我觉得要有很大的变化，我们都要有变化，再不能浑浑噩噩地混日子了。”

他指着《人民日报》上的一篇社论让我看，而且字正腔圆地用普通话给我读了一段。他那带着乡音的普通话听上去和说相声一样，逗得我大笑。我父亲瞥我们一眼，又埋头自顾自地看他的书。厨房中的母亲探过头问："笑啥呢？"

我说："没事，我小姨夫变城里人了。"

父亲不知道是不是被我不断响起的笑声所吸引，他把书背在身后，走到我们面前，围着我们转了一圈，又回去坐下，继续读，并不时地向我们张望。

过了几天，我才明白父亲围着我们转圈的目的。

那些日子，父亲迷上了针灸，他手痒痒得难受，经常手里捏着一根银针在屋里踱来踱去。那银针的闪光晃得我弟弟董路生头晕，他说："我头晕，到外面吹吹风。"他推开课本，一溜烟地跑了。父亲并没有停止读书和踱步。原来他在找合适的时机、合适的人选来练练手。那天小姨夫秦大贵是自投罗网。

吃完午饭，父亲终于按捺不住内心的冲动，把小姨夫按到椅子上，卷起小姨夫的裤腿，露出瘦弱的膝盖和小腿。他拿出那个长条的小铝盒，打开，里面摆满了闪闪发光的银针。小姨夫坐在那里瑟瑟发抖，哀求道："姐夫，我没病，不想扎针。"他眼里露出恐惧。

父亲轻描淡写地说："你怕啥，谁没扎过针？一点儿也不疼。就跟被蚂蚁咬了一口一样的。你连蚂蚁都怕，亏你还当过兵。"

"我没病，扎啥针？"小姨夫反复强调这一点。

既然父亲找到了最合适的对象，他岂能善罢甘休，他按住小姨夫因为恐惧而晃动不已的肩膀，就像当年结扎前安慰他一样："没事的，一点儿也不疼。有没有病你知道啊？很多人得了病自己并不知道，你也是。我早就观察你走路的姿势了，你一条腿总是向外撇，这说明你腿上的气血不畅，腿上的气血不畅就说明你有潜在的疾病，轻则腿脚麻木，重则半身不遂。”

不容分说，父亲把银针用酒精消过毒，便毫不留情地在小姨夫的膝盖处下了手。小姨夫及时地从兜里掏出一片甘草，快速地送进嘴里，响亮地吸了一口。我和弟弟都好奇地围在边上，睁大眼睛看着小姨夫抖动的膝盖和脚踝。母亲劝父亲：“他不愿意你就别扎了。”

父亲固执地抢白母亲：“又死不了人，我这是在给他治病。他还得感激我呢。你说是不是？”他转身对小姨夫说。

小姨夫早就忘了该怎么说话，脸色发青，嘴唇发紫。

母亲不忍看，转身出去了。

小姨夫的反应异常强烈，父亲的银针还没扎到他腿上，他就扭动身体，大呼小叫。父亲警告他：“你要是乱动，扎错了穴位，就不是我的事儿了。”

这句话真管用，小姨夫立即吓得僵在椅子上，脸色由青变白，颤抖着说：“姐夫啊，看在咱们是亲戚的分儿上，你一定要扎准了啊。”

父亲镇定自若地说：“放一百个心吧。我在梦里不知道扎了几百遍了。一点儿问题没有。”

不管父亲再怎么吹牛，毕竟这是他头一次针灸，再加上小姨夫紧张得仍然有些晃荡的身体，他的自信心便打了些折扣。他的手也随着小姨夫的身体晃来晃去，但内心那股无法遏制的兴奋，还是让他果断地扎下了第一针。于是我们便听到了小姨夫那一声撕心裂肺的尖叫，看到了他腿上的鲜血。父亲也慌张了，一时不知道下一步要干什么，而扎上去的银针还随小姨夫的身体不停地摇动着。母亲应声从外面跑过来，惊呼道："咋了咋了，让你不要扎不要扎，你偏不信邪，自己又不是个医生，装啥大头蒜？"

父亲的第一次尝试以失败告终。可他并不气馁，那几天他吃不下睡不香，都在琢磨着为什么会失了手，他自言自语："按理说不应该呀。没错呀，一切都是按程序来的呀。不会错的呀。"他还去请教医院的老中医邢大夫，那个戴着厚厚镜片的老医生。

父亲还去澡堂的锅炉房去找过小姨夫，问他那天扎得到底疼不疼。小姨夫煞有介事地摸摸膝盖，说："疼吧。"

父亲追问："你好好想想，到底疼还是不疼？"

小姨夫犹豫了，"好像有点儿疼。"

"到底疼不疼？"父亲并不死心。

"好像又不怎么疼。"小姨夫说。

这些后来父亲在饭桌上转述给我们的话，让他彻底放下了心理包袱，他开始了又一次的冲刺，他摩拳擦掌，信誓旦旦。那个礼拜天他特意去请小姨夫来家里吃饭。这让小姨夫受宠若惊，连买一包黄金叶烟的惯例都忘了。父亲举着银针，问他："真的不疼是吧？"

小姨夫说："不疼。"

其实，第二次还算是成功的。没有见到血，也没有听到小姨夫的叫声，只是小姨夫额头上的汗水比往常要多许多。所以，那个春天里，一到礼拜天，小姨夫就成了我父亲练习针灸的靶子，他身体的各个部位都是我父亲下针的地方。身上扎满银针的小姨夫，很安静地坐在椅子上，或者躺在床上，早就没有了恐惧与担忧。他甚至自得地看着《人民日报》。他鼓励父亲说："姐夫，一扎针我就觉得浑身舒坦，跟洗了次澡一样。"

父亲见怪不怪地说："洗澡哪能跟扎针比？洗澡只是把你身上的脏东西洗掉，扎针却是把你身体里的脏东西扎没了。"

有时候他浓密的黑发丛中也长出来几根银针，而他低着头在那里看《人民日报》，很享受的样子。我问："小姨夫，你说的大事，啥时候来呀？"

他指着报纸说："快了快了。你就等着吧。有比你还急的人。"

我一直好奇小姨夫为什么坚持说第一次扎在他身上的针不疼。他从来没有说过。这是他和父亲的一个秘密。

我不知道小姨夫说的大事是什么，可是发生在他和我父亲身上的大事却来了。

先是小姨夫突然辞职不干了。

不得不说，小姨夫是个脑袋瓜灵活的人，他在快乐地烧锅炉的过程中，接触了许多经常在澡堂泡澡的人。父亲每周带着我和弟弟去那里洗一次澡，那种老式的澡堂有一溜长长的更衣室，中间有一个窄窄的过道，两旁是两溜长条形的木床，有二十多张。很多中年人除了洗澡，还在那儿休息聊天。有很多都是常客，小姨夫就有机会去认识他们，有一次他向我们炫耀说他和说相声的康达夫聊了好多次。康达夫、李如刚是当时河北相声界的名人，经常能在收音机里听到他俩说的相声。康达夫就住在邯郸贸易街十九号院。因为离得近，所以他经常去交运局的澡堂洗澡，我们也经常见到他，可是没有人能和他聊过天。小姨夫却有这样的经历，这成了他炫耀的资本。有的人和他成了朋友。他生命的转机就是朋友提供给他的，他受了一个经常泡澡堂子的朋友的启发，按着朋友的指引，要回村去开砖窑了。走之前，他破天荒地买了一只烧鸡、一包花生米、一瓶邯郸大曲，来和我们道别。此时的小姨夫，充满着对未来的渴望。他眉飞色舞，喝了几口酒之后，就开始畅想着砖窑挣钱之后的生活。我父亲忧虑重重，问他："开砖窑好是好，可你没有经验呀。那可不是说把土和成泥，架到火上烧烧的事儿。"

"这个你放心。老张去和我一起干，他有经验，在山西烧了五年的窑。"小姨夫信心满满地说。老张就是他在澡堂子里交上的朋友。

母亲在旁附和着："是呀，你和小妹商量没有？你别砖窑开不成，烧锅炉的工作也没有了。这工作你姐夫费了多大的劲才给你找来的。"

"烧锅炉算啥？"小姨夫满脸的不屑，"我以后有了钱可以自己把澡堂子买下来。"

"你有钱开砖窑吗？"父亲问了一个非常现实的问题。

小姨夫立即停下了筷子，脸色也变得忧郁起来，"这是主要问题，现在是万事俱备，只欠东风。"

"那你打算怎么办？"父亲问。

"借。"小姨夫说，"我早就想好了。钱我从亲友处借，你们放心好了，姐夫姐姐，我不白借你们的。就当你们把钱存到我这里，我比银行给的利息多一倍，你们看怎么样？"

“好啊好啊。”母亲高兴地说。

父亲瞪了母亲一眼，“八字还没一撇呢，砖还没烧出来一块，好啥好？”

父亲尽管一万个不情愿，但还是碍于亲戚的情面，借了五百块钱给小姨夫。小姨夫是千恩万谢，给父亲母亲许愿说：“我发了财，也要让亲戚们都富起来。”

他还分别从山东的大姨夫、邢台的三姨夫那里借了钱，带着一大家子人的期望，踌躇满志地回乡创业去了。临走时，小姨夫对我父亲切切地说：“如果你真的成了大夫，能不能再给我做一次手术，让我恢复男人的身体。”他内心深处还在念念不忘被结扎一事。

父亲摇摇头，“这可不是我说了算的。这是国家政策大事，我一个小老百姓能说改就改的？”

小姨夫走后，父亲立志要当一个真正医生的步伐开始加快。父亲的事业在他做了足够的铺垫和准备之后，并没迎来重大的转机。他一心想当一个医生的梦想迟迟无法到来。在小姨夫走后不久，父亲开始偷偷与中医科的邢大夫谈妥，在他那里过过当医生的瘾。如果单纯地扎扎针灸，不会出什么大事，可是后来他竟然得寸进尺地动了给患者治疗骨折的念头。这一次，惹了大麻烦。母亲不止一次地埋怨父亲怎么就有那么大的胆子去给别人做手术，如果真的出了人命，可让我们娘仨怎么办？

一个晚上，父亲一直没有回家，眼看着夜幕四合。我们坐在饭桌前等待着父亲下班回家。要是以前，我们都吃完晚饭了。直到夜里九点，父亲才拖着沉重的脚步回家。他阴沉着脸，一句话不说，坐了足足有半个小时，才说出实情。原来，中午临下班时，邢大夫急着回家炖刚托人买的新鲜排骨，就让父亲临时盯一会儿班。药房里人手多，父亲乐得在外科里坐坐，体验一下当医生的感觉。没承想快吃午饭时来了一个被自行车撞断小腿的年轻小伙。小伙子疼得脸都变了形，却咬着牙没有叫出声，这也给了父亲胆量，让他可以放手去接骨复位。他已经观摩邢大夫很多次了，各种步骤早就烂熟于心，虽然也有些紧张，可他还是一边在脑子里重复着每一个步骤，一边算是按部就班地把骨头复了原位，打了石膏。打完石膏，父亲擦了一下额头，才发现，自己的头发湿漉漉的。父亲瘫坐在那里，像是爬了一座山那般累，但心里却无比的舒坦与愉悦。他打开窗户，让风吹在他大汗淋漓的脸上，都忘了吃午饭，坐在那里竟然睡着了。汗还没落净，一个美梦也没做完，他就被从椅子上拎了起来。小伙子的家人推着小伙子又来了医院，这一次，小伙子没有了刚才的坚强，那种钻心的痛苦的叫声响彻医院的楼道。幸亏邢大夫不放心，早早地赶到了，不然父亲非得被病人家属打残废了。邢大夫很快给小伙子重新接好了断骨。下午，父亲和邢大夫都被叫到院长办公室，挨了狠狠的一通批。院长让他们停职，写出深刻的检查。

父亲并没有从这种越权行为中反思自己，反而纠结地问自己："我明明是按照老邢的步骤做的，没有错呀。哪里出问题了？"看来，父亲想要当一个医生的"贼心"不死，不是一次挫折轻易能被打败的。

父亲要为自己的错误负责，他背了一个党内警告处分。邢大夫被全院通报，做出检查。

放暑假回老家时，我才真正明白小姨夫所说的大事是什么。他领着我和弟弟，穿过一片树林，停在一片麦田边，远远地能看到泜河大堤上郁郁葱葱的树木迎风招展。据父亲说，泜河向北一直流，最后汇入滏阳河。父亲说，他小时候，能够坐船从老家到邯郸城。小姨夫意气风发地指着麦田之中耸立起来的砖窑和冒着一股黑烟的大烟囱、一排排红红的砖垛，以及忙碌的烧砖工，得意扬扬地说："你们看看，这就是我的砖窑，我的事业。大事就是从这里发生的。"他穿着一件灰色的西服。西服并不平整，像是被揉搓过似的，皱巴巴的。他说："我很快就能挣钱，你俩说，想要啥？"我想要一本写保尔·柯察金的小说《钢铁是怎样炼成的》，我弟弟路生说只想要一副拳击手套。

他一只手叉着腰，另一只手指点江山。小姨夫不只领我和弟弟去过他的事业前沿。父亲、母亲，还有偶尔回来一趟的大姨夫、大姨，都见识了他的砖窑红火的情景。他对他们说："不出两年，我就能把投入的本钱都收回来。第三年就能盖上房子。让三个妮儿每天都穿新衣服，每天都吃饺子。"

父亲确实被眼前的景象震惊了。他没有表态，回城的一路上都脸色铁灰，闭口不谈小姨夫的砖窑。倒是母亲一直在喋喋不休地憧憬着能从小姨夫那里分到多少高额利息。

从火车上下来，父亲才说了离开老家的第一句话，他发着狠说："这都什么世道，秦大贵都能当上个砖厂厂长。"他没有说出他想说的后半句话，但是我们都明白，父亲是不甘心他永远是个在医院工作的行政干部，而不是个受人尊敬的医生。

小姨夫的事业开始是顺风顺水。他用很短的时间便把成本收了回来，成了我姥姥家的明星级人物，地位直线式上升，而我父亲和当工程师的大姨夫都排在他的后面。每次到我姥姥家，他都喜欢在村子里转悠转悠，以便听到村里人对他无以复加的吹捧。那个时候的小姨夫可谓是春风得意马蹄疾。

谁也没想到，他美好的事业会中途夭折。

砖窑开工后的第三年，我考上了大学。那年的秋天，在遥远的兰州，我收到了父亲一封热情洋溢的信，他在信中教育我要脚踏实地，不要好高骛远，并拿我小姨夫来做反面教材。字里行间，透露着一股隐隐的幸灾乐祸。我这才知道，小姨夫的砖厂出了事故，小姨夫也落下了残疾。

砖窑发生了坍塌。小姨夫去抢救烧窑的工人，自己也被砸在里面。小姨夫被送到我父亲的医院时，全身上下都是砖灰和血迹，也不知道到底哪儿伤着了。小姨哭得死去活来。

躺在病床上的小姨夫对我父亲说："每次碰到你，我就会倒霉，身上就少点儿什么。"

小姨夫万幸没有大碍，只是砸在了右脚上，少了三根脚指头，脚踝变了形。他在医院里和家里躺了两个月，再下地走路时就成了一个瘸子。他改变命运的努力被踩了急刹车，烧窑的工人死了两个。他变卖了砖窑，把所有的钱都赔上了，还是不够，又借了亲戚一大笔钱。他丝毫没有那种绝望的表情，反而安慰我父母亲，"你们尽管放心，我还会东山再起，你们的钱我会加倍还你们。比银行利息的两倍还要高。"我父亲不信他的话，说："你只要踏踏实实地种好地就行了，我们不稀罕你的利息。"其实父亲真没打算他能还得起这笔账。

我利用国庆节假期去看望过小姨夫，脚上缠满石膏和绷带的他一点儿没有灰心丧气，眉飞色舞地给我讲起当时事故现场的情况，好像说的是发生在别人身上的事儿似的。他说："我当时应该想点儿什么的，对吧，比如想想欧阳海拦惊马、黄继光堵枪眼、董存瑞炸碉堡，可是我没有啊，现在想想真是后悔啊。我真的应该想点儿什么呀。想点儿啥才是正常的，你说是不是？不过我觉得自己挺伟大的，这些天，我躺在病床上，越琢磨，自己的形象就越高大，我就越佩服我自己，越觉得自己是个了不起的人，是一个超凡脱俗的人，是一个能够成就大事的人。虽然牺牲了两个工人，好歹我也救出一个工人呀。我这是什么精神，救死扶伤的人道主义精神，大无畏的英雄主义精神。我恨不得给我自己发个奖状。"

虽然他的话有些自吹自擂的成分，但基本也是尊重事实。不光是他自己，在我的头脑里，他的形象也在改观。因为我永远记得在田间地头，他扶着一把锄头，吸着甘草，悠闲自在的样子。那无所事事的形象是一个乡村懒汉。我觉得我得重新认识小姨夫。他身体里流淌着一股让我肃然起敬的血液，让我刮目相看。

但在我父亲的眼里，小姨夫的形象就从来没有改变过，就是夸夸其谈，不切实际，一个好逸恶劳的典型。他在信中这样给小姨夫下定义："他终究会一事无成。"

小姨夫却从来不相信自己的命运会在田地间徘徊，他那么厌恶土地，想要让自己的家人过上好日子。为此，他愿意做任何事情，包括向任何人低头。

他第二次向我父亲低头是在脚伤痊愈之后，在乡间他已经寻找不到失去的梦想和远大的抱负了，他只能回到城里，继续寻找着机遇。这次，他拎着两瓶泥坑酒送给我父亲。我父亲虽然时常对小姨夫充满着抱怨，可是当看到小姨夫落魄时，他又涌起了无尽的同情心。扶危济贫的心理让他忘记了对小姨夫的那些偏见。

重新回到城里，成了瘸子的小姨夫无法干重活，他在交运局职工医院当门房，收收报纸信件，看看大门。我父亲叮嘱他，这可是他拉下脸来求院长办的唯一一件事，他可别把工作搞砸了，让父亲脸面无光。

从外面半开的窗户看进去，小姨夫似乎是一个安于现状、无欲无求的看门人，平静地坐在那里，微笑着面对每一个进出的医院职工，闲散时看看报纸。弟弟董路生有一次和别人打架在医院里躺了两天，小姨夫坐在他旁边，劝他以后别到处去给父母惹事，小小年纪不学好。

路生反唇相讥："你不也是寄人篱下，看别人脸色混饭吃吗？"

小姨夫愣了愣，"你怎么能这样说呢？你别看我现在在这里过着庸庸碌碌的日子，可是这里，"他用手指着自己的脑袋，"我这里从来没有停止过思想，从来没停止过对未来的梦想。你有吗？"

弟弟撇着嘴说："我没有，现在痛快就得了，想啥未来。"

小姨夫与路生话不投机，他还是愿意与我聊天，他觉得和我在一个说话的频率上。

小姨夫用行动证明了他从来没有停止过的奋斗目标。有一天早晨八点，他在医院大楼口拦住我父亲，拖着残疾的右腿把父亲拽到他门房里，悄悄地对父亲说："姐夫，我发现一个秘密。"

父亲纳闷地问：“啥秘密？”

“你们医院香火不旺的秘密。”他故意压低声音，好像怕别人听到似的。

父亲觉得很好笑，“你开啥玩笑，这又不是和尚尼姑庙，什么香火旺不旺的。”

“你别笑。我是认真给你反映这个事的。”他扒头向窗外开始来上班的稀少的人流看了看，放心了才说，“我可没告诉任何人。只说给你一个人听，连院长我都没说。你听好了。这虽然不是和尚尼姑子，可性质是一样的。和尚尼姑庙如果香客少，香火自然就不旺。你们医院如果看病的病人少了，你们肯定就挣的钱少。这个道理是一样的。”

父亲想了想，觉得小姨夫说得也有道理。我父亲工作的职工医院，背靠着交运局这棵大树，长期以来吃大锅饭，人浮于事，得过且过，确实是这个情况。没想到小姨夫来了这么短时间，一下子就看出了医院存在的症结。

“要致富先修路。要想让病人都来你们医院看病，你们首先得把环境搞好了，让病人一进门就像到家了一样。他心里安生了，就能塌下心在你们医院看病了。”他拖着腿把父亲拽到大厅里，指着大厅的墙和房顶，“你看看你看看，破破烂烂烂的，灯有的亮有的不亮，大厅里暗得总像阴天要下雨。墙好像是盖了楼之后就没刷过，墙皮子都快掉光了，像一块一块的癣，这哪像是个医院，倒像是垃圾场。”

每天在这里工作的父亲，还是第一次打量自己的工作场所，以前是习以为常了，从来没有留意到这座二十世纪七十年代建起的三层门诊楼，竟然如此的破败不堪。他说：“你想说啥？”

小姨夫一只手叉着腰，“当然是替你们和你们医院分忧解难，我虽然只是医院的一个临时工，可我也有主人翁的精神。我在替你们着想呢，得先把大厅粉刷粉刷，换换灯泡，门上刷刷漆，焕然一新了，才能吸引病人呀。”

我父亲这是头一次打心眼里觉得小姨夫的话靠谱。他由衷地拍了拍小姨夫的肩膀，离开小姨夫去了药房，在那里放下包便去了院长的办公室。从一楼往三楼走的过程中，父亲仿佛也才是第一次发现，医院哪儿哪儿都看着不顺眼了，哪儿哪儿都是又脏又破又旧。院长在办公室，父亲一口气把自己想说的话说出来，大意是在重复小姨夫的话，应该把门诊大厅修缮一新。院长皱了皱眉，“耀先，你是药房的主任啊，这事归后勤管，你就别操心了。你把药房的事管好就行了。”

父亲碰了一鼻子灰，心灰意冷，从此再不提修缮门诊大厅的事儿。令他意想不到的是，半个月后，早晨去上班时，门诊大厅却开始粉刷墙壁了。父亲站在大厅里，看着几个穿着蓝色工装的工人正在忙碌，热火朝天地刮墙皮，一时间竟愣住了。回过神儿来，他看到门房里的小姨夫正冲他招手。他走到门房窗户那儿，小姨夫神秘地小声说：“你别声张，下班我和你说。”

一整天，父亲都心神不宁，不知道到底发生了什么。

下班时间总算熬到了，小姨夫站在医院外面的路旁等着他。那个春天的傍晚，日头还没有完全落下去，站在那里的小姨夫，在夕阳的映照下，脸上挂着暖洋洋的幸福笑容。父亲说，那种笑容他在秦大贵开砖窑时见到过。

小姨夫点着一支烟，像是等待自投罗网的鱼一样等着父亲疾速地靠近。父亲急急地说：“怎么回事呀？感觉这里面有你什么事。”

小姨夫淡定地吐出一口烟，“当然，这是我一手策划实施的。”

父亲大吃一惊。

“你别吃惊。这些人是我从老家里找来的，他们干这种活轻车熟路，一点儿也不费劲。”小姨夫得意地抽着烟。

“你找来的？”父亲还不大相信。

夕阳把小姨夫的脸映得红灿灿的，他眨巴着眼睛，“确实是。这是我头一次去见院长，我觉得他人挺好的，说话和气，对人友善，通情达理。”

“你去见院长了？”父亲觉得有点儿不可思议。

“是的。”小姨夫得意扬扬地说，“我不像你，你是为了公家的事。我是想着自己的私事，所以我没有空着手去。我给他送了两瓶丛台酒、一条石林烟，还有装在信封里的五十块钱，他就把这事交给我了。”

这件事情对父亲的打击很大，后来他多次和我们提起他当时沮丧的心情。他不明白，为什么他通过正常的渠道去反映问题，却得不到回应，而小姨夫搞点儿歪门邪道却得了势。他气愤地说：“这是什么世道，什么世道？！”

说归说，他无法阻止院长把装修医院门诊楼的活交给小姨夫。每天走进门诊楼，他都觉得，躲在门房里的小姨夫，在用一种胜利者的目光嘲笑他。他转过脸去看小姨夫，小姨夫却装作在一本正经地看书。

在我父亲的郁闷、疑惑与惊讶之中，小姨夫开始了他的第二次创业，他不仅粉刷了门诊大厅，还粉刷了医院整个三层楼的所有房间。他没有告诉我父亲他究竟挣了多少钱。但是活干完后他特意请我父亲母亲下了趟馆子。这是我母亲人生中头一次下馆子，还是在我们那一带赫赫有名的燎原饺子馆。小姨夫豪气冲天，大方地说："饺子随便吃，酒敞开喝。"

我父亲本来酒量就不行，可是那天，他喝得有点儿多。被母亲搀扶着走出燎原饺子馆时，身体飘飘悠悠，舌头也大了。他努力想拍拍小姨夫的肩膀，却总是拍到空气中。他含糊着说："你真行，你真行。"

据我母亲说，那天晚上，喝多了酒的父亲还头一次流下了眼泪。母亲向我和弟弟透露，父亲是伤心的。多年来，父亲一直想要改变自己的社会身份，可是不管他多么努力，迟迟无法达到。也是那次，我才知道，每个人在社会中尽着同样的义务，承担着同样的责任，做着同样的工作，却有着不同身份、不一样的身份标签。我父亲"以工代干"的身份让他多年来感到压抑与郁闷，让他觉得低人一等。他最大的梦想就是成为一个正式的国家干部，摆脱始终记载在他档案里的"工人"二字。而当他看到，他瞧不上眼的小姨夫根本不受这些因素的制约，无所顾忌，以得到实际利益为最高目标时，他才会浮想联翩，又联想到自己。

小姨夫捞到了烧窑失败后的第一桶金。干完这个活，小姨夫尝到了甜头，立即辞掉了门房的工作，在邯郸城里租了间小房，干起了招揽工程的活。他不辞辛劳，手写了很多粗糙的小广告，每天一大早就骑着自行车到邯郸城的大街小巷去张贴。他神秘的身影经常出现在一些我们从来都没有去过的地方。很短的时间里，他就成了一个邯郸道路通，比我们每一个人都确切地知道，每条小街小巷的方位和路线。父亲曾经骑着自行车去医药公司进药，在中华大街与丛台路交叉口看到一个熟悉的背影，他喊了一句“秦大贵”，果然是小姨夫秦大贵。他背转身来，说了声：“稍等我一会儿。”把那张手写的广告用糨糊粘到电线杆上，才转过来和我父亲说话。

父亲问：“你干啥呢？”

小姨夫憨笑着说：“贴广告呢。”他把手中的广告递到父亲眼前，“我自己写的，请多批评指正。”

小姨夫秦大贵文化程度不高，却写一手好字。白纸上的字写得潇洒漂亮。父亲没工夫看他的广告，有点儿担忧地说：“你这样行吗？有多少人看你的广告？电视上的广告还看不完呢。”

小姨夫自信地说：“会有的，会有的。面包会有的，活儿也会有的。反正我就记得一点，只要付出了辛苦总会有所收获。”

小姨夫的自信并不是空中楼阁，实际上他的小广告发挥了作用。一周之后的一天，正在单位工作的父亲接到了一个电话，点名要找我父亲董耀先。电话里是一个瓮声瓮气的男人的声音，问我父亲粉刷六十平方米的房屋要多少钱？

父亲气不打一处来，“我不粉刷房屋。”

那瓮声瓮气的声音更加生气：“你神经病呀，你不粉刷房屋，乱贴什么广告？”

父亲这才突然意识到是怎么回事，他说：“啊，我想起来了，是有这么回事。对不住对不住，我忙晕了。”

原来，没有固定电话的小姨夫秦大贵，在广告上留的是父亲单位的电话。而且，过几天就会有电话点名找我父亲，询问有关粉刷房屋的事情。父亲非常气愤，直接去了小姨夫租住的地方。

那是父亲第一次去小姨夫临时的家，在渚河路一个偏僻的小巷子里。自行车都推不进去，只能放在胡同口。父亲担心自行车的安全，把正在吃面条的小姨夫拉到胡同口，抓着自行车把和他说话。

小姨夫急着说："啥事这么急。别拽我，别拽我，你这人咋不讲理呢？你得让我把面条吃完吧，要不你就在我屋里说。这胡同口的，风大，着凉了咋办？你有家有业的，又守着医院，不怕得病，我可怕。"

父亲皱着眉，"你哪那么多废话。我问你，你小广告上留的谁的电话？谁的名字？"

小姨夫义正词严："你的名字，你的电话。"

父亲指责他："你怎么能这样，也不和我打声招呼，天天有人给我打电话，问能不能给他们家刷房子。干扰了我的正常工作不说，你让领导怎么看我，还以为我搞什么投机倒把呢。"

小姨夫挠挠头，"哪有那么多道道，我不留你的留谁的。这么大个城市，我就你和姐姐两个亲人。你家里连个电话都没有，我只能留你单位的。"

"这么说你还有理了，你倒埋怨上我了。"父亲也拿小姨夫秦大贵没办法，他只能告诫小姨夫，"赶快把我的电话和名字改了，要不我就不替你传话了。"

小姨夫厚着脸皮说："好好好，一旦我有条件了，立马就装个电话。到时候你有啥业务联系，就让所有人打我的电话，我天天去跟你汇报。我不嫌麻烦。”

父亲被他逗笑了，故意板着脸，“我能有啥业务，需要你给我转。总之你赶快想办法，天天接你那些电话，都烦死了。我都成了你的业务员了。”

就在小姨夫秦大贵的事业从电线杆上的小广告起步时，我父亲正在收获他事业的高峰，他从药房的代理主任被提拔成了主任，身份得到了认可，档案里那“工人”两个字终于改成了“干部”。那时候我正好放暑假在家，作为干部的父亲心情大好，提议全家去丛台公园游玩，并在丛台之上合影，照了个全家福。照片中的父亲笑得灿烂无比。谁也不知道，他幸福的感觉持续的时间太短，就在他一心想要向人生的顶端冲刺时，被时代的巨浪裹挟着，慢慢地滑入了人生的低谷。

父亲最早预言了交运局职工医院的衰败。

父亲头一次对自己的前途产生了动摇，是在那年的春天。他每天唉声叹气，像是灵魂出了窍。那年我正好面临大学毕业，他一再地叮嘱我要分到机关，千万不要分到企业，他说他那个自收自支的企业单位，说不行就不行了。父亲一封封地给我写信，目的只有一个，就是不要重蹈他的覆辙。他在信中写道，医院的效益好不好，他最清楚，每天从药房走的药已经不能和以前相比，一月不如一月，今不如昔。药就是医院的命根子，连命根子都没有了，医院还有什么救？他在信中详细地向我描述着他每天看到堆积在药房中的那些药的心情，他是喜欢他的职业的，是喜欢那些药的，无论是西药还是中成药，抑或是中草药，都当成他的宝贝似的。那些药都是他从药材公司里，一箱箱、一盒盒采购进来的，就像他的孩子似的。每当他看到它们被病人拿走、被医生拿走、被病房拿走，他仿佛看到了那些病人绽放的笑颜。那些药进出得越快，他才越能感觉到他的工作是值得的，是有所成就的。父亲说他真的有一种自豪和荣耀感，他的付出是高尚的。那一刻，父亲是最纯净的，是可以忘掉世间所有的欲望与烦恼的。可是现在，那些药品却堆在那里，越堆越多，像是在嘲笑他。他说他已经很少去医药公司了，医药公司的老赵总问他为什么不去进药了，父亲说他羞愧得无言以对。

就是从那年春天开始，从他意识到医院的命运开始，父亲患上了失眠症，开始吃安定片。从此，失眠伴随了他的一生。他把那个褐色的小玻璃瓶放在床头，那是他的安慰，看到它，父亲就看到了熟睡的自己。每天睡觉前他倒出一粒白色的药片，不用水就把它咽了下去。

父亲在焦虑中打发着无聊的时光。他仍然替小姨夫接听电话，而且非常乐意为小姨夫接听电话。每接一个电话，小姨夫秦大贵都付给他五块钱。他认真地把电话里所有的话都记下来，记到一个他专门准备的小本子上。每周，小姨夫都会揣着钱到我家与我父亲碰一次面，然后两人严肃地进行交接，一手交钱，一手交货。我母亲笑话他们，像是两个接头的特务。不过，通过这种特殊的联系渠道，拖着一条瘸腿、含着甘草的小姨夫时来运转，装修业务开始渐渐多起来，他从老家招呼的工人从两三个，固定到了十个。除了粉刷工，他还拥有了瓦工、油漆工、电工，他俨然找回了当年开砖窑时的感觉，找到了一个小老板的感觉。他重新穿上了西装。

这次的西装是一件灰格子粗呢子料的，是他在陵西大街百货大楼处理时买的。穿上去虽然不像上次那件皱巴，但看着有点儿僵硬，也有点儿大，穿在瘦削的小姨夫身上，宽宽大大的，兜风。

父亲在焦虑中等到了我毕业分配。如他所愿，我分配回邯郸，进了政府机关，做一个小公务员。他如释重负，从我身上看到了人生的希望。我报到那天，父亲特意破费在燎原饺子馆请我们吃饭，小姨夫姗姗来迟，被我父亲毫不客气地说了几句，说他当老板了架子大了。好在，是个大喜的日子，父亲的说辞也算硬中带软。小姨夫打哈哈说："没办法呀，我现在是身不由己。你都不知道，业务有多忙。我生意好了，这说明大家的生活都开始好了，我们国家开始慢慢富强了。这是多么可喜可贺的事儿啊。这是人民的幸事、国家的幸事。我一个共和国的儿子，多么开心啊。"饭桌上，父亲又在感叹和忧虑他们医院每况愈下的现状。小姨夫喝了两杯酒，接着父亲的话茬开始对交运局职工医院评头论足。他说，父亲医院那些同事没有一点儿奋斗的精神，每天只盯着那些柴米油盐的小事，每天只想着那些蝇头小利，哪能有大的作为，只能天天浑浑噩噩地混日子，等着发工资。他说起上次父亲找院长粉刷医院门诊大厅的事儿，还说起自己在收发室，观察他们上班来得晚，下班走得早。他说："我都看得清清楚楚，他们进进出出的，都逃不过我的法眼。"他说得兴起，越说越兴奋，把他在医院门房里看到的、想到的，通通都说了个遍，他没留意，我父亲的脸色在一点点变得阴沉难看。母亲觉察到了父亲的变化，在桌子下面拉了拉小姨夫的袖口。可他根本没意识到问题的严重性，还在那里慷慨激昂地数说医院的种种弊端，还讲到父亲药房的同事老江的爱好。他说老江每天就往护士那屋里窜，和年轻的护士们打情骂俏。小姨夫说，你们想想，都是这些人，医院能有什么好。父亲再也无法忍耐，拍案而起，酒杯应声掉到地上，摔了个粉碎。他冲小姨夫说："我们医院好与不好，也轮不到你在这里说东道西。"说完，父亲拂袖而去，这顿饭吃得不咸不淡，不欢而散。

父亲在焦虑中开始思索自己的人生规划。一个四十多岁的男人，突然间失去了方向感。有时候他故意放慢了吃安定的节奏，睡得很晚。我看到过他在深夜的街道上踽踽独行，落寞的身影令人心疼。在母亲的示意下，我跟在他身后。他走得很慢，像是在等待着谁，或者等待着什么。夜晚的街道，那条叫陵西大街的街道显得更为空旷和宁静，脚步声清晰可闻。那声音犹豫而焦躁、徘徊而忧郁。我看了看表，是午夜十二点十分。后来他停了下来，等着我靠近。他平静地说："坐一会儿吧。"十字路口，东西方向是贸易街，白日里，是热闹所在。如今，只能在夜色中重温一下数小时前的喧嚣了。我们坐在路口的马路牙子上，父子间难得地在此时交流一下，父亲问我："工作怎么样？能不能适应？"

我回答："还可以，马马虎虎。"

父亲说："这个态度不好。你还年轻，怎么能马马虎虎呢，干什么都得有想法，有目标，有规划。"

我说："知道了。"

路口的灯光昏暗，十字路口没有一个行人和车辆。仍然可以闻得到街道中残留的蔬菜和肉的味道。

停了片刻，父亲又问："你想成为一个啥样的人？"

我从来没有思考过如此高深的问题，结结巴巴地说："就是，就是，好好工作。”

路灯光把我们俩的身影投射到我们面前，很短的一团，看不出是个人形。父亲摇摇头，“这还远远不够，要做一个让人瞧得起的人。”

父亲独自徘徊在午夜的街头，一直想的问题就是要做一个令人敬佩的人、让人瞧得起的人。这个朴素的追求其实一直没有磨灭他的意志，即使焦虑如潮水般汹涌，他都在规划着自己的人生。他已经不满足于一名医院行政干部的身份，他在努力成为一个医生。他对我们说：“我想让这身白大褂名副其实。”

父亲的努力终于得到了回报，他如愿取得了医师资格。他兴冲冲地把在单位单身宿舍住的我叫回家，向全家人宣布了一个决定。他郑重地说：“我要承包医院的中医科。”显然他是经过了深思熟虑的。父亲介绍说，江河日下的医院准备把医院的个别科室承包给个人，以应对眼前的危机。他不想再这么庸庸碌碌地混日子，他想去参加承包竞争。父亲跃跃欲试，志在必得。自从他决定了要去参加承包的竞选，母亲说，他竟然改掉了数年来对安定的依赖，不用吃药，睡眠出奇地好。就冲这一点，母亲表达了百分百的支持。我想起那个夜晚父亲说过的话，想起什么才是一个让人瞧得起的人，我也暗自为父亲的冒险举动喝彩。那个时候弟弟董路生还在遥远的内蒙古当兵，他没有参与我们的投票。

父亲得到了家人的支持，像加满了油的发动机开始运转起来。他每天晚上回家后就趴在桌子上撰写竞选承包的报告，不停地和我商量，还不耻下问，和已经成为一个生意人的小姨夫商量。经过一周的准备，竞选承包的报告基本完成，父亲志得意满，拿在手里的报告就像站在自己承包的中医科里一样。不过，小姨夫冷眼旁观，给他提了个醒："报告好不好是一回事，但能不能承包成是另一回事。"

父亲不高兴了，"你怎么老给我泼冷水？你啥事都能成，到我这儿就干啥啥不成。你就说我是个废物呗。"

小姨夫摆摆手，"我不是那个意思。我是说，承包这事不是靠把报告写好就能拿下的。"

"那你说，靠啥？"父亲咄咄逼人。

小姨夫闪躲着，"反正得有点儿其他功夫。我上次在燎原饺子馆说，你还不爱听，跟我拍桌子。其实你把这件事想得太简单，你想想，那年你们院长为啥没听你的话，却听了我的话了，让我去粉刷你们医院门诊楼。"

父亲执拗地说："反正我不搞歪门邪道，而且我也不会搞。我是医院的老职工，我当然有权利和资格承包医院的科室。"

小姨夫看说不动父亲，便放弃了，"好吧好吧，我专门搞歪门邪道行了吧。"

真的让小姨夫说准了，结果在一个月后出来了，父亲落选了。中医科被一个福建人承包了，福建人到医院来的第一天，到每个科室去送礼，一个包装得很漂亮的纸袋，每人一份。父亲没有打开，直接把那个有点儿分量的纸袋丢到了垃圾箱里。

挫折再一次拥抱了父亲。他重新到药物之中寻找睡眠的质量，再次恢复了吃安定片，而且加了倍，两片。

时间是从小姨夫的身体上偷偷溜走的。他像是一夜之间就圆了起来，成了一个胖子。他早就解雇了我父亲，不需要父亲替他接电话了。开始是 BP 机，后来是大哥大，现在有了自己的爱立信黑色手机。他成立了自己的装修公司，忙得一塌糊涂，家乡话也早就不说了，说的是带点儿乡音的普通话，有点儿南腔北调。他还是喜欢穿西装，不过讲究了许多，板正，纯正的毛料，而且打上了领带，红色的。他比我们穿着都讲究，比我们更像是一个城市里的成功者。唯一没有变的就是他的爱好，吸吮甘草的爱好。

我提了职，成了理论研究室的副科长。结了婚。巧合的是，我妻子肖燕是市第一人民医院的内科医生，她是正牌医科大学毕业的。父亲对我的婚事非常满意，经常和我妻子在饭后聊天，听她讲讲她们医院的事情。还是药房主任的父亲听得很耐心，而且会不住地赞叹：“还是大医院正规，还是大医院正规，好好好。”

1997 年的夏天，缺了三根脚趾且自感身份地位陡增的小姨夫秦大贵，突然想到了他身体上的另一个重大缺陷。对于他来说，那个夏天并不太阳光明媚，而且有些忧郁。

最早捕捉到小姨夫心理变化的是我的父亲董耀先。我跟随领导到上海开会，一周之后刚到家，父亲就急匆匆地把我拉到卧室里，小声问我：“你小姨夫找过你没有？”

我说：“没有啊，他找我有事呀？”

父亲先叹口气，然后才说：“他是有钱烧的，开始往回倒腾了。”

“倒腾啥？”我问。

父亲的叙述中，满是对小姨夫奇怪想法的鄙夷。他说：“这就是历史，过去的事，你能改吗？改不了。”

父亲头脑中，小姨夫的念头与太阳从西边出来一样不可思议。

小姨夫在那天下午出现在医院时，表情与父亲开始渐渐习惯的那种趾高气扬的风格大不相同，显得郁郁寡欢，坐在药房里掏出烟来就抽。连平日里与药房那几个姑娘打情骂俏的常规都免了。父亲说：“走走走，到外面去抽。这哪儿是抽烟的地儿。”

他们站在交通局职工医院的院子里。交通局职工医院那个大木牌匾还是新的，这是新改的名。医院里连新做一块牌匾的钱都省了，在原来的牌匾基础上新刷漆写字，只是改了一个字，把“运”字改成了“通”。小姨夫盯着那块牌子，心事重重地问我父亲：“医院还是老样子？”

父亲说：“是老样子。大家都等着它哪天突然就黄了。如果真到那时候，大家也就彻底不再抱有希望了。那也好。”

小姨夫显然不是来与父亲商讨交通局职工医院的前途命运的，他自顾自地说：“那年我来你们医院做手术时，医院就是这个模样。”

父亲上上下下重新打量了一下自己的身家性命都寄托在上面的医院大楼，不得不承认，“是的，已经快二十年了，楼旧了，人老了。”

小姨夫说：“我怎么觉得十几年前的事就像发生在昨天一样。”

父亲轻描淡写地说：“不可能，我早就忘了。”

“我忘不了。”小姨夫提高了音量，甚至有点儿歇斯底里。

父亲看了看小姨夫有点儿不自然的脸，问：“你咋想起十几年前的事？”

小姨夫咬着牙，“我忘不了。我每天都在想这件事，所以每天它都像是刚刚发生一样。”

父亲问：“你还能感觉到疼？”

小姨夫说："是的，疼。"

父亲努力回忆着，"我记得你说不疼，就跟被蚂蚁叮了一口似的。"

"开始是那样，但疼的感觉越来越强烈。"小姨夫说，"疼得我都睡不着觉了，我真想跟你要点儿安定，每天都睡不醒。"

父亲嘲笑他："你要是天天睡不着觉，也不至于现在这么胖。你看看你都胖成啥样了。"

小姨夫并不在乎我父亲的讥笑，沉浸在他描绘的痛苦上，说："姐夫你得帮帮我，你不能把我推入火坑就不管不顾了。"

父亲说："帮啥呀？"

小姨夫说："十几年前，你让我失去了做男人的尊严。今天你得帮我把它找回来。"

父亲大吃一惊，"你胡说什么。第一，当年你做手术又不是我逼着你做的。第二，我没法帮你找回来。"

小姨夫说："能的。我打听清楚了，可以重新做手术把它恢复好。据说也是一个很小的手术，很简单的。"

父亲摇着头，"那不行，再小的手术也是违纪的。我不能帮你这个忙。再说，你恢复了又能怎样，你现在，公司有了，钱也有了，姑娘也都大了，老大都上大学了。你还想要啥？"

"我想要个儿子。"小姨夫脸色凝重，"要不，我这么大个产业，以后交给谁。"

父亲生气地说："你闺女不是你生的？"

小姨夫说："理儿是那个理儿，但闺女和儿子是不一样的。你有俩儿子，当然站着说话不腰疼。"

不管小姨夫怎么说，怎么哀求父亲，父亲都义正词严地给拒绝了，他说：“这是我做人的底线，坚决不能碰。”

在这个困扰了他十几年的问题上，小姨夫看来是决心已定，他说：“你不给我面子，不帮我。我去找仙生，他媳妇也是医生，比你还正宗。”

父亲忧虑地对我说：“他找你，你说啥也不能答应，这是路线方针的事，是犯错误的事。你和肖燕都还年轻，可不能干这种毁前程的事。”

我说：“我以为多大的事。知道了爸，我叮嘱肖燕，不帮小姨夫这个忙就是了。”

父亲仍然是放心不下，还专门给肖燕打了电话，千叮咛万嘱咐，要她切记不要帮小姨夫这个忙。肖燕对我说：“爸是不是有点儿岁数大了，这点儿事说了大半天。”

我说：“对他们来说，这是大事。”

不出父亲所料，小姨夫果然找到了我。他开了一辆二手的奔驰，招摇地停在我们单位门口。大中午的，我走出单位大门时，同事们都拿异样的眼光看着我钻进那辆二手奔驰里，弄得我有些脸红。我问他：“姨夫，你从哪儿借来这辆老爷车？挺能骗人的。”

“借？我自己买的。你感觉一下，货真价实。”小姨夫得意地说，腮帮子鼓动着，我就知道，他嘴里含着甘草。

车里挺宽敞，坐着虽然不如新车舒适，也还凑合。小姨夫说：“车是抵债抵的。”

我说：“姨夫，你越来越像大老板了。”

“你别笑话你姨夫。我连个纯种的男人都不算，还提什么老板，没乐趣，人生没乐趣。”小姨夫感伤无限地说。

他开门见山，也省得我虚与委蛇了。我说：“姨夫，你来找我是有事吧？要不你也不会浪费你挣钱的时间，请我吃饭。”

“我说啥来着，还是大学生聪明，有道行，有知识，有文化。不像你爹，说半天不知道说啥，讲不明白。不知道是真不明白还是装不明白？”小姨夫说。

我抢先说：“不行。”

小姨夫说：“我还没说啥事呢，你咋知道不行？”

我说：“不行就是不行。姨夫，道理你比我们懂，不用我说了。我不想让肖燕以身试法。纸包不住火，万一真出了事，你让肖燕以后咋工作？”

小姨夫苦口婆心，“你和你爹一个德行，都是死脑筋。这么多年，我经了多少事多少人，要是都是像你爹和你这样的人，我啥事都干不了。我给你爹医院的院长送了多少礼、多少钱，人家院长还不照样当着，还管着你爹？你爹倒是瞎清高，还底线啥的，还不是归人家管？”

小姨夫最后急了，开始以情动人。他说：“你想想以前，你上大学时，都是半夜里上火车，哪次不是我骑着自行车送你到火车站？火车根本挤不上去，我还得想法把你从车窗户推进去。哪次送你我不累得臭死？你从兰州回来，到车站接你的不是我？大包小包的，不都是我替你扛着？”

他说破了天，我也没有松口。我说：“姨夫，一码归一码。你对我的好，我永远记得，但这事没商量，不行。”

小姨夫把车停在路边，让我下了车。他忘了要请我吃饭的事，气鼓鼓地说：“你真是你爹的儿子，又臭又硬！”

其实我和父亲心里都明白，在偌大的邯郸城里，已经深深地扎下根来的小姨夫秦大贵，远远不是只认识我们一家人，他的人脉甚至比父亲还要广，他想要干的事，还真不是我们能阻止的。

我们的担忧很快就变成了现实。

十几年后，他再次上了手术台，成功地恢复了男人的尊严。他没有第一时间把这个消息告诉父亲，而是给我打了个电话。他的声音明显的明亮高亢，可故意说得轻描淡写。他说：“很简单的，就半个小时的事儿。你记着啊，你姨夫还是二十年前的姨夫，质量上乘，如假包换，可别搞混了。”

他没有说在哪家医院做的手术，也没有叮嘱我不要把消息向外散播，寥寥数语把事情讲明白后就挂断了电话。这不太像他的风格，我第一时间告诉了父亲。父亲沉默良久，然后说：“奇怪。”

我问他：“有啥奇怪的？”

“这不像他。”父亲说。

我说：“我也觉得。”

父亲又有了疑问，忧虑地说：“你说，他要干啥？”

“生孩子呗。”我不假思索，脱口而出。

父亲接着抛出了最尖锐的问题：“和谁呢？”

我想说我小姨，可我想想小姨的年龄，“小姨”两个字就没说出口。我说：“也许小姨夫只是想做回男人。”

父亲摇摇头，“我了解他，不可能。他一定有啥鬼主意。”

小姨夫悄悄地又挨了一刀，未做任何声张。父亲说：“越安静就越可怕。”

父亲的预言变成了现实。

秋天里，传出了小姨夫有了儿子的消息。消息的来源是伤心欲绝的小姨。那天她突然从乡下跑到了城里，在我们家里一把鼻涕一把泪，哭得死去活来。我赶到父母家时，她的哭泣还在持续。她已经向我父母诉说了一番，又哭着向我复述着经过，一边骂我小姨夫一边讲。我大致明白了事情的原委。怪不得我父亲说我小姨夫不靠谱，他偷偷与其他女人生了儿子，却怎么也抑制不住内心的狂喜，打电话给我小姨，向她报喜。小姨说，她一听到这个消息就气得昏死过去了。第二天就来城里了。她不住口地骂我小姨夫是没良心的挨千刀的，她在家里替他照顾着一个瘫痪的父亲、一个生病的母亲，他却在城里拈花惹草，居然生了个野孩子。

我母亲问小姨："孩子爷爷奶奶知道不？"

小姨突然停止了哭泣，眼泪挂在脸上，"知道。"

母亲又问："那他们啥反应？"

小姨一拍大腿，又猛烈地哭起来。看她这反应，小姨夫的父母肯定也是欣喜若狂。

我父亲面有怒色，说道："我就知道他肚子里憋着坏水！看吧，果然是！啥人干啥事！"

兴师问罪团的成员不包括我小姨。父亲怕到现场局面失控，也怕小姨情绪过激，会有什么不良的后果。所以，母亲在家里陪着悲伤过度的小姨，父亲、我和肖燕去见了小姨夫。地点在机械局职工医院。在医院门口，父亲停下来看了看医院的招牌，上面写着康美医院。父亲皱了下眉，嘟囔了一句："这什么鬼名字？这不是机械局职工医院吗？"父亲不知道，那个时候，机械局职工医院已经提前改制成现在的医院。

小姨夫在医院大厅等着我们。他喜形于色，嘴里仍然含着甘草，咧着嘴一直笑。我们阴沉着脸。还没向他问罪，他却压抑不住自己的喜悦，说道：“同喜同喜，谢谢你们来捧场，谢谢谢谢！”他还掏出喜糖往我们手里塞。我和肖燕尴尬地接过喜糖，而父亲吊着个脸，并没有接。父亲说：“我们不是来道喜的！”

“都一样都一样。”小姨夫说。

“那可不一样！”父亲正色道，“我们来是谴责你的，批判你的，审判你的！”

小姨夫仍然笑得合不拢嘴，“都一样都一样。”

不管父亲如何动怒，把事情说得如何严重，小姨夫都用笑脸挡回来了。他说：“大老远来了，总得去看看我儿子吧，你们看了准喜欢。太他妈的可爱了，一看就是我儿子！”

他硬拉着父亲向病房里走。父亲身体僵硬，被他拉着向前走。父亲说：“你松开我，先把你的问题说清楚！你怎么对得起他小姨，怎么对得起你那三个姑娘，你良心何安，你……”

父亲的话还没说完，我们已经来到了病房里。父亲突然中止了对小姨夫的声讨，目瞪口呆地盯着病床上坐起来的那个年轻女人。

小姨夫松开父亲的胳膊，走到病床前，笑着说：“也不用多介绍，你们认识比我早，以后都是一家人了，就不用太客气了，哈哈……”

我盯着那个女人，感觉在哪里见过似的。她比小姨年轻许多，也就三十岁左右。父亲好像一时间停止了思想，僵在那里，脸通红，不说一句话。

床上的年轻女人先开了口，叫了声：“董主任。”

小姨夫说：“还叫啥董主任，叫啥董主任？叫姐夫，一家人不说两家话。是吧姐夫？”

父亲语无伦次地说：“啊，啊啊啊。”

女人羞涩地叫了声：“姐夫。”

父亲竟然也脸有羞色，拽住小姨夫向外走。我们跟着他们出了病房，不知道发生了什么。走得离刚才的病房远一点儿的地方，父亲停下来，怒气冲冲，指着小姨夫：“你给我说清楚，到底咋回事呀？你说！”

小姨夫镇定自若，吸着甘草，一脸的满不在乎，“啥咋回事呀？”

父亲说：“苏若瑜，苏若瑜咋回事？”

我这才明白，坐在病床上的年轻女子叫苏若瑜。记忆慢慢浮现出来，我认识她，她给我打过针，是交通局职工医院的护士，是交通局职工医院打针最好的护士。每次我去都找她打，很轻很温柔，不疼。

小姨夫依然不恼，“你不都看到了吗？她现在是我儿子的妈，是你外甥的娘。”

父亲说：“我不是说这个，我是说，她怎么会和你，那个那个……”父亲有些说不出口。

小姨夫说：“你不就是想说，她怎么会和我搞到一起？很简单，我在你们医院看门时就留意到她了，年轻漂亮，性情温和，脾气好。可我那时是个穷光蛋，不可能有别的杂念。就算我有什么想法，也不敢怎样啊。只是觉得你们医院里，除了姐夫你，就她最好。现在我不是有杂念了吗？敢想了吗？我也不是穷光蛋了。

想有个儿子的想法又不是一天两天的事，是几十年的事，这你都知道。所以一旦找回了以前的身体，我就琢磨怎么实现我的梦想。我琢磨来琢磨去，就想到了她。所以我们就在一起了。”

父亲打了个寒战，这事发生得太突然，他一时接受不了，在父亲脑海中，苏若瑜是个没有什么心机、单纯善良的姑娘，就是婚姻大事迟迟无法解决。她这种角色的转变，短时间内不可能让父亲适应。他感叹道：“太离谱了，太离谱了！”

我们再没有返回病房。父亲带着我们，匆匆逃离了医院，忘记了兴师问罪的事。一路上他都沮丧地在叹气，“怎么会这样，怎么会这样？！”也许，处在事业低谷的父亲，永远无法理解小姨夫此时此刻的想法，他也永远无法理解，这个他看不上眼，而且有点儿讨厌的小姨夫，怎么会想干什么就能干成什么，而他，却一路坎坷，一事无成。这是忧伤的父亲，永远无法忘怀的一个秋天，一个令他难过的秋天。在小姨夫迎来他的生命第二春之时，父亲却拉开了他人生戏剧中灰暗的一幕。

我小姨在邯郸城里待了只有三天，没有见到苏若瑜，只见到了兴高采烈的小姨夫秦大贵。小姨夫打不还手，骂不还口，虽然摇摇晃晃的身体承受着痛楚，却依然吸吮着甘草，一脸陶醉的样子。三天里，小姨哭够了，悲伤够了，痛苦够了，可她和我们一样，没有任何能够改变局势的办法。她身心俱疲，像个死人。老家里的两个不能自理的老人，却每天晚上出现在她的脑海中，让她无法入眠。第四天一早，放心不下的她还是背着沉重的悲伤，踏上了返乡的路程，临走前，她对我父亲和母亲说：“就是全天下的人都认了那个孩子，我也不认。”

很长时间里，我小姨都无法从伤痛的阴影中走出来。她尽心尽力地照顾着小姨夫的父母，即使当他们偶尔谈论到他们的孙子露出欣慰的笑容时，也没有生出对他们的怨恨，只是把所有的恨都怪到钱上，觉得一切都是钱多惹的祸。如果不是因为有了钱，小姨夫不可能做这种事。可是这个想法又让她陷入了深深的困惑中，如果没有足够的钱，她的三个宝贝女儿怎么能上得起学？她家的房子怎么能成为全村最气派的房子？我小姨就是在这种悲伤与困惑互相交织的岁月里，慢慢地变得白发丛生，皱纹堆积，看上去比我母亲要老好几岁。

小姨夫秦大贵的儿子满月时，他特地回老家办的满月酒。他邀请了我们全家，我们都没有去，因为我们都还没有原谅他对小姨的背叛。他回乡办满月的宏大场面还是小姨向我们转述的。小姨的讲述充满了悲伤与愤恨。她完全以一个旁观者的角色参与了那场宴席。她说她没有露面，而是把自己反锁在屋子里，从窗户看到了他们厚颜无耻的把戏。那么大的场面也是她从来没有见过的，院子里和街上都挤满了人，就连她的公公婆婆都幸福地坐在当院里，乐不可支地接受着乡里们的祝福。她没有见苏若瑜，也没有见那个孩子。后来她干脆闭上了眼睛躺在床上，但是欢笑声和喧闹声不绝于耳。黄昏时分，当喧嚣停歇，一切安静下来时，她才走出自己的屋子。院子里狼藉一片。在夕阳的陪伴下，她默默开始收拾残局。她说，她头一次感觉，夕阳的光是那么冰凉。

小姨在丈夫和两个老人那里寻找不到任何的慰藉，只有在我父母那里，才能听到令她感动与温暖的话语。她与我父母结成了统一战线，经常跑到城里来向他们诉说内心的苦痛。我母亲出主意说：“干脆你把大贵爹娘都接到城里来，守着大贵。”

小姨忧伤地抹着眼泪，“她爷爷奶奶不干，要是能这样，我们早进城了。他们说，死也要死在家里，不能背井离乡。我也是没法子，谁让我是这个命呢。”

母亲狠着心试探着说：“要不，你就别管他爹娘了。他自己都不管，丢给你一个人，自己倒在城里开心快活。”

一说到这事，小姨便没了主张，“他没时间管呀……你们也看到了，他成天忙得屁股找不到板凳的。”

母亲生了气，“他忙成那样还有闲心找女人呀！你就是心肠太善、太软、太好欺负，没人管你。”

小姨既痛苦万分，又没有决心丢下老人不管不顾，她只能在谴责小姨夫和自己承受痛苦中徘徊。

而小姨夫再次成为父亲口诛笔伐的对象。他渐渐地冷漠了小姨夫，也建议我们远离小姨夫。他再次断言：“我早就说过，别看他风光，长不了。真正干大事业的人都是心胸宽阔、善良正直的人。你看看他，那么卑鄙无耻，那么肮脏下流，简直就是二流子的做派。”

而突然转换了身份的苏若瑜，也让我父亲焦虑万分。那段时间里，父亲吃安定的数量已经增加到了三片。半年之后，当苏若瑜重新回到医院里上班时，医生们都知道她请假去生了孩子，却不知道她的丈夫是谁。关于这一点，她一直讳莫如深。父亲每次碰到苏若瑜，都觉得羞愧难当，好像是他做错了什么似的，好像是他与她共谋了一件见不得人的事。每次碰到一起，他都是匆匆地从她身边逃走。有一次终于躲不过了，在走廊里，苏若瑜还是那么羞涩地轻轻叫了声“姐夫”。

父亲急忙摆摆手，小声说：“别这样叫，别这样叫。”

“那你是不承认我了？”苏若瑜盯着我父亲。

父亲汗都出来了，“是是，不是不是不是。”他都不知道该怎么回答了。

苏若瑜说：“那我们还像以前那样行吗？你别见了我就躲着我，感觉我像个瘟神。”

父亲说：“好好好。”

父亲虽然嘴上那么答应了，可他过不了心里的那个坎。他不可能像以前那样看苏若瑜。在他眼里，她已经不是以前那个快乐的护士，不是以前那个单纯的姑娘，不是那个打针轻柔的护士。父亲从她身上看到了另一个人，那是个陌生的人，一个让他觉得暂时还无法接受的人。他甚至向我们透露，他多么想问问苏若瑜，她到底看上了秦大贵哪一点，即使冒着道德的谴责，也要和他在一起。可这些疑问，他始终闷在心里没有说出口。

更加令他不解的是，苏若瑜一旦确定了与我父亲之间的关系后，她变得极为热情，时常自觉不自觉地要到药房里和父亲说几句话，拿一些小零食放到父亲的办公桌上。这让父亲很别扭。那天听了药房张青的一句话，吓得我父亲把手中的水杯都掉到了地上。张青夸张地说：“苏护士对你那么好，那孩子是不是你的呀主任？”父亲立马就绷上了脸，“不许胡说，不许胡说。”

父亲小心地处理着他与苏若瑜的关系，这让他心情很不爽，很复杂。他把所有的罪责都怪到小姨夫身上，当着我们的面没有少数落小姨夫。他说：“国家怎么就不管管他呢，我们犯个错误还背个处分，谁来处分他呢？”没有人处分小姨夫，他在自己的事业上狂奔不止，事业兴旺，开始筹划着做房地产生意。他四处游说，想着把所有的亲戚都拉进去，给他投资。他说得很明白，“我不是那种富起来就忘乎所以的人，不是那种有点儿钱就嘚瑟得连亲戚都不认的人，我时刻想着亲人们，是真想让你们和我一起致富，一起奔小康。你们那点儿钱对我来说是杯水车薪，根本起不了什么作用，我主要还是去银行借钱。”所有的亲戚都相信了他的蛊惑，因为他们看到了他从一个穷得叮当响的农民成为一个老板的整个过程。只有我父亲不信，他宁死也不相信他的成功是值得歌颂的，是可以与之同流合污的。他说：“你们谁愿意蹚他那浑水，你们蹚，反正我是不蹚。”

父亲的态度令小姨夫很苦恼。多年来，他与我父亲之间的关系虽说算不上融洽，但他一直很在乎我父亲对他的看法。他找到我，向我讨教说服父亲的办法。在我印象里，他含着甘草的样子是他最经典的特征，“我拿你爹是真没办法，他是我的苦主。我到现在还记得，你爹当年在我身上扎针的事，你记得不记得？可我就是对他恨不起来，他身上有一股让我佩服的精神，认死理，耿直不屈。当然我做不到，我要是像他那样，会一事无成。”

我看着小姨夫吮着甘草的样子，好像不是甜的，总有种酸溜溜的感觉，“这没办法，谁都有自己的本性。”

“那你说，我的本性好还是不好？”他抛出一个尖锐的问题让我答。

我挠挠头，不知如何回答。

小姨夫笑着说：“算了，不为难你。今天主要是解决你爹的事儿。你给我出个主意吧，我是真想让他参与，这不显得我们一大家子其乐融融吗？”

我提醒小姨夫：“当初你烧砖窑时，不也借过我家的钱。你当时是怎么借的？”

在我的提示下，小姨夫主动去找了我父亲，他没有再向我父亲夸耀房地产公司的分红前景及对亲戚们的财富贡献，而是向我父亲哭穷。他说他不挣钱行吗，他现在一个人等于养着两个家，都要花销。他还没把话说完，就被我父亲赶了出去。他不提两个家还好，这让父亲想到了难以相处的苏若瑜。他说：“如果你不是我妹夫，我早就把你扭到公安局去了。”

小姨夫把嘴里的甘草吐到地上，发誓说：“我要是再进你家门，我就不姓秦。”然后拖着他的瘸腿走了。

尽管父亲强烈反对，母亲还是偷偷地把家里所有的储蓄取了出来，交给了小姨夫，还对小姨夫千叮咛万嘱咐，一定不要把这事告诉我父亲。

其实父亲后来也隐隐觉察到了母亲的决定，但他并没有再说什么。

当儿子一岁半时，小姨夫又做出了一个令我父亲意外的决定，就是要入股我父亲工作的交通局职工医院。这对我父亲来说是一次致命的考验。

交通局职工医院就像是深秋的树叶一样，眼见着就一天天枯萎下去。早就预见了医院前途的父亲也依然无法接受它没落的结局。改制的文件一个月前便下发了，整个医院人心惶惶，谁也不知道改制对他们每个人来说，意味着什么。那段时间是父亲最难的日子，父亲更加焦虑。他意识到，曾经预言过的人生灾难，终于降临了。他天天唉声叹气，像秋天里仅存的蝉。

父亲是较早知道医院最终命运的那个人。他在惶惶不可终日中等来了一个人——小姨夫秦大贵。父亲并不知道，满面春风的小姨夫是来宣告他的命运的。小姨夫说:“姐夫，告诉你个好消息。”

父亲阴沉着脸，郁郁寡欢地说：“我能有啥好消息？混吃等死。”他看着小姨夫嘴巴不停地嚅动着，那甘草的味道像是能从他嘴里溢出来，在屋里蔓延，父亲觉得那味道是苦的。

小姨夫说:“姐夫，你可得坐稳了。”他把我父亲按到沙发上，“你坐得稳稳当当的，我怕这么大喜事落到你头上，你受不了。”

父亲满脸的不屑，“你的喜事都是你的，跟我有啥关系？”

小姨夫这才搬把椅子，坐到我父亲对面，庄重地说:“姐夫，我又做了人生中一件重大的决定，这事与你有关。”

父亲嗤之以鼻：“你做的任何决定都跟你自己有关，关我屁事！”

小姨夫不再卖关子，直截了当地说：“我入股了交通局职工医院。”

这句话对我父亲来说，比晴天霹雳还要严重。他看了看小姨夫一本正经的表情，意识到了小姨夫不是在开玩笑。父亲后来对我说，他当时就觉得自己的血脉一下子给冻住了，冰凉冰凉的。他抓住小姨夫的袖子，能感觉到自己的手在颤抖，“你说的是真的？”

“当然是真的。”小姨夫自豪地说，“我做出这个决定是因为若瑜，她不想离开医院，她说喜欢医院的氛围，说她天生就是要和医院打交道。所以我就把医院买下来，送给她做礼物。”

我父亲似乎没有听清小姨夫在说什么，他的脑子里空空荡荡，这个结局是他万万没想到的。

小姨夫还沉浸在自己的扬扬自得中，以为替我父亲做了一次完美的选择，“我还做出了另外一个决定，这就和姐夫有大关系了。我想让你当医院的院长。”

接下来，小姨夫苦口婆心地说了一番大道理。他说，他既然把这个医院盘下来，可不想简单地作为礼物送给苏若瑜，他干所有的事都是深思熟虑的，是要干好的。他动情地说：“姐夫，在我最困难最灰暗最需要帮助的时候，你总是能伸出援助的手。想想当年，我一个被结扎了的男人，一个残疾人，在老家活得不痛快，憋屈，走到哪里都被人嘲笑。我立志要从农村里走出来，干一番轰轰烈烈的事业，是你最先给了我勇气和决心。我来到了邯郸，虽然只是个烧锅炉的，但让我积累了最初的经验和信心。后来开砖窑，你给我提供了资金支持。开装修公司，也是姐夫你替我接电话，把一桩桩的生意送到我面前。这一次，无论如何，你得再帮我一把姐夫。我是个门外汉，之所以敢这么痛快地入股医院，就是因为有你在。有你在，我就觉得心里踏实牢靠，就觉得投入多少钱都能有所回报。”小姨夫说得情真意切，他自己都被感动得要掉眼泪。

那是父亲的多事之秋，那年父亲五十五岁，即将步入人生的“最后一公里”路程，却要面临着痛苦的抉择。

那天傍晚，父亲召集我们开了一个家庭会议。母亲兴高采烈，下午她给我们每个人打电话时都会补充一句：“你爸这回要扬眉吐气了。”可看父亲愁眉不展的样子，不像是一个要当院长的人、一个扬眉吐气的人。

大家一致支持父亲去当这个院长。

母亲说：“你干了一辈子想得到啥，不就是想让人家都看得起你，得到大家的认可？”

我说：“你在这个医院待了快一辈子了，对医院最熟悉了，知道问题出在哪儿。医院要想重整旗鼓，怎么改，你是最合适的人。”

肖燕说：“这是最好的实现人生价值的机会。”

路生说：“爸，你常跟我说，机会来了，可别让它溜了。”

在家里人一致的支持声中，父亲保持着沉默，未说一句话。

其实，父亲要当医院院长的消息在不知不觉中已经扩散了。开始有父亲的老同事上门来请他喝酒，请他以后多多关照。

那些昔日的同事，此时此刻，都面临着人生的重大选择，要么领取一定的钱走人，要么留下来继续工作。两者选其一，没有任何其他的选项。内科主任老蒋比父亲还年长一岁，他说：“这个岁数了，领点儿钱就回家养老，丢人。可单位性质完全变了，一个国家的人，怎么就成了一个私企老板的人了。真想不明白，想不明白呀。”像老蒋这样的人大有人在。他们无法接受被彻底扫地出门的命运，只能委曲求全地继续在医院里工作，他们对我父亲说：“你要当院长了，可得照顾一下老同事呀。”我父亲越否认，他们就越不高兴，以为父亲不念旧情，也变得和那个什么他们不懂的股份一样无情。到后来，父亲干脆谁请客吃饭都去，不承认也不否认。谁送礼都照单全收，只是父亲认真地把礼品清单记在一个小本子上。

有一天深夜，床头的电话突然响了，是母亲打来的，她焦急地让我回去一趟，说是半夜里她惊醒，发现床上的父亲不见了。母亲急得哭泣道：“这大半夜的，他到哪儿去了？”

我打了辆出租车，在寂寥的街道上寻找着父亲。我清晰地记得当年我跟在他身后，看着他落寞的身影缓缓移动的场景。那是多年前的陵西大街，当年的燎原饺子馆已经被一个高大的商场代替。夜晚中，商场巨大的影子让街道显得并不那么空旷。父亲没有在此踯躅。我抱着试试看的心态，让司机把车开到交通局职工医院。果然，在无垠的夜色之中，父亲站在医院大院里，正仰头看着被黑暗紧紧包裹着的门诊大楼。“来了？”父亲听到了我的脚步声。

“嗯。”我轻声说，唯恐打搅了父亲。

我挨着他向空中观看，什么也看不到，连门诊楼的轮廓都看不清，但他一直就那么执着地仰着头。

出租车远远地等在那里，已经熄了车灯，连出租车都隐在了茫茫的黑暗之中。而父亲则向夜空袒露着他的心迹：“我在这里工作了整整二十六年。我爱过它，恨过它，怨过它。这一阵想想，它就像是一个兄弟，我和它在一起成长，一起变老；一起高兴，一起烦恼；一起得到荣誉，一起受到处分。要真的做出离开的决定，还真舍不得。”

我没有说话，此时，说任何话都是多余的。看来，父亲已经做出了他重要的一次人生决定。

借着暗淡的月光，我看到父亲的头发坚硬地向上竖着，“身体有疾病了，就有一套分析解决的办法，叫八纲辨证法。我们老祖宗把身体的疾病分为八纲，阴、阳、表、里、寒、热、虚、实。

万变不离其宗，所有的病都离不了这八纲。一阴一阳，哪方面多了或者少了，都不行，得达到平衡，做到阴阳和谐、表里如一、寒热均匀、虚实统一。这个院子，这座楼已经存在了快三十年了，它还那么坚固，可是它已经跟不上社会的步伐了，阴阳不和谐了，表里不如一了，寒热也不均匀了，虚实也不统一了。你说它不出毛病才怪呢！”

我静静地听着父亲的八纲辨证法，我不大懂，但隐隐地感觉到其中的一些深意。他在用八纲法比喻医院的命运和他的人生呢。

他继续说：“就拿我和你小姨夫来说。其实我们俩都不能算是阴阳和谐的人，不过，你想想，谁又能真正做到这一点呢？你小姨夫是阳盛阴虚，虽然他年纪轻轻的就做了结扎手术，按说他应该阴气上升，阳气下降，可他正好相反，只知道一路向前猛攻猛冲，他的症状是精神亢奋，气粗面赤，脉数大有力，属阳证。我和他有些相反，典型的阴证的特征，精神委顿，语音低微，面色灰暗，目光无神，动作迟缓，瞻前顾后。”

他停顿片刻，也许这个想法在他脑子里想得太久了，叹了口气，“每个人有每个人的命数。”

我在想我自己的命数，按照父亲对人的理解，我不知道我的阴阳辩证关系如何。

“你爱你现在的单位吗？”父亲仰视的姿势并没有变，他突然转换话题问我。

我想了想说：“不爱。”

“那你恨它吗？”父亲又问。

“不恨。”我老实回答。

父亲重重地叹了口气，说道：“走吧，你明天还要上班。”

父亲做出的决定令所有人大吃一惊。小姨夫第一时间赶过来，疑惑地问父亲：“怎么会这样？”

已经打定主意的父亲反而很轻松，长时间以来的心理负担全部卸了下来，他红光满面，笑逐颜开，“就不麻烦你替我着想了，我的人生我自己做次主。”

小姨夫说：“姐夫，你真行，给我当头一棒。你说说你，怎么想的？这么大一个医院，让你来当家做主，让你扬眉吐气一回，你不干，却非要自己去开个小诊所，你开过诊所吗？你当过医生吗？治好了万事大吉，皆大欢喜，如果给人家治坏了、治死了，你咋办？这些你都想过吗？”他急得把甘草都吐到手心里，扔进了垃圾桶。

父亲说：“你以为我这些天都在做美梦、当院长呢？我在想我自己的前程，我想得一清二楚。”

小姨夫气鼓鼓地走时，撂下一句话：“你早晚会后悔，吃回头草的。”

听到消息的老蒋拿着一瓶丛台酒找上门来，与父亲开怀畅饮。老蒋无限感慨地说：“我怎么就没有你的胆量和勇气，我就是个㞞人，没有什么大的志向。好歹它还是个医院，不是别的什么乱七八糟的单位，在这儿混几年退休得了。”

父亲说：“我觉得人生就是一个慢慢地从不明白到明白的过程，只要是想明白了，人生就没有白活。”

那天晚上，两人悲壮地共同回忆了在交运局职工医院工作的点点滴滴。两个不胜酒力的人喝下了那一瓶酒，都喝得东倒西歪。

父亲非要送老蒋出门，两人在夜晚的大街上高声唱起了歌，一首又一首，直到把嗓子喊破。

母亲一直以为父亲的选择是一个最大的错误，她始终都无法从这个有些悲观的念头里抽身而出，整天闷闷不乐。我和肖燕为此带着她去了趟丛台公园散心。印象里还是上大学时来过最后一次丛台公园，那是父亲转干之后，我们全家来这里照过一张全家福。那个赵武灵王留下的高高的台子，还是旧时的模样。母亲站在丛台上，背对着整个邯郸城，照了一张并不开心的照片。在以前的照片中，丛台是那么高大，整个邯郸城都在它的脚下，而现在，不远处越来越多的高楼大厦映衬着它慢慢变得渺小的身躯。城变了，人变了，丛台也变了。

我劝慰母亲："想开点儿吧。您没看到爸爸有多开心。您没看到他做出这个决定后有多快活。我觉得有几十年没有看到父亲这么无拘无束快乐的表情了，尤其是这几年，当他意识到医院不行后，很明显的，他的笑容减少了许多，他吃安定的数量也增加了。我觉得爸爸都有些抑郁了，他焦虑和烦躁，发脾气的次数您没发现越来越多了吗？您是想让他快快乐乐地生活，还是想让他继续每天闷闷不乐的？"

母亲思忖良久，说："我以为，他当个院长会快乐起来。"

我想起暗夜之中父亲说的那八纲辨证，"我觉得这才是我爸做出最终决定的关键因素，您觉得他愿意接受我小姨夫施舍给他的权力吗？"

母亲陷入了沉思。

"在我爸心中，从来就没有觉得我小姨夫做的哪一件事是正确的，他也从来没有佩服过小姨夫的做人做事原则。如果让我爸接受了小姨夫的建议，就等于是让他认可了小姨夫的做人做事原则。”我越说，越觉得自己在慢慢地懂得父亲那套阴阳辨证的道理。

心有不甘的母亲在走下丛台时，无奈承认了这个现实，她说：“随他去吧，他怎么开心怎么来吧。”

在所有人的质疑声中，父亲成为少数从医院里办理离职手续的人之一。他心怀坦荡地开始筹办属于自己的诊所。2000年夏天，父亲拿到营业执照时，开心得像个孩子。他在他住的那栋楼的一楼，租了一个单元房，简单装修之后开业了。诊所的名字是他自己起的，叫明阳诊所。他把那个营业执照挂在房间墙壁的正中央，每天都仔细地擦拭一遍，站在那里认真端详。

小姨夫的医院是在稍早一个月开业的，医院的董事长是苏若瑜，老蒋当了院长。老蒋一扫当时与我父亲喝酒时的失落情绪，上任的第二天就请我父亲喝酒。父亲欣然应约前往，此时两人喝酒的心态与前次大不相同。他们都完全放松下来，喝酒的氛围就没有当时那么悲壮。老蒋容光焕发，拿了一瓶珍藏了二十年的丛台酒，笑着激我父亲：“我们俩还能不能像上次一样把它喝掉？”

父亲痛快地说：“能啊。谁怕谁啊。”

他们并没有像上次那样缅怀美好的过去，而是在畅想未来，并且像两个小伙子似的互相鼓励对方，要把自己的事业做好。两人果然喝掉了那瓶酒。令两人奇怪的是，他们居然没有像上次那样东倒西歪，一点儿也没有头重脚轻的感觉，意识很清醒。老蒋问父亲：“这是怎么回事？”

父亲说：“上次是阴阳失衡，这次我们找回来了。”

父亲在寻找他的阴阳平衡，他的小诊所慢慢地有了点儿起色。他专门用中医治疗一些疑难杂症，虽然不能说小诊所病人盈门，却也能让父亲找到一个做医生的自豪与荣耀。小姨夫却不管那一套，生意越做越大，商业的版图横跨了装修、房地产、医院、贸易，什么挣钱他做什么，成了邯郸城里有名的精英，当选了区政协、市政协委员。他的身影经常出现在电视上，做访谈、接受采访，说话的腔调和那些当官的几乎一样。他的身体越来越胖，走起路来越发显出腿脚的毛病。有人私下里管他叫瘸腿大亨。

2010 年，小姨夫的身体突然消瘦下来，两颊的皮都往下耷拉着。在自己医院检查的结果不好，小姨夫不信，又跑到石家庄、北京检查了个够，结果都是一致的：他得了癌症。那之后小姨夫踪影皆无，没有人知道他去了哪里，就连苏若瑜也不知道。一个月后他才露面，出现在父亲的诊所。他戴着一顶宽檐帽，一身休闲打扮，非常低调。他坐下来，环顾明阳诊所那间并不宽敞的房间，说：“姐夫，这一个月来，我最想念的人是你。”

父亲说：“不应该吧。你肚子里那点儿脓水，我还不知道？”

小姨夫秦大贵就笑了，“我们俩，风风雨雨，快一辈子了，你太了解我了。我就是不甘于自己的命运，所以得一直这么折腾着。现在，也折腾够了，该歇歇了。这一个月我找了个没人的地方猫着，想通了，人不得不认命。这是老天爷告诉我，该停下来了。好吧，我停下来。我不相信那些大医院，相信你，就跟当年我相信你一样。到城里来投奔你，让你领着我去做结扎手术。现在，你给我治吧。”

做结扎和治疗癌症是两回事，父亲劝他还是到大医院里去治，

"不行去北京、上海，或者去日本，你有这条件。为什么不去试试呢？"

不管我父亲怎么劝，小姨夫是打定了主意，"反正是一个死，人终有一死，不过是早一天晚一天的事。反正我这辈子认定你了，上两次，你给我结扎，你把我三根脚指头弄没了，我成了瘸子。后来我琢磨，身体上少点儿什么，我的人生境界就向前奔一大截。没准，这回你再给我治治，再少点儿什么，我的人生又迈向一个新的高度呢。"这个时候，他也不忘调侃一下。

面对已经走向人生尽头的小姨夫，父亲懒得再和他理论。他说："你要是相信我，你就得抱着死马当成活马医的心态，我尽最大努力试试。"

小姨夫爽快地说："你就大胆地试吧。我这一百八十斤就交给你了。"好像身体是旁人的。

父亲与小姨夫，达成了一个君子协定。小姨夫放弃了手术与化疗，让父亲放手在他身上试验。父亲按照他的阴阳、表里、寒热、虚实理论，与小姨夫一起，小心翼翼地踏上了冒险的旅程。

每隔一段时间，小姨夫都会从父亲的诊所里钻出来，经过针灸之后，带着一提包中药回去喝。父亲劝他戒掉嚼甘草的习惯，父亲说："这对你的病一点儿用处都没有。"

小姨夫说："戒不了了，就跟你天天得吃安定睡觉一样，我要是不含着甘草，就浑身没劲儿，打不起精神来。"

在吃了父亲大半年的中草药之后，小姨夫的病情竟然神奇地得到了控制。不知道是父亲的药起到了作用，还是别的什么原因。又过了一个冬天，当春天来临的时候，小姨夫把所有的生意都交给了苏若瑜，独自一人踏上了周游世界的漫漫旅途。他并没有从我们的视野中消失，经常给我们寄来他在世界各地的照片：他在加勒比海游艇上喝着啤酒、在塔希提岛上与当地人跳舞、在东京人头攒动的人群中旁若无人地傻笑、在泰国的寺庙外虔诚地双手合十……他好像永远没有离开过我们，甚至已经不再需要我父亲的中草药，和父亲的冒险旅程已经悄然结束。我们很少再听到他提他的病，行走在世界上的小姨夫秦大贵，看上去比我们任何人都健康。

小姨相继把两个老人送到了另外一个世界，她突然间感到了无比的孤寂和悲凉，苍老的面容镌刻着对另外一个人的思念。有一天，她突然对我们说，要去找小姨夫，陪着他一直到死。小姨的举动让我们惊讶，但看着她历经风霜的面孔，我们还是满足了她的要求，含泪把她送上了通向世界的飞机。小姨从来没有坐过飞机，在经受了痛苦而漫长的呕吐之后，她和小姨夫在巴黎相见了。在寄给我们的照片中，小姨的面容惨白，而小姨夫则春风拂面，他们像是两代人。过了半年之后，照片上的小姨就变了，变得年轻了，她的穿着、神态都变了。那是一个我们完全陌生的小姨。

2015年的夏天，我去美国访问交流，在纽约时代广场，突然有人拍我的肩膀，回头一看，是小姨和小姨夫。他们满面笑容、非常健康，对我说："嗨。"

小姨足足年轻了二十岁。我们站在那里聊了几句，我问他们的情况，他们也问亲人们的情况。然后我突然问小姨夫："从我小时候，就看到你嘴里一直在吸着甘草，都有大半辈子了，什么味儿啊？"

小姨夫使劲吮了吮甘草，咂摸着，想了想说："啥味儿也没有。"

声音的集市

讲座已经结束,我还无法走下讲台,有几名听众上来索要签名。

讲座的大厅是个小型的剧场,平时偶尔会有一些演出。今天是周末的上午。人稀稀拉拉地向外走,像是一出戏剧的散场。风穿堂而过,刚才讲课时没感觉到冷,因为我脚下有一个电暖器烤着,现在才发现,剧场里根本没有暖气。真不知道,台下的那些人是怎么坚持听我讲完的。我微笑着签名、照相。最后看到了她。她一直躲在其他人背后,直到讲台上只剩下我,她才挪过来。开始我还没有意识到有什么问题,用眼角扫了一下她,长头发、一个二十多岁的姑娘。她递过来一张白纸、一支笔,轻声说:“老师,请给我签个名。”

这是冬天,在城东的绿岛剧场。她特别补充了一句:“请您给我写一句话。”我不假思索,随手在白纸上写了一句“书山有路勤为径”,签上我的姓名和日期,把纸递给她时,才发现她是个盲人。她脸色微红,腼腆地说:“谢谢老师。我还有个问题,能不能问?”

一旁开发区文联的李主席根本没把这个盲人姑娘放在眼里，他已经在催促我去吃饭了。我示意他稍等一会儿，耐心地对姑娘说：“你尽管问吧。”

姑娘说话的声音很柔很慢，“老师，您今天讲座里，提到了李逵，您说‘黑旋风’是个大恶人是吧？”

我愣了一下，然后笑着说：“姑娘，你理解错了，我没有说李逵是个恶人，我只是说，在《水浒传》这部小说里，施耐庵给我们呈现的李逵，是一个充分展示内心恶的形象。我并没有说他是恶人。”

她攥着那张纸，腮边微红，陷入了沉思。

这时，区工会的李主席一把抓住了我，用力拽着我向外走，“走吧，我们区委黄书记已经到酒店了。”

我匆匆走下讲台。这个时候，剧场已经人去屋空。讲座好像真的是一场集市。由我这样的人来兜售自己的想法，其他人照单全收，完全是卖方市场。李主席快步地向前走，行色匆匆，充满了因为冷落领导而有的内疚。我回头看了看讲台之上，那个姑娘还在那里，像个雕像，一动不动。

今天我讲的什么题目？那姑娘的问题稍稍让我的思维出现了停顿。是的，“善与恶——文学中的角色扮演”。我讲到了李逵。此时，在我几乎是被李主席推进汽车里时，我仿佛看到，在李逵打打杀杀的场面中，有一张疑虑重重的姑娘的面孔若隐若现。李逵那把闪闪发亮的斧子四处飞舞，那个姑娘像片弱小的叶子一样，瞬间就被砍得粉身碎骨。

冬天给了我们有关温暖的记忆。这个季节里，竟然有那么多人在等待着被文字和文学照耀。我像一支火把，一支由文学缠绕在一起的火把，不知疲倦地穿梭于礼堂、大学、工厂、社区，把文学的暖意留在冬天里。每一次，我都面对的是不同的人群，不同的对温暖充满期待的人群。我不断地重复着一个或者两个、三个题目的讲座，而每一次，我都讲得热血沸腾，仿佛都是第一次讲给自己听。可意想不到的是，在时隔一周之后，我又一次碰到了盲人姑娘。

第二次是在师大讲座。夜晚，文学是这个北方城市罕见的星光。这一次，她不是最后一个映入我视线中的听众，而是我从讲台上走下来，就看到了她。她从后面向前走，还不时被退场的学生碰到，险些摔倒。我等着她，我几乎已经忘记了她上次最后的提问内容。我只是觉得她是个执着的爱好者，也许，她在写诗或者散文。我对仍然跋涉在这条路上的人心存敬意。我说："慢一点儿。"

她说了一句话，吓了我一跳，她说："老师，您在讲座里说，李逵是个时代英雄。"她这句话，一下子就让我对自己今天的讲座有些怀疑，我没有讲到李逵吧？我含糊其词，在想着怎么回答她。我们一前一后向外走。师大的校园里，有一种特别的情调，让寒意稍稍减弱。我谢绝了郭老师要请我去消夜的美意，看着他开着黑色桑塔纳消失在图书馆后面，然后转头看了看站在暗处的盲人姑娘。我问她："你怎么回家？"

"黑暗即我家。"她轻描淡写地说道，却如此诗意。这更加坚定了我的揣测，她是个文学爱好者，一个对诗歌执着的人。

我肃然起敬，说："我送你吧。反正我也要穿越黑暗回家。"

她没有拒绝。上车后我问她去哪儿，她反问我去哪儿。我告诉她去东二环。她说："那你就把我放到万达广场吧。"

路上我说："姑娘，你是第二次听我的课了。"

她说："老师，您记错了。不是第二次。"

我暗自吃惊。我说："我想不起来……"

她提醒我说："在残联那次，您忘记了吗老师？"

"残联？"这个词离我非常遥远，我从来没有与残联打过交道，我矢口否定，"没有。我从来没去残联讲过课。"

姑娘斩钉截铁地说："没错，是您，董老师，董仙生老师。我虽然看不见，但是我的耳朵就是我的眼睛，它用听觉来看这个世界。我相信我的耳朵，比你们正常人的眼睛还诚实。那是个雨天，您讲的题目是'文学的面孔'。"

我一惊，思想一下子就抛了锚，汽车轮胎打了滑，险些蹿到其他车道上。我定定神儿，汽车平稳下来，说："这个题目我确实讲过，而且不止一次。可是残联那地方，打死我也没去过。我根本不知道残联在哪儿。"

"就是在那个雨天，那次讲座上，您讲到了李逵，讲他是一个时代英雄，时代造就了他，他也顺应了时代。您的话我都记在脑子里，我的脑子就是个笔记本，毫厘不差。"姑娘的语气极为自信，仿佛这就是在残联的讲座之上，而我正在向众人描绘着一个叫作李逵的大汉，讲他在时代的旋涡中披荆斩棘，讲他英雄的故事。

"那不是我……"我的辩解那么苍白无力。她的脸始终面向前方，露着微笑。那是一张意志坚定的面孔。她的表情让我感觉自己真的做了亏心事，内心有愧。

“而您在桥东的绿岛剧场讲座时，又说李逵是一个恶人。您竟然会把一个人说成两个人，就像你在讲座里提到的那个分成两半的子爵，那个叫梅达尔多的子爵，两个完全风马牛不相及的人，我一直都心里不安，不知道该相信雨天的那个董老师，还是剧场那个董老师。”不时闪过的车灯照在她疑虑重重的脸上。

好在，她看不到我，这让我稍感心安。而且，万达广场已经到了，我解脱了。我停在路边，告诉她，她已经到了。她打开车门，下了车，回头冲我说：“董老师，我还会去听您的课的。”

我赶紧逃离了她。过了路口向后看了看，在摇曳的霓虹、不时闪过的车灯、不离不弃的路灯光的交相辉映中，那个路口，早已没了那个姑娘的身影。我都不知道她叫什么，做什么的，为什么总是去听文学艺术讲座，而又为什么去听我的讲座。

第二天，鬼使神差的事情发生了。我竟然在拥挤的车流之中，七拐八拐，来到了残联门口。残联在桥西偏北的地方，合作路上，离我上班的社科院已经超出了三公里。我从车窗里看着那个灰头土脸的大楼，看着从那个大门出出进进的人几乎和我一样，仿佛看到自己在社会科学院门口出出进进的情景。我疑惑地问自己，我真的来过这里？

在这个城市里，不同的人扮演着不同的角色，彼此并不矛盾，我们互相友好地演好自己，共同上演着一出人生的戏剧。我认为自己是一个好演员、一个著名的文学评论家、一个文化名人、一个用自己的思想来塑造自己并影响别人的精神抚慰者。有时候，我是靠惯性在行动，比如讲座，就像是打了吗啡，它在我的生命中是永远无法停止下来的。它是我人生角色中的重要一环。

这一次是在省图书馆。我走上讲台的第一眼就看到了她。她坐在第一排，正襟危坐，微笑着面对我。她眼睛看不到，但是一定能听到我的窘迫。在她面前，我总觉得被一束锐利的目光注视着。我是真的不想看到她。不过，我到底已经锻炼成了职业的讲座家。一讲起来，便忘记了她给我制造的一点点麻烦。除了偶尔能看到的那张凝神听讲的脸，让我稍感不适外，大部分的时间都是被我自己强大的内心掌握的，面对如此情景，我游刃有余。

讲座结束后，她紧紧地跟着我，没有提任何问题，让我略感轻松。省图的宋主任注意到她，问我她是谁，是不是跟我一起来的，要不要一起用午餐。我还没有回答。姑娘却抢先说：“我是跟董老师一起来的。”

吃饭的时候，她紧挨着我坐下来。令所有人意外的是，她不吃一桌子丰盛的饭菜，而是从自己的包里摸出一袋饼干、一瓶矿泉水，独自吃起来。她身边的小杨替她把菜夹到面前的盘子里，她说：“谢谢。我只吃饼干。”他们都诧异地看着她，然后再看看我。我解释说，我们吃我们的，她这是习惯。其实我哪里知道她有这样的习惯，我不过是才见过她三次，况且我连她的名字都不知道。这顿饭吃得寡淡无味。匆匆吃完，在停车场告别宋主任一行，我上了车，姑娘也跟着上了车。我挥手告别宋主任，车开出拥挤的停车场，我对姑娘说：“课讲完了。”

盲人姑娘说：“董老师，您不是说好了要送我吗？”

我想了想，没记得什么时候承诺要送她了。我只好说：“你去哪儿？”

姑娘想都没想，“长安公园西门。”

我专心开车，姑娘先开了口："董老师，我感觉到您闷闷不乐。"

我说："没有啊。"

姑娘说："您骗不了我。我看不到，能听到您在想什么。"

我说："我什么也没说，什么也没想。"

姑娘说："可是那些人在说呀，他们一直在想啊。他们一直在说，都是说些您不爱听的，可您还得附和着他们，装作您很认同他们。他们对您毕恭毕敬，但也只是场面上表现出的热情，心里不定怎么想的。那个叫宋主任的，其实一点儿也不喜欢您，从骨子里不喜欢您。他只是因为工作的关系，没有办法而打着官腔。那个杨经理，不过是想利用您的地位和影响力，来给他们读书俱乐部涨涨人气。那个小黄，是一个像我这样的文学青年，他只想着和您套套近乎，好让您在文学的道路上帮他一把，给他的书写篇评论，推荐评奖。"

我暗吃一惊，她看不到，却能感觉到我在想什么、其他人在想什么。我停下车，"你到了。"我说。

姑娘没有下车，她说："董老师，还没到。我说的是长安公园西门，不是南门。"她看不到外面的景色，真不知道她是怎么感觉到的。

她继续着她对这个看不见的世界的探寻。她说："董老师，您六月六日那天，在燕赵讲堂讲课，讲座的题目是'四大发明与中国历史'……"

她还没有把问题抛出来，我就有些发毛，她的想法，远远不是一个文学爱好者的思维方式。我立即制止了她，"那不是我。姑娘，我没有讲过四大发明。我是个文学工作者，对历史没有太多的研究。

没有研究过的内容我从来不会讲的。你肯定是认错人了。”

不管我如何辩解，都无济于事，她是个认死理儿的姑娘，一旦她认定那个讲四大发明的人是我，那肯定就是我。我无法按照她的想法与她沟通对话，只好沉默不语。但是表面上安静的她却思路大开，滔滔不绝地说起来，“我以前是个闷葫芦。几天都说不了一句话。我父母都以为我变哑巴了，他们害怕极了，一个瞎子，再变成哑巴，您说他们得有多倒霉，他们的人生该多么失败。我也替他们发愁，可我就是什么也不想说。越不想说话，就越紧张，越紧张就越说不出来。那些话像是结成了一个疙瘩，窝在我心口里。可是有一天，我去父亲单位，偶然听到他们礼堂里有人在讲课，那是您，董老师，您在红星机械厂的礼堂里讲孔子，正讲到君子坦荡荡，小人长戚戚。我一下子就被那内容吸引住了，给我打开了另外一个辽阔的世界。您那天的声音现在还回响在我耳边，您就是我的大救星，给我解开了心口的疙瘩。我停在那里，完全融入了您带给我的另外一个世界，那个世界如此美好。”

我听着听着，竟以为自己到过那个叫作红星机械厂的礼堂，在那里讲过一堂《论语》课，讲过君子之道。而红星机械厂，据我所知，早在二十年前就倒闭了，现在那个位置，耸立着一个已经濒临绝境的商场。

长安公园的西门已经到了。这一次，我没有感觉到那么漫长和无聊，我不知道为什么竟然有些享受她的虚构。

她下车时，我突然想起来，“你总得告诉我你叫什么。”

她摸着车门，笑着说：“董老师，我叫莫慧兰。”

我一下子蒙了，莫慧兰，不是二十世纪九十年代的体操明星吗？“你确定你叫莫慧兰？那个跳体操的？”我万分惊讶地问道。

“是叫莫慧兰。我以前不叫这个名字，是后来我爸给我改的，他希望我像那个体操明星一样，能自由地跳来跳去。”

在那段时间里，我和她，一个叫莫慧兰的盲人姑娘，几乎是见面最频繁的两个朋友，好像我们早已有约，早已心有灵犀。不知道为什么，我有足够的定力进入她的世界，进入她内心看到的那个我，那个到处去讲座，到处去展示自己才华的董仙生。有时候我会不自觉地去寻找她提到的曾经有过的那些地方，我站在红星机械厂的旧址前，可是我怎么也想不起，红星机械厂红火的那些日子里，我在干什么，只是有一点我可以确定，那个时候，我没有到处去给别人上课。

我们的谈话基本都是在我的车里。我成了她的专职司机。讲座之后我开车，她坐在我的身边。她提到了许多地方，都是二十年前的地方，一次，她竟然说我在解放路商场讲过如何在北方种植樱桃。她说得有鼻子有眼，还说她按着我的讲座，在自己家里做了努力和尝试，就在她家的院子里。结果，没有结出一颗樱桃。她自责地说：“我反复过多次，都没有成功。我就反思自己，一定是那次讲座我没有听得那么仔细，漏掉了什么。”她还用陈景润的例子来安慰自己，说明成功不是一蹴而就的。还有一次，她说我在展览馆讲过我国第一颗原子弹的爆发，讲原子弹对我们国家安全的重要性。万幸，她没有去尝试原子弹。在她的世界里，那个她看不到的世界里，那个被她叫作董仙生的讲述者不断变换着角色，一会儿是评论家，一会儿是历史学家，然后又变成了生物学家、育种专家、航天英雄……五花八门，她把我想象成任何一个能够推动社会进步的人，一个高大伟岸的人。实际上，我的名字成了她心中的一个符号。从冬天到夏天，我不断地面对一个陌生的姑娘，对她重复着一句话："那不是我。"这句话如此苍白，如此软弱。而我，在不断地否定她的同时，也已经习惯了跟随着她跳跃的思想，一会儿成为另外一个人，一会儿又回到了二十年前的某个地方，在自己与他者之间，在现实与过去之间不停地转换。她在黑暗中摸索着现实。我发现，与她一样，我在她的想象中，竟然也感到了某种不太明晰的感觉，开始审视自己，对自己的行为产生动摇。为什么我要怀疑自己？这让我有些隐隐的担忧。

不仅是我，就连她自己，也在不断的想象之中，对我的身份认同有了不同的见解。那一天，她竟然破天荒地要求我领她去看华北五省市的美术联展。当她提出这个要求时，我愣了一下，半天没缓过神来。她怎么去欣赏那些美术作品？她敏锐地感觉到了我的犹疑，她说："你是不是觉得我什么也看不到，感觉不到任何艺术之美，我去那里纯粹是耽误您的时间？"

我急忙辩解道："不是，不是，我没有那么想。"

她说："我看得到。"

我附和说："是的，你看得到。"

美术联展的地点是中山路上的省博物馆，在闹市区。她早早地就在博物馆门口等着我，心情很迫切。这不是开展第一天，展馆里人并不多，稀稀落落，很安静，与馆外的世界形成鲜明的对比。我们慢慢地走着，每到一幅画作前，她都站在那里，停留数分钟，仰着头面对着那幅画陷入沉思。我没有再提出任何的疑问，我配合着她，站在她身旁，也仰头端详着那些画，国画、油画、工笔画……

花鸟、人物、静物……或细致入微涓涓细流，或气势磅礴惊涛骇浪，或引人入胜曲径通幽。

参观到一半时，她突然低下了头，“我能看到，水在流动，鸟儿在鸣叫，骏马在奔跑，山峰高耸入云，晴空万里。”

我说：“我知道。”

“这幅画上是一个忧伤的姑娘。”

我说：“是的。”

然后是沉默，我们能听得到展厅里非常轻的脚步声，有个人从我们身后经过。我下意识地感觉到哪里不对劲，扭头看她时，她的脸上已经流满泪水。我伸出手，握住了她的手。

她抽泣着说：“董老师，您嘴上不说，但您心里肯定在笑话我，笑话我无知。”

我连连否认。

她接着说：“我知道我什么也看不到。我面前就是黑暗，就是万丈深渊。这是我的世界，我熟悉的世界。这就是我的全部。我不知道你们的世界是个什么样子，黑暗与光明的区别。但是我能感觉到我父母的忧伤。他们每天沉浸在另外一个世界里，哀伤的世界。我想改变，让我的世界与父母的世界相通相连。但是上个星期，最爱我的父亲去世了。我能够看到他，他现在和我在一个世界里，黑暗的世界里。但是我看到的父亲，仍然没有微笑……”她说不下去了，身体颤抖着。

我把她抱住，轻轻拍着她的肩头。我们就像是这个美术展厅里的一个行为艺术雕像，引得其他人驻足观看。等她慢慢地平复了情绪，安静下来，然后我拥着她，继续我们的参观。只是，我成为她的一双眼睛，我轻声地给她讲述每一幅画，讲构图、色彩，讲作品的内容与想象，讲作品的艺术冲击力，我是把自己对于美术的所有理解都滔滔不绝地讲给她。她边听边向往地点着头，似乎已经完全被感染。

等我们向外走时，我已经口干舌燥了，嗓子眼里直冒火。而莫慧兰似乎已经忘记了父亲逝去的忧伤，脸上挂着满意的微笑。她挽着我的胳膊，脚步轻快。走出博物馆，我急着去找一个小超市买水，她却突然问我："董老师，您的世界是什么样的？"

"我……"我一时语塞，我还没有想过这个问题，在一个看不见世界的人面前，给她描述我个人的世界面貌。

"是四处去讲课吗？"她小心地问。

"这怎么可能？"我反驳她，"我还有更多重要的事情去做，搞研究，做课题，教学生，写论文，开座谈会、研讨会、交流会、纪念会、追思会，帮学生找工作，给领导写讲话稿……你说我有多忙，怎么就成了一个专门搞讲座的江湖骗子？"

"没有，我不是这个意思。"莫慧兰嗫嚅着，"我是说，您看上去那么享受，每次听完您的讲座，我都觉得您在构建一个属于自己的全新的世界。我坐在下面，心潮澎湃，那一两个小时的时间里，我坐在众人之中，屋子里只有您构建的那个世界在回响，我觉得，我和您的世界接通了。我跟着您的声音，去了虚拟的文学世界，去了能够闻到味道的果园，去了辽阔而湛蓝的天空，去了枯燥的哲学天地……"

我小声说："那不是我……"

她好像没有听到我的辩驳，继续说："董老师，您就没有对自己的世界有过什么怀疑吗？您的世界生来就是如此，还是和我一样，是您自己想象出来的？或者说，您也和我一样内心有个黑暗的世界？”

“这个……”我竟被她问住了。我感觉像是捂在自己身上的被子被别人掀开了。我没有回答她的问话，而是借故还有一个重要的会议，仓皇地与她匆匆告别，我连回头看看站在博物馆台阶上的她的勇气都没有了。

那次美术展，于我是一次不小的冲击。多少天，我都觉得是自己在看一次画展，我恍惚觉得，自己迷失在那间不大的展厅中，看不到自己，也看不到墙上的画。失明的那个人不是莫慧兰，而是我。

那次画展之后，我们彼此的内心世界好像发生了某些变化，产生了某些怀疑。我开始反省自己，我是如何成为一个夸夸其谈的人的，一个喜欢被别人捧在天上的人的，一个喜欢到处去兜售自己廉价思想的人的？于是，从那个夏天开始，我不再有求必应，不再频繁地去四处讲学。而她，仿佛也改变了。我不知道是因为父亲的离世给了她巨大的打击，还是因为对那些经过她想象的世界失去了兴趣。在讲座中我很少再能碰到她，最后一次碰到她竟然是在外地，在三百公里以外的廊坊学院。

我根本不会想到她会出现在这里。所以当讲座结束，当人流散去，她站在我面前时，我惊讶地看着她，半天才问她怎么会出现在这里。她说，她来送父亲回家。她父亲老家是这里的。在吃晚饭前，我陪她在校园里边走边聊。她抱着父亲的骨灰盒，试探着问我，想不想听听她父亲的故事。

我默许了。

“我父亲是个徘徊在现实与想象之间的人，”她这样评价自己的父亲，“他是个矛盾的人。从我有记忆开始，他就告诫我，要做一个真实的人，一个能面对自己内心的人，一个无愧于自己内心的人。可是他自己却从来没有做到。我不是从出生就是个瞎子，两岁的时候，得了一场病，从此就失明了，但是我对这个世界没有一点儿印象。这对我来说是一件幸运的事情。因为，一开始我的世界就是黑暗的，所以对我来说，并没有突然坠入黑暗的那种撕心裂肺的痛苦。而父亲不一样。我的失明就像他自己失明一样。我相信，从我两岁起，他也失去了他熟悉的世界，和我一起坠入黑暗之中。是他在黑暗中非要寻找一条通向光明的道路。他几乎是我的眼睛，每天都会让我去认识这个世界，把这个世界真实的状况告诉我。直到有一天，他觉得已经无能为力了，累了，无法自圆其说了。在他的叙述中，那个真实的光明的世界有些前后不一致，有些混乱，所以他开始带着我去听讲座。”

“你是说，都是你父亲带着你去听各式各样的讲座？”我问她，我从来没有看到过她的父亲，这让我有些疑惑。

莫慧兰说：“是的，就是这样。他开着车，把我带到各个能听讲座的地方。我都不知道他是怎么知道哪里有讲座的。他把我送到那里，自己从来不进去，只是躲在车里，等我听完，然后再带我回家。”

“不是我带你回家？……”我疑惑地说。

莫慧兰解释说：“我坐你车的时候，我父亲都开车在后面跟着。直到我从你车里下来，再上他的车。”

我看着她怀里的骨灰盒，感觉有双眼睛在看着我。我问她："以后还去听讲座吗？"

她抚摸了一下骨灰盒，"会的。"

那是我最后一次见到她。在接下来的一年时间里，她再也没有出现。她的缺席，不影响任何一次照常进行的讲座，却影响了我的心情。我不知道为什么心情会越来越坏，我常常在讲座中间感到某种空虚和无助，有那么一分钟，所有的思想好像突然被一个虚无的人带走了。那个人明明就在讲台下的人群之中，我似乎看到了她，看到她从他们当中抽身而出，飘飘然向外走去。

甚至还有些淡淡的忧伤。我仿佛一下子看清了自己，看清了那个在现实中的我。就像莫慧兰说的，我真的是在自己的世界中吗？我越来越没有自信，没有了做讲座的心情与自信，直到慢慢地推掉了所有的讲座。连我妻子都说我是不是得了抑郁症，催着我去医院看医生。

几天之前，一个阴雨天，我开车从煤机街经过，突然看到路边有个熟悉的身影正在匆匆行走，是莫慧兰，我喊了一声。她没有听到。我急忙把车停在路边，跟着她。她已经拐进一个门洞不见了，我也进了门洞，是个很暗的地方，然后顺着一个狭窄的楼梯向上走，来到二楼。二楼有个长长的走廊，走廊里也光线昏暗。没有看到她的身影，我听到了响亮而熟悉的声音。顺着声音走过去，踏进去的是一个大大的房间，类似于一个社区的活动室，里面挤满了人。年轻人居多，有一个讲台，讲台上一个人正在亢奋地高声讲话，正是莫慧兰。她讲道："钱不是万能的，但是没有钱是万万不能的，如果你有了钱，你会让你的父母过上最好的生活，让你的子女接受最好的教育……”下面的人脸上都洋溢着狂热的表情，人群不时地爆发出阵阵的欢呼和掌声，讲台像是一个强大的磁场，在屋子里形成一个气流，旋转着，越来越快，聚到讲台上。每个人都被气流牵引着，忘我地狂呼着，兴奋着。我竟也不自觉地被吸引了，挤在他们之中，忘掉了自己的身份，与他们一起鼓掌，呼喊着同样的口号。我浑身燥热，血向头顶涌。正当我忘乎所以的时候，突然有一只手握住了我的手。那只手凉凉的，一下子就给我降了温，我回过头来，是莫慧兰，不知道她是什么时候从讲台上走下来的。她拉了拉我，我被她拉着向外走，走到外面，走下楼梯，走到大街上。已经下雨了，我们没有打伞，她的头发湿了。

她说：“老师，我记得您对我说过，刚才那个人不是我。”

猴子的傲慢

铺地砖的瓦工是个年轻的姑娘。让我觉得新奇的不是她的性别和年龄，而是她身边那只来来回回跳跃跑动的猴子。猴子搬起一块瓷砖，站在她身边等着，递到她手里之后，猴子并没有转身去搬另一块，而是坐到旁边的一张小凳子上。姑娘耐心地给它点上一支烟，交到它手里。猴子贪婪地吸上一口，胡乱地吐出来。它面前立时制造了一团烟雾，这让它手舞足蹈、兴高采烈。吸了好几口，和烟雾玩了一会儿，它才把烟掐灭，重新去搬瓷砖。

她看到我在观察猴子，便说："它叫小闹。"

"我还从来没有见过猴子当小工的。"我笑着说。

姑娘满眼爱意地看着猴子说："它这是毛病。哪里指望它干活，不给我捣乱就成了。"

"你这猴子待遇够高的，是厅级领导的待遇吧，搬块砖还有个秘书给递烟。"我说。

"它以前真是领导家的宠物。" 姑娘一边铺砖一边给我讲猴子的经历，"这只猴子以前在一个有身份的人家当宠物养着，每天就是哄主人开心，学主人抽烟，给主人戴帽子，替主人拿鞋子。有一天它竟然学女主人，打开了天然气的阀门，把厨房烧得一塌糊涂。主人再不敢留它。我去领导家装修被烧的厨房时，看到了它。主人就送给了我。我看它可怜，就收留了它。”

“你把它改造得挺好的。”

猴子冲我做了个鬼脸。

姑娘说：“我并没有改造它。随它去，它想干啥就干啥，我能给它的其实很简单，就是饿不着它。再者说我也没那么好的条件，没那么大的房子，没有专门饲养它的人，没有它专门的一个窝。我还要工作，养活孩子，照顾亲人。哪儿有时间改造它呀？”

我们又聊了一会儿猴子的日常习惯，我还要参加一个会议，便向外走。走到门口时，背后传来姑娘有些异样的声音：“董老师！”

我转过身来问：“怎么？还有事吗？”

这么一会儿的工夫，姑娘的神情就不一样了，她脸色羞红、窘迫，目光也不那么自然了。这完全不是刚才聊猴子时的那个轻松自如爱笑的姑娘了。

姑娘扭捏地说：“董老师，我认识您。”

“是呀，我们刚刚认识。”

姑娘紧张地摇摇头说：“不是，我十年前就认识您。”

我向前走了几步，回到她和猴子的身边，猴子正在吞云吐雾，一副目中无人的样子。“这怎么可能？”我说，“十年前你还是个学生吧？”

姑娘充满期待地说：“董老师，您真的不认识我了？”

我茫然地摇摇头。

姑娘的表情渐渐恢复常态，她说："可是，不管到何时何地，我都认识您。"

她的话倒引起了我的兴趣："我怎么一点儿也没有印象了？"

姑娘善解人意地说："董老师，这不怪您。就像您说的，十年前我还是个中学生。现在我是两个孩子的妈妈了，您怎么可能还认识我？"

我暂时忘记了开会的事情，说："不好意思，你提醒一下。"

姑娘看着我，眼睛里有些令人捉摸不定的渴望："十年前您是不是也装修过一套房子？"

我想了想说："是的，在东三教那里。"

姑娘说："那个房子不是高层，没现在的大，也没有电梯。"

我更加错愕。

"当时是我爸给您铺的地砖。"她努力想让我回忆起什么。

可我的记忆里仍然是一片空白，那套房子我只住了五六年，早就卖掉了，与房子有关的事情也早就成了时间的碎片。"你爸爸？"

姑娘说："他姓张，您叫他老张。"

老张这个称谓太平淡无奇了，显然它并没有给我留下什么印象。

姑娘没有放弃对我的启发，"在您装修期间，我爸和您聊天，不知怎么就知道了您是个著名的文学评论家、省社科院文学所的所长。他自然就想到了我，对您说起了我。当时我还是个中学生，我的作文写得非常好，经常被当成班级乃至全校的范文。他极力向您推荐我。他说您是个好人，因为您很爽快地答应了他的请求，答应帮我看看我的文章，看我是不是那块料。”

随着她的讲述，我隐隐约约想起那次的装修，但是那个叫老张的泥瓦工我却怎么也想不起什么模样，我说：“随后呢？”仿佛我只是个倾听者，而不是曾经的当事者。

姑娘倒也没有在意，继续启发我，试图让我相信，她说的都是事实。她虽然没有停下铺地砖，但速度已经降下来，那只猴子也趁机跑到一边了。“我记得清清楚楚，那天我爸突然回家了，满脸喜悦。他把我从学校里接出来，让我找出我所有的作文，和我课余时间写的一些文章，把作文和文章放在一个书包里。他抚摸着那个书包，畅想着我的未来。他说我一定是个当作家的料。如果有一天我当了作家，他就亲自给我的书房铺地砖，搞装修。他说要让我的书房真正像一个作家的书房，要有一张大大的写字台，有一面墙那么大的书柜。”

“后来呢？”她的回忆仿佛在说一个与己无关的励志故事，我听得津津有味。

姑娘看了我一眼，说：“大概有半年的时间，爸爸都没有回家，我也没有见到他，而且也没有一封信。等我见到他时，已经是春节了。他把那个书包拿了回来，书包还是鼓鼓的。他没有说一句话，这半年我一直在期待着爸爸的好消息，同时也在不断地努力。我看了很多文学作品，偷偷地写了许多小说，比我爸走时拿的那一书包要多很多。我多么希望他能告诉我，专家说了，我是个当作家的料。大年三十，那是最伤心的一个除夕。爸爸喝了酒才壮着胆告诉我，算了，孩子，命中没有的我们不强求。”

我有些莫名的紧张，似乎那是自己命运的路口。我能听到自己心脏的跳动之声，我问：“后来呢？”

她没有留意我表情的变化。她淡如止水，像是在讲述别人的故事：“那是我梦想破灭的时刻。所以那一刻到现在还像是昨天发生的一样。爸爸没有再给我那些作文和文章，整整一个书包的作文和文章。他把书包放在了我们家最高的那个木箱子里了，连同我的文学梦想也一起放了进去。”

我声音急促地追问她：“我当时讲了什么？我给你父亲讲了什么？”

姑娘粲然一笑：“我爸没说，我也没问，反正是致命的答案。我听从了爸爸的劝告，写作的动力从此消失了，之后再也不写东西。初中毕业后我就听从爸爸的安排，跟着他到城里来打工，学习当瓦工。”

“你不写小说了？”我忐忑不安地问。

“不写了。”姑娘拿起一块瓷砖，抹上水泥，“我爸说得对，人生处处都能发芽开花。我现在是个不错的瓦工，活儿一个接一个。看着我铺的漂亮而完美的地砖，就像以前写完一篇文章一样，喜悦，快乐。”她用抹子敲了一下地面，猴子立即跳过来，拿起一块地砖递给她。

那天晚上，我翻来覆去地睡不着觉，妻子肖燕推了我一把：“你干什么呢？弄得我也睡不着。”

我说：“我想不起一个人了，你替我想想。”

肖燕问：“谁呀？值得你这么费心思。”

我说：“十年前给我们东三教那套房子铺地砖的老张。”

肖燕想了想说：“我也想不起来，怎么想起他来了？”

我给她说了那个姑娘的事。我说，这次我特意问了她的名字，我想我一定要记住她，她叫张小妹。

肖燕沉默了一会儿，安慰我说：“人各有天命，睡吧。”

肖燕的安慰并没起多大作用。我几乎一夜无眠，所以当我再次来到新房子时，身体轻飘飘的，跟踩在湿湿的水泥上一样。张小妹并没在，工具散在地板上。我观察了一下，水泥还是湿漉漉的。我给她打了个电话，连续打了三次，她才接了电话，电话里的声音很焦急：“董老师，真不好意思，我的猴子小闹跑了，我正找它呢。”

我问她在哪里，她焦急地说：“就在你们小区里，你们小区狗真多，就是找不到猴子。”

我陪着她找猴子。她说，一开始还挺正常的，可是她今天忘了买烟，猴子没有烟抽便磨磨叽叽不想干活，趁她不注意就溜出去了。

我问她，是不是和猴子之间有了感情，舍不得它了。

她矢口否认，说：“没有。我倒不怕它丢了，就是怕它咬伤人。”

我们边在小区里找猴子边聊天，我对她说：“如果你不喜欢它，讨厌它，干脆就别管它了，随它去，爱去哪儿去哪儿，省得对你来说是一个累赘。而且，它跑到哪里，都是被动挨打的，离开了你，它寸步难行。不是被车轧死，就是被人抓住，送到动物园去。”

“董老师，您可别吓我。”听了我的话，张小妹脸色苍白。

我有点儿自责，为什么要让她失去信心呢，为什么要那么尖刻，我之所以一夜无眠的原因不就是想要给她帮助吗？让我忧虑的是，我不知道她是不是需要帮助。我转变了语气，开始安慰她，跟她分析猴子可能的逃跑路线。最后断定猴子不会离开小区。我指着到处撒欢的狗说："它不是狗，不会讨人欢心，所以它是惶恐的，跑不远。"

对我的话，张小妹深信不疑，她的表情转换很快，立即就轻松下来，满怀希望。她说："董老师，您说得对。"

在寻找猴子的过程中，其实我一直心不在焉，甚至有些焦虑。我的心思完全没有在那只猴子身上，而是在张小妹身上。我看着她，仿佛看到了十年前的她，那个对文学怀着虔敬之心的中学生。于是我问她："张小妹，你还在写作吗？"

张小妹突然停下来，大约愣了有一分钟的样子，然后脸上绽放出突兀的笑容来："怎么可能，董老师，我早就不写作了。只想着铺好地砖，多挣钱，给我儿子娶媳妇。"

"你儿子多大了？"我疑惑地问。

"五岁。"

我说："你真的不再写作了？"

张小妹说："那还有什么假？是真的。董老师，谢谢您，写作是个多遥远的梦。"

我鼓励她："也许你可以继续做这个文学梦。"

"为什么？"她不解地问。

"我来帮助你。"我坦诚地说。

她停下脚步，茫然地看着我："董老师，就是您中止了我的梦想的。"

我羞愧万分，说："我不知道当年我说了什么，但我现在想弥补。如果你还在写作，我会帮你看稿子，帮你发表，帮你参加征文比赛，帮你写评论……”

张小妹慌张地摆摆手说：“董老师，我没怪罪您的意思。我只是觉得太巧了，也许是老天跟我开了个玩笑，让我再次碰到您。所以才想起我曾经有过的梦想。如果我今生见不到您，肯定会把那件事抛到九霄云外的。”

“你对我的建议怎么看？”我期待地看着她。

她摇摇头说：“董老师，我不写了，早就死了这份心了。”

我还想说什么，就听到她惊呼了一声，撒腿就跑。顺着她奔跑的方向看去，有几个人正围成一圈，不知在干什么。我跟上去，看到她分开众人，在人群之中，那只叫小闹的毛猴，正缩在一棵冬青树下瑟瑟发抖，猴毛上沾着许多树枝和泥土。看到张小妹，它像见到亲人一样蹿了上来。张小妹把它抱起来，眼里含着泪花说：“走了，我们回家。”

上楼时，猴子早已从张小妹怀里挣脱下来。在电梯里，它兴奋异常，早忘了刚才的狼狈样儿，围着张小妹转来转去，很殷勤的样子。张小妹似乎也忘记了我们刚刚还在讨论的话题，忘记了她从岁月中浮起的梦想，表情渐渐愉悦起来。

我说：“你看它的样子，早知如此，何必当初呢。”

张小妹说：“它是好了伤疤忘了疼。我了解它，它很快就会翻脸，就会想到它以前优越的生活，也还会找机会逃跑，想回到以前的生活状态。因为那段生活对它来说太难忘了。”

我说：“它永远回不到原来的生活的。”

张小妹若有所思地说：“是呀，是呀！”

我给她出主意，让她给猴子挂个牌子，牌子上写上联系电话。

“这能行吗？”

我说：“你试试。”

剩下的时间我们几乎都在讨论猴子的事情，几次我想回到我们最开始的话题上，说说我帮她重拾写作梦想的事，她都故意绕开了。所以那天晚上，我仍然睡不踏实，肖燕问我：“是不是没谈成？”

“她好像在故意回避。”我叹了口气，“她矢口否认自己还在写作，否认还在延续着自己少年时的梦想。可是我凭直觉感到，她没有放弃。”

“你是一厢情愿吧。”肖燕说，“你别那么绞尽脑汁了，她的生活跟你没有任何关系，你也不用负什么责。再者说，人家不是生活得很好吗？为什么要改变人家生活的轨迹？纯粹是你想要得到心理的平衡。为什么你会这么在乎一个陌生人的梦想？你想想，人到中年，无法心安的事情有多少？却莫名地想在一个根本不知道是什么人的人身上找到点儿什么，太奇怪了。”

那晚，我就在她无法明了的惊讶和疑惑之中昏昏入睡。她所说的，那些无法令自己心安的事情是什么呢？

张小妹确实称得上一个能工巧匠，她铺地砖的水平连挑剔的肖燕都说好，我一语双关地对张小妹说：“你干别的会同样出色。”

张小妹笑着说：“董老师您真会开玩笑。我现在觉得，除了铺地砖，我不会干任何事，也干不好任何事。”

我说：“我想见见你爸爸。”

她对我这个提议显然感到有些惊讶。她停下了手中的活，任水泥掉到了地面上。

我补充说："我想问问他，当年我到底对他说了什么，让他那么绝望。"

她愣了半天，似乎才反应过来，急忙摆手说："不行，绝对不行。"

我纳闷地说："请你放心，不管他在哪里，我都要去找他。"

张小妹说："不是谁找谁的问题。关键是……"她额头上冒出了汗珠。

我说："你别急，我只是见见他，没别的想法。"

她脸色变得红润起来，想说什么又不知从何说起，于是便低下头去，接着往瓷砖上抹水泥。

我等着她回答，屋子里的气氛有点儿凝重，我的问题显然给了她内心巨大的压力，像块石头。她干活的速度明显地慢下来，脸上的汗也多了。那只猴子趁机跑了过来，伸出手，它早就摸透了我的心思，知道我虽然不抽烟，却会给它带着。我掏出一盒钻石烟，抽出一支递给它，然后给它点燃。我看着猴子悠闲地坐在那里学着人一样，想把烟雾吐成一个圈，却屡屡吐不成。

她沉默了有十多分钟，终于开口了："不，您不能见他。他不想见任何人，他躲在我们老家的屋子里，几乎不出院子。"

"为什么？"我紧张地问。

"因为他认为自己一无是处，是个失败的人。"她幽幽地说着，眼神是缥缈的，"大概五年前，他在给一栋新的楼房装修时出了事故，丧失了劳动能力。当时我也在场，我目睹了那一切，所以之后我经常会梦到那个场景，非常逼真。他在医院里住了半年，然后就回到了家乡。每次目送我离开的时候，爸爸的眼神都很惊恐，让我感到凉飕飕的。我对他说，爸，我不会出事的，你放心。可他仍然用那种眼神来和我告别。”

“那我更应该去看看他。他也许能想起我来，而我也可能想起他来。”我看着她怅然的表情。

“没有用的。他想起您来能怎么样？您想起他来又能怎么样？他不会见任何人的。他把自己隐藏起来，好像与世隔绝了。他只对我说些以前的事，所以尽管他和我告别时是那种眼神，可是他多么希望我常常能够回去，拉着我说些城里的事，说些他做瓦工时经历过的一些事……”

她还没有说完，我的电话响了。接完电话我告诉她，我得走了，副院长让我去陪专家们吃饭。我说完便匆匆离开，没有看她欲言又止的表情。在路上，我也暂时忘记了她以及她落寞的父亲的故事，我想起了我要陪的那几个专家，想到喝酒豪爽的吴所长和我在南京拼酒的情景。

那天晚上，我喝了太多的酒，第二天早晨来到装修的房子时，还一身的酒气，可是房子里没有一点儿干活的迹象，张小妹并不在。等到十点钟，她才失魂落魄地回来，后边跟着脏兮兮的同样失魂落魄的猴子。她无精打采地和我打了一声招呼，便坐在小板凳上，有气无力地靠在墙上喘着气。我说：“你和我一样，像是喝了一夜的酒。”

张小妹斜着眼看我一眼，“董老师，我比喝酒还累。”

“怎么了？”我问她。

她指着同样瘫在一边像犯错孩子一样的猴子说：“还不是因

为它。”

据张小妹讲，昨天傍晚，猴子再次出逃，这次她没能在小区里找到它。她跑到大街上，漫无目的地寻找起一只总是想逃跑的猴子。她疲惫地说：“有时候我真想放弃它。在我和一只猴子之间，总是三番五次地较量着智力，我明明知道它还记着以前美好的生活，我知道它想回到过去，可是它一跑我心里就空落落的，忍不住要把它找回来。它肯定也知道，它永远回不到过去了。这么简单的一件事，我和它，却都那么累地在折腾着。”

“你是怎么找到它的？”

“这就是命。”张小妹说，“每一次，在我最绝望的时候，它就会神奇地出现。”

这一次，我给她提供的建议帮助了她。快天亮时，在城市的街道上毫无目的游荡的张小妹收到了一个电话，电话那头儿的声音告诉她，猴子在他家的院子里。她说：“我跑到最西头儿的植物园那里找到了它。”

“你还是把它送到动物园去吧。”我说，“它跟着你，只有麻烦和担惊受怕，除此毫无意义。”

她没有回答我，靠在墙上，闭上眼，像是陷入了沉思，只是不知道她是不是在想我的话。

过了一会儿，我提醒她说：“昨天我们的话题还没有结束。”

她睁开眼睛，声音虚弱地说：“董老师，已经结束了。”

“没有。”我坚持说，“我提前离开了，你的话讲到一半。你讲到你父亲，总是想向你倾诉。”

她再次闭上眼，眼角流下了细细的泪水。

我觉得自己有些残忍，便说：“算了，我要走了。”

她拉了拉我的衣角，眼睛里泪盈盈的，她几乎是哀求地看着我：“董老师，您别走。是我记错了，我没有讲完，您还想听吗？”

她的眼神告诉我，她一定是有向我诉说的冲动。我蹲了下来。

她说：“董老师，您带烟了吗？”

我掏了掏包里，那盒钻石烟还在，我拿出来，抽出一支来准备递给猴子。她说：“是我要抽。”

她抽起烟来的样子一点儿也不比猴子好看，显然也不是平日里抽烟的人。“昨天晚上，我走在大街上，夜色包裹着我，就想到了爸爸。他记忆力超强，几乎记得他铺过地砖的每一家，他们的男主人、女主人。他跟我说他们的言谈举止、社会背景、地位。那些日子里，爸爸喜欢上了猜想，他向我描绘着每一个家庭的未来。他说这一家会有一个平淡的生活，那一家会有大的波折，另一户会发生家变。我听着爸爸无端的猜想，我一点儿也无法与他的想象合拍。我从来没有记住过我铺过地砖的每一家的人，不记得他们长什么样，而且我也从来没有去想象过其他人的生活会是什么样，但是爸爸却对别人的生活如此感兴趣。我和爸爸与你们能有什么关系呢？昨天晚上，我在寻找小闹的绝望中，抬头向那些灯光明亮的窗户看去。对我来说，那些窗户中透射出来的并不是什么光亮，反而像是无数个向外喷射颜色的枪口，不过它们喷射出来的都是黑色，它们把夜晚喷得更加黑暗，压迫得我都喘不过气来。”

我走到窗户边，向外看去。外面阳光灿烂，没有丝毫夜晚来临的迹象。我回过头来说：“那个展开想象力的人是你还是你的父亲？”

张小妹大吃一惊，瞪大了眼睛盯着我，“董老师，您怎么会有这样的想法？”

我说：“凭我的文学洞察力。”

她羞涩地低下头，摇摇头，“您说得不对，我说的是我爸，不是我。”

我觉得有些轻松了，我说：“你不用辩解。你适合再继续你的梦想，你有对生活敏锐的观察力，想法很犀利。而且，你一直在思考，你一直在想着怎么去认识这个社会，怎么去理解人，怎么去写作。”

“写作有什么好？”张小妹轻声嘟哝着。

我突然觉得我找到了抖掉身上自责的突破口，我鼓励她：“写作能让你得到内心的安宁。”

“您内心安宁吗？”张小妹追问起我来。

“我？”我始料不及，急忙掩饰着内心的慌乱，故作镇静地说，“当然，很平静。”

张小妹紧紧地盯着我，让我感到了某种不自在，她步步紧逼，“我的梦想对您那么重要吗？您为何那么在乎我？”

我被她问得哑口无言。我觉得那天离开自己家时是落荒而逃的。

尽管如此，那天晚上，兴奋还是占据了上风，我告诉肖燕：“我知道她还有梦想。”

肖燕说：“谁有梦想？”

“张小妹，给我们铺地砖的张小妹。”我说。

肖燕问："你想怎么办？你以为你能让她重新回到她梦想的起点？"

我若有所思地说："她还年轻，一切都不算晚。"

过了一会儿，她问我："到底是那个叫什么张小妹的梦想重要，还是你想要得到的内心平衡更重要？"

我想了想说："都重要。"

肖燕的质疑并没有让我停止下来。我发现自己是一个羞于面对过失的人，谨小慎微。我仿佛看到自己在指责一个对未来充满幻想的人，看到自己亲手断送了一个人的梦想。我是一个忙于织补过失的人，我为自己曾经有过的傲慢而懊悔，同样，也为自己能有弥补过失的机会而庆幸。

我向张小妹亮出了底牌。我告诉她，有一个很好的证明自己的机会。

她问："什么机会？"

我回答："一篇小说，一次梦想的开始。《长城文学》杂志你知道吧？"

她点点头，又摇摇头。

我说："这是我们省最大的文学刊物，全国知名。我在上面主持一个栏目，叫作《发现文学新人》。我已经主持了两期了，推出的新锐作家，不断地被媒体宣传推介，有的已经成为当地冉冉升起的文学新星。"

"这跟我有什么关系呢？"张小妹不解地问。

"这怎么能和你没有关系呢？我知道你不甘心现在的生活状况，虽然你表面上说你很满足，对自己成为一个优秀的瓦工很得意，但是如果让你重新选择，作家和瓦工之间，你会选择哪一个？”我观察着她的表情变化。

她躲避着我的目光：“对我来说，没有作家，只有瓦工。我无法选择。”

“你有。”我鼓励她，“我知道你没有放弃过，不管你承认与否，我都能从你对生活的观察，从你的想象力感觉到，你还在写作。”

她选择了沉默，她的脸憋得红红的，汗水像是内心的焦躁向外疯狂地奔跑。过了一会儿，她抬起头来。她的眼睛很亮，能照亮人的内心。她反而问我：“董老师，如果让您选择，您会选择哪一个？”

我不假思索地说：“作家。这是最正确的而且是唯一的答案。”

张小妹，瓦工张小妹，显然是心动了。她又向我说起了她的父亲，她最大的忧虑就是她的父亲，她不喜欢父亲总是躲在世界之外，一直在努力劝说父亲回到正常的生活状态下。中秋节，她要回老家一趟，再做一次尝试。

我说：“你父亲的故事就是一篇很好的文章。”

我不知道我的建议在张小妹的心里产生了多大的化学反应，但它确实在我的心里有了美妙的反应，我觉得睡眠得到了改善，工作效率大大提高，我甚至已经开始和《长城文学》的杨主编探讨下一期的“文学新人”具体人选，我兴致盎然地向他推荐，这次的“文学新人”具有绝对的星光潜质。杨主编很感兴趣，催促我赶快把这一期的稿子定下来。

我也相信，张小妹是被我的建议鼓舞着的，给了那只猴子足够的待遇，让它能够回到以前的美妙生活。事实也证明，猴子小闹的地位提高了，在我即将铺完地砖的房子里，小闹基本上是一个闲散的看客，它可以在屋子里跑闹蹦跳，而不用去搬砖。它可以充分享受自己自由的空间，想什么时间抽支烟便跳到张小妹跟前，伸手要烟。张小妹总是笑盈盈地满足它。

我告诉了她交稿的最后日期，还告诉她，杨主编想见见她。“当杨主编听说有一个来自他家乡的新作者时，他迫切地想要与你见面。你应该能理解一个刊物主编的心情，发现一个新锐作家，就像是发现了一个宝藏一样。”我兴致勃勃地说。

她满脸笑容，这就是最好的回答。

几天后，张小妹的工作就结束了，她即将奔赴下一个陌生人的新房。我叮嘱她不要忘了给我交稿，或者干脆就彻底地给自己放一个假期，去专心地写出自己人生的第一部作品。

她感激地看着我说：“董老师，谢谢您。”

她暂时从我的生活中消失了，我开始与刷墙面漆的工人打交道。刷漆的是一对年轻的夫妻，江苏人，说话细声细语，像是南方的流水。但是我知道，很快，张小妹就会与我在某个生活的路口相遇。

令我意想不到的是，交稿日期那天，我收到的不是张小妹的小说，而是她的短信。她在短信中说：“董老师，您好。非常感谢您能给我一次重新认识自己、重新寻找自己梦想的机会。可以说，这是我生命中最重要的一次机遇。我知道，如果我抓住了，我的生命会是另外一番景象。可是我考虑再三，犹豫再三，我还是选择放弃。对我来说，最现实的梦想就是当一个称职的瓦工。就像当年一样，如果写作现在成为一个断送我现实梦想的借口，我宁愿舍弃它。有一点我必须告诉您，我从来没有停止过写作，我一直在写，而且也将继续下去。我在借我父亲的视角去观察生活和理解生活，去发现世间的真爱，发现他人的内心之美。这就足够了，它能让我在一天的劳累之余，找到片刻的安宁，这是您说过的。安宁，多美好啊！”

我打过去时，没有人接，再过一天，电话便停机了。她让我再次陷入了失眠的痛苦之中，好在，她只是我生命中的一次偶遇，一个偶然。之后，她便再也没有出现。而我，也很快被世间的俗事包裹起来，开会，评奖，采风，调研，写作……并迅速地忘掉了在我新房装修的过程中，还有过这么一个年轻的姑娘，有过一个被我抹杀掉梦想而令我自己不安的姑娘。我更加忘记了，在那个叫张什么的姑娘身边，有过一只会抽烟的猴子。

半年之后，我收到了一条短信，是一个陌生的电话号码，短信中写着：“小闹走了，彻底地离开了。”我想了许久，不知道这条短信要告诉我什么，便把它当成一条垃圾短信删除了。

走失的人

那张白色的名片是老人身上唯一的线索，包裹在一块碎花的手绢里，角已经被磨圆了。看起来，它已经被老人保存了许久，名片上写着：董仙生　××省社会科学院文学所所长。

民警丁欢带着老人来到社科院时是上午九点半。董仙生还没有来，有人说出差了，有人说他去开会了，有人说一会儿就能来。有人建议她给董仙生打电话，她说她一直在打，可是他不接。丁欢就决定在旁边的办公室里等他。可是左等不来右等不来，连老人都有些烦躁不安起来，手开始抖。丁欢再次询问办公室那位一直在电脑上打游戏的小伙子小张，到底这个董所长还来不来上班。小张晃了晃脑袋，想想说："不知道，我们不坐班的。所长是省里文化名人，他很忙的，写论文，搞研究，录节目，开各种各样的会，出席各式各样的活动，我可说不清，有时候我们都难得见他一面。"

丁欢就问小张："这个老人是不是你们所长的父亲啊？"

小张认真端详了半天，摇摇头，"我哪知道呀，我又没见过。"

丁欢失望地看着要睡着的老人，决定带他去吃午饭，然后再回来继续等董仙生。

两人出了社科院向南走，老人突然就停在一家驴肉火烧店门口不走了。丁欢只好拉着他进去，给老人要了一个火烧，一碗棒子糙粥。她不爱吃保定风味的驴肉火烧，给自己要了一碗西红柿面。老人很喜欢吃火烧，吃得很投入。趁这工夫，丁欢用手机上网，百度了一下“董仙生”，她这才知道，她要找的这个人有多牛，他享受国务院特贴，省管专家，四个一批人才……有一大堆的名头和奖项。她看着那些溢美的文字，皱了皱眉，想着怎么才能把网上的这个名人和眼前这个走失的老人联系起来。

将近下午四点，她才等到董仙生。董仙生看到是警察，愣了一下，还是把他们让进自己的办公室，热情接待他们。老人开始并没有表现出异样，对摆在桌子上的那张照片很感兴趣，凑近了，一直盯着看。照片上是一个年轻姑娘的照片，二十来岁的样子。丁欢开门见山，亮明了自己来的目的。她指着老人说：“这位老大爷走失了，藁城八方派出所的民警送到我们辖区的。”

董仙生抬头扫了一眼老人，眼神很冷淡。

丁欢说：“老大爷像是已经走失了很久了。问他什么，他也不说话。在他身上，我们只找到一条有用的线索。”她拿出那张名片递给董仙生，“就是这张名片。这是您的名片，上面写得清清楚楚，省社科院文学所所长。这是您吗？”

董仙生没有接，他匆匆看了看，“是我的名片，没错。”

丁欢松了口气，“好吧，我的任务完成了，我把老大爷交给您了，您把他领回家吧，可得看好老大爷，别让他再走丢了。”

“等等。”董仙生的语气有些加重，“你等等，我没听明白你说什么。”

丁欢说：“这不是很明白的事吗？老人送到我们这儿时，我们问了很久，问他家人在哪里，他才从身上掏出一个手绢，手绢裹得里三层外三层，他指着这张名片说‘儿子’。这不很明显吗？您是他儿子，他是您父亲。我把他交到您手里，就放心了。再见。”

老人听到丁欢说“儿子”两个字，就把视线从照片上移到董仙生脸上，看着看着就流下了泪。

丁欢说：“您看看，您要不是他儿子，他能看着您流泪吗？他在我们派出所见了好多男警察，都没有流泪。”

董仙生仍然保持着一个学者的风度，无奈地摊开手，“你这也太没道理了。你不能凭着一张名片，就把一个我根本不认识的老人硬塞给我，说这是我父亲。这是对人权的侵犯，你们警察应该懂的。同时，这也是对你自己工作的不负责任，对这个老人家的羞辱。”

听到董仙生振振有词，掷地有声，丁欢这才意识到，要想把这个不知名姓的老人送还到他亲人手里还有很漫长的路要走。想到这儿，情绪便有些失控，她摇了摇那张名片，“这不是您的名片吗？”

董仙生凑上去看了一眼，不屑一顾地说：“一张名片算什么？你想要吗？我这有几盒子呢。这么多年，我不知道印过多少名片，发过多少名片了，有熟悉的，有不熟悉的，有同行，有朋友，有的见过几面，有的仅仅是一面之缘。况且，或许他这张是捡来的呢。”

没有如愿把老人送回到他亲人的身边，丁欢心里很不是滋味，从董仙生的办公室出来时，丁欢回头狠狠地看了一眼董仙生。她觉得他看自己的目光有些嘲弄，一副得胜者的姿态。所以她打定主意，这位老人肯定是董某人的父亲，无论如何她都要完成自己的工作。

可是他为什么不认自己的父亲呢？

丁欢只好把老人带回自己家，从老人的神情上看不出任何的失落，他像个没事人似的，坐在电视前看电视，不管是什么节目，都咧着嘴无声地笑，白天的事儿好像与他无关似的。丁欢却看不下去，董仙生嘲弄的目光一直在她眼前晃来晃去。她睡不着觉，坐在电脑前开始查董仙生的信息，她要进一步地去认识这个人。她在百度里输入“董仙生”三个字，最上面一行字是“百度为您找到相关结果约520，000个”，这着实吓了她一跳，这个董仙生还真是一个名人，竟然有这么多有关他的消息。在这个网络时代里，只有两种人，一种是百度人，另一种是非百度人。像董仙生这样的百度人，是很容易找到他的弱点的。那个夜晚，她感觉有些羞愧，即使在电脑上浏览和查找有关一个陌生人的信息，她仍然觉得像是在偷窥他人的生活。一夜的成果其实并不显著，如此繁多的信息，让她无法正确地判断，这个叫董仙生的人，到底是个什么样的人。过滤掉一个叫董仙生的歌手、一个河南洛阳的杀人犯、一个山东某师范学院的院长、一个不知卖什么药的中医，剩下的就是这个董仙生所长。她慢慢地理出一个大致的脉络，有关董仙生最多的条目集中在他发表的文章，各种评论，文学的、音乐的、美术的，甚至还有玉器收藏的。另外一部分是他四处讲学，参加各类会议的消息、综述等。丁欢发现，董仙生可能出现的场合似乎寻找不到任何的规律，除了文学的研讨会、代表大会，他还参加职称评审会、旅游发展论证会、地方美食采风会、古迹寻踪会……五花八门，应有尽有。还有一部分是他的书法作品，给各色人等的书法作品。虽然丁欢看不出那些字有什么好，但是那些被赠予者都在炫耀着得到的书法，像是得到了某种奖励。当然还有一些更加离奇古怪的场合，都有董仙生的出现。丁欢不禁皱起眉头，她觉得这个人肯定有什么分身之术，有时候能在一天之中在相隔几百公里的不同城市里出现，出席不同的场合。

直到天光让窗帘上的花纹渐渐清晰起来，丁欢才找到了一条有用的信息。五年之前，董仙生曾经在《燕赵都市报》上登过一条寻人启事。像是打了一剂强心针，丁欢困意全无，兴奋异常，她调整了一下自己的坐姿，盯着那则短短的寻人启事看了半天。

寻人启事

董某某，男，73岁，短发，发色灰白。戴花镜，穿黑色上衣、灰色裤子。身高175。于2011年11月22日上午走失，至今下落不明，望知情者及时相告。必有重谢。联系电话……

她又走到还在酣睡的老人床边，仔细端详，越看越觉得与寻人启事上说的一模一样，身高、模样、花镜。只是衣服与启事上的不符。五年过去了，这都是有理由解释的。她如释重负，拉开窗帘，她从来没有如此感觉到，新的一天到来的喜悦是这么真切与温暖。

本来她想把老人留在家里，可是老人像是个孩子那样用期盼的目光看着她，让她觉得不忍。她只好带上老人，重新出发。她把那则寻人启事的截图拍到手机上，她觉得她已经抓住了最可信的证据，抓住了那个叫董仙生的人的“七寸”，他再也不可能抵赖了。

再次见面，丁欢底气十足，明显理直气壮了许多，而且有稍许的义愤填膺。这次不是在办公室，而是在河北会堂外面。直到中午时分，才在熙熙攘攘散会的人群中等到董仙生。董仙生皱眉说：“我以为你不会等着了，会开得太长了。”

丁欢说：“怎么会呢？不管到什么时候，我们会一直等着您。”她特意转头看了看一边的老人。奇怪的是，老人一看到董仙生就流泪。

董仙生也看了看神情木然的老人，他提议请他们到附近的饭店吃饭。丁欢也感觉到等待是耗费体力的，她回应了董仙生的美意。她说：“这是您应该尽的义务，我估计这么多年，老大爷都没吃过一顿安生饭。”

董仙生瞪了她一眼，没再说话。他对她的强词夺理很反感，却又无可奈何。

坐下来之后，才真正地切入正题。董仙生说：“我知道你来找我的目的。我已经告诉了你正确的答案，你却不相信。你还要不断地来打搅我的生活。人与人之间，这种互相不信任的关系已经存在很久了，像是病菌在我们身体内部蔓延，在我们每个人之间扩散，这不是你的责任，我也不怪你。”

丁欢挑衅地盯着他的眼，“我不信病菌，我只认一点，就是这位老大爷是不是找到了他自己的儿子。”

董仙生解嘲地说：“祝福你能达成你的心愿。”

丁欢是真的饿了，她觉得一夜的不眠似乎掏空了她的身体，她点了一桌子菜。这是一家湘菜馆，当辣辣的味道布满全身时，她觉得斗志昂扬，看着对面的董仙生就来气，“我知道您的很多秘密。”

董仙生愣了一下，他与警察很少打交道，尤其是一个年轻的女民警。她那身衣服，总是让他有点儿不自在，他不自然地笑笑说：“我有什么秘密？我就一个普通公民，不犯法，不闯祸，甘心做一个平头百姓，心安理得。”

“不见得吧？”丁欢白了他一眼，“我没想到您是个名人，这是我从网上知道的，百度上有关您的信息有几十万条。这些信息我觉得像是一个个奖状，记录着您的荣誉，要向您学习啊。”

董仙生摆摆手，“我听着好像不顺耳。”

丁欢说：“董老师，网络其实有一个好处，就是让您这样的名人无处藏身。”

“你是在恐吓我吗？”董仙生警惕地说，“那我也不会屈服的，不是我的我绝对不会认领。”

丁欢成竹在胸，“有一件事您可能忘记了。”

“什么事？”董仙生轻描淡写地说。

“您父亲五年前走失了。”当丁欢把这句话终于说出来时，那句话像是子弹一样，打在了对面这个目瞪口呆的著名人物脸上，她感觉心中无比的舒畅。

董仙生真的是没有想到，这个年轻的民警有如此的毅力来跟他玩如此残酷的游戏，他愣了一会儿才回应道：“是啊，这是事实。”

丁欢说：“事实胜于雄辩，您再说什么都没有用的。”

“你说什么呢？”董仙生并不恼，他显得很有耐心，“希望这是个开始，也是个结束。闹剧该收场了。我再怎么弱智，也不至于不认识自己的父亲。我父亲确实是在五年前走失的。可是这并不能证明，眼前这位老大爷就是我父亲。”

“您再好好看看，我觉得跟相片上很像啊。”丁欢启发着董仙生，“可能是您和他分别太久了，都忘记了他的模样。”

丁欢严肃认真而执拗的样子让董仙生哭笑不得，“你是先入为主了，你从一开始就认定我是这位老人的儿子对不对？所以你看着哪个老头儿都像。”

丁欢说：“我是以事实为依据，以理服人。”

董仙生说：“别骗自己了。这些你自己都深信不疑的想法，其实是空穴来风，凭空想象，自欺欺人。每个人都是这样，多年以来，我一直以为自己是个成功的人、是个被人敬仰的人、是个可以靠着自己的本事包打天下的人。”

丁欢问：“不是这样吗？我从网上得知您是这样的人。您是个令我们羡慕的人。”

“惭愧。”董仙生叹口气，“自从父亲走失之后，我就发现自己不是那样的人。在寻找父亲的过程中，我第一次觉得自己如此无能，所有奋斗得来的荣誉都于事无补，那些你专业上的任何成功，都弥补不了一次生活上的失误。最初的那半年时间里，我开车走遍了石家庄的大街小巷，去了周边的每一个乡镇，我到过保定、邯郸、邢台。我知道他不会走那么远，可是我仍然抱有一线希望。我一见到老头儿就兴奋，心里怦怦跳，想着那个老头儿转过头来我就会泪流满面。”

“这位大爷呢？您看到他怎么没有兴奋，没有泪流满面？”丁欢适时地出击道。

董仙生看了看孤独的老人。老人的眼光是浑浊的、无神的，他独自流连在自己的内心世界中，他们二人的谈话似乎与他无关似的，这与父亲走失前是一样的。他摇摇头，“已经没有了。时间改变了一切，让我从绝望到茫然，再归于淡漠。”

“也许正是这种淡漠，让您的判断出了问题。他肯定是您的父亲。五年，什么都可能改变，更何况您父亲的容颜。”丁欢说得义正词严，她觉得自己天生就是一个做警察的料。

董仙生端详着丁欢，丁欢年轻有英气，充满着无限的能量和动力。“我发现一个问题。”他说。

丁欢本能地问：“什么？”

“你是个极端不自信的人，所以你需要一次冲动的行为、一次不理智的选择、一次偏执的冒险，来证明给自己看。”董仙生微微笑了。

丁欢警惕地说：“您说错了，我从来没有后悔过。”

“你明明知道，这个老人不是我走失多年的父亲，你却非要把他塞给我，让我承认一个莫须有的父亲。这真是一个疯狂的举动。”董仙生面有恼怒和责备，“这充分说明，你是个内心恐惧的人，只有内心恐惧的人，才不自信，才会做出这种转嫁自己恐惧的事情来。你恐惧什么？”

丁欢被他的提问给吓住了，张口结舌，说不出话来。

“被我说中了吧？”董仙生得意地说，“看看你，脸色苍白，眼神呆滞。”

丁欢长长地出了口气，仿佛刚才董仙生的那句话，憋在了她的嗓子眼里，“没有，绝对没有。”丁欢矢口否认。

董仙生不紧不慢，“或许你自己都没有意识到，你内心的那丝恐惧牵着你，让你做起事来容易走极端，容易偏激。或许你在工作中遇到了麻烦，或许你的感情出了问题，或许你只是想早点儿把老人推给任何人，好把你的工作做完，再或许，你的父亲也走失了吧？”他盯着丁欢漂亮的大眼睛，那双眼睛明显地犹疑与躲避。

那天中午的会面之后，事情并没有按照她设计好的去发展，反而陷入了更加胶着的状态，不仅没有取得任何的进展，老人仍在她左右如影随形。这大大影响了她的情绪，沮丧，而且冒出了恐惧。“我为什么恐惧？”走在回家的路上，想到董仙生那冷飕飕的目光，丁欢不禁有些颤抖。而看着浑然不知的老人，她头一次感觉到，这位老人是自己的一个负担了。她敲敲自己的脑袋，这是怎么了？

坐在自己家里，对面是那位慈祥的老人，他总是用鼓励的目光抚慰着她，让她想到自己已逝的父亲，想到她失去父亲之后平淡的生活，想到她工作中所承受的压力和委屈。她竟然泪流满面。

“我以为你想通了，放弃了偏执的想法和举动。你是不是不再恐惧了？是不是感到轻松了许多？”数天之后的再次见面，董仙生挖苦丁欢。

丁欢满面愁容，眼里闪着泪光，“董老师，老大爷丢了。”

董仙生这才注意到，她是只身一人，“你开玩笑吧？他本来就是个被抛弃的人。”

丁欢低下头，悔恨万分，“我是说他再次走失了。我把他弄丢了。”

这次不是在董仙生的办公室，而是在火车站，他们站在二层的进站口处，匆忙的人流不断从他们身旁经过，从行色上看，丁欢更像是一个要出远门的人，她疲倦而紧张。而即将要去遥远的南方开会的董仙生却神采奕奕。丁欢几乎是语无伦次地向他讲述了老人再次走失的经过。

原来，董仙生的质问让丁欢陷入了对自我的怀疑中，突然间她就觉得眼前自己所做的这件事变得有些棘手，有些令人不安，有些没有方向感。而那个在自己独身的房间内安静坐着的老人，显得那么多余，那么刺眼，那么不合时宜。她想是时候赶快把老人打发出去了。也许她的判断出现了失误，这个老人根本与那个叫董仙生的人无关。可是一点儿眉目也没有，除了那张名片，发布的微信信息、报纸上的信息，都如泥牛入海。令人不安的是，慈祥的老人，似乎已经习惯了这样的生活，与她在一起的安静的生活。他与她寸步不离，去单位，去商场，去车站……他几乎成了她的影子。

她痛苦不堪地说：“我没有办法。因为您的那些话，我对此事产生了严重的怀疑，所以走在路上，走在商场里，我就分了神，忘记了身边还有个人，还有个生活基本不能自理的老大爷，忘记了他反应慢，走得也慢。”老人就是在北国商城走失的，在她想要买点儿东西时走失的。她连连说：“这可怎么办？这可怎么办？我没法跟领导交代，没法跟我自己交代，只能找您。”

她六神无主、焦急万分、失魂落魄的样子，让董仙生觉得，这才是这个姑娘的本色，才是她应该有的样子。在那一刻，他和这个从未有过生活交集的警察姑娘，这个他一度反感的姑娘，似乎有了某种可以维系关系的东西。在列车即将出发时他改变了主意，决定留下来。坐在离开火车站的出租车上，丁欢的表情好了许多，抱歉地说：“是不是耽误了您的大事？”

董仙生说：“你放心。我不是为了你而留下的。我是为我自己。”此时，他似乎忘记了即将出席的那场会议的重要性，忘记了为了这次会议他已经付出的辛苦与时间。若干年来，他的生活轨迹一直是这样，像一直在乘着高铁或者飞机奔向下一个目标，开会、调研、采风、高谈阔论……而此时，当他为了一个毫不相干的老人，而短暂地放弃时，竟然有一种如释重负的感觉涌上心头。

丁欢有些感动，情不自禁地说：“谢谢您。”

她难得的口气，少有的柔情，令董仙生感到惊讶，这不像那个与他据理力争的民警，而更像个小女生，他笑着说：“原来女人是善变的。”

丁欢没有回答，焦虑使她的英气和勇气减退。董仙生也暂时忘记了身旁这个姑娘几天前还被他当成一个对手。

当他们开着车在城市的大街小巷寻找那位不知名的老人时，两个人竟然有惺惺相惜的感觉。此前咄咄逼人的丁欢完全是一个没有主意的人，一个张皇失措的人，她把曾经令她讨厌的董仙生当成了一个靠山。董仙生问她：“老大爷对你那么重要吗？”

丁欢沉思良久，说：“不知道，我真的不知道。您那天说我恐惧，我从来没想过这些，以前的生活就是一天天地过。我回去后越想越觉得您看穿了我。我也突然觉得自己真的有所恐惧。”

“你工作不顺利？”

丁欢摇摇头。

“情感？”

丁欢说：“马马虎虎。”

“有变故？”

丁欢摇摇头。

“那你恐惧什么？”车窗外，城市在夏日的骄阳中显得有些倦怠与无力。

丁欢说：“我不知道。是您说我恐惧，然后我才感到了恐惧，我以前可从来没有这种感觉。因为从来没有人这样说我，也从来没有人提醒我。您说奇怪不奇怪，您一说到恐惧，恐惧就来了。”

董仙生说：“你这是无意识的恐惧。每个人都有的，只是大多数人没有意识到，你在工作中会遇到，在生活中会遇到，在旅行中会遇到，在闭上眼睛遐想时也会遇到。”

丁欢使劲地想了想，著名评论家富有哲理的话，对她来说还是有些费解。她皱着眉，想了想说：“董老师，您也有恐惧吗？”

董仙生习惯了去评价别人，所以对她的反问，稍稍地有点儿尴尬。他说：“当然，我也有。每个人都有的。从你来到这个世上，你就是带着恐惧而来的。”

“那您恐惧什么呢？”丁欢紧追不舍。

“你出现在我面前时，我恐惧你一个人民警察找上我，是不是我做了什么违法的事儿了。你硬逼着我认下老大爷时，我恐惧你会无休止地与我纠缠不清。刚才听到你说老人又走失后，我恐惧老大爷像我父亲一样消失在茫茫人海中。现在，我恐惧我们面对这样的局面而束手无策。”董仙生一边说一边陷入了自我的冥想，其实他根本没有考虑过这些事，只不过，当他面对一个茫然的女民警时，他才突然在无措的对方身上看到了自己同样存在的弱点。

“我们找不到老大爷怎么办？”丁欢说出这句话时，明显地感觉到有一丝凉气漫过她的身体。

“我也不知道。”董仙生头一次被一个不相干的事情弄得毫无主张。

老人再一次消失在了茫茫人海之中，无论被多少内心的恐惧所驱使，他们终究是无能为力，再也找不到那位老人了。在两人冰释前嫌、同心协力寻找了半年之后，他们才不得不放弃了最后的一丝希望。终于知道自己不用再去替一个陌生人操心时，两人并没有显出多大的放松，反而很是失落。分手时两人吃了顿散伙饭，心情沉重，就像是两个要各奔前程的朋友的告别。丁欢严肃地告诉董仙生，她迫切地想改变一下自己的生活现状。这倒出乎董仙生的意料，他问：“为什么？”

“因为我忘不了那个老大爷。我一想到他再次无家可归，再次失去了与亲人团聚的机会，就觉得自己做了一件无法被原谅的事情，这都是我的错。我穿着制服，一走进分局的大楼，一到办公室，就不由自主地想到他，就开始痛恨自己。”丁欢垂头丧气地说。

平时看透世事的董仙生此时却无能为力，觉得丁欢的忧虑似乎也传染着他，让他感到某种喘不上气来的窒息，想要赶快逃离。

一周之后，董仙生就忘记了丁欢，忘记了他曾经与一个年轻女民警打过交道，忘记了他们曾经一起在芸芸众生中寻找过一个陌生的老人。他的生活一如既往，写作，开会，评奖……

半年之后的冬季，公安分局又来了一个女民警，这次的民警比丁欢还年轻，显得腼腆而羞涩，身边同样带着一个老人。起初他并没有认出那位老人。女民警首先拿出的仍然是他的那张名片，说辞与当时丁欢一样，老人同样看着他流泪，这让他恍若时光重现。他向女民警复述了之前的情况。这个女民警没有丁欢的咄咄逼人，没有强迫他认下老人。她是个容易妥协的人，相信了董仙生。要告辞出去时，董仙生突然说："你先别走，我请你们吃饭。"

女民警推辞不去，她明显地对陌生人有些警惕。董仙生说："我和大爷打过交道，也许我能给你提供一些线索。"女民警这才欣然前往。

女民警仍然显得很拘谨，所有的话题都是工作式的礼貌，所以他们的谈话基本上是乏味的。董仙生关心的是老人回家的前景，问女民警有什么打算，有什么计划。女民警说："没什么打算，也没计划，我们做了我们该做的，动用了一切手段和办法，力争帮他找到家人。如果实在不行，只能把他送到社会福利院。您有什么高见？"

董仙生摇摇头。

董仙生突然想到了丁欢，便向女民警打听。女民警说："我就是顶她的缺儿来的。我一来上班就听说她了，说是辞了职，不知道干什么去了。谁也说不清她为什么辞职，大家都说她干得好好的，天生是个当警察的料儿，不当警察可惜了。”

互相告别时，董仙生突发奇想，张臂拥抱了一下老人。他突然有一种感觉，好像这位老人家又要消失似的，他抱得更紧了。旁边的女民警却不屑一顾，对他这种有点儿莫名其妙的煽情无动于衷，甚至还催促着老人快走。董仙生目送他们离去，有了片刻的依依不舍，他看着他们的背影，仿佛短暂地回到了他与另一位女民警在城市的人流中寻找老人的情景。他依稀觉得，那个越走越远的背影就是丁欢的，就是那个执着的民警丁欢。

两年之后，董仙生接到了一个陌生女人的电话，电话里的声音已经非常陌生，“我是丁欢，我想见您。”

此时的董仙生已经快要忘记丁欢的模样，但还是想要急切地见到她，这种冲动连他自己都觉得有些奇怪。丁欢预订的咖啡馆非常偏远，在城市的西郊。他避开了车流的高峰，早早地开车出发，以为会先于丁欢到达。可是等他来到丁欢指定的咖啡馆时，丁欢却早就坐在那里等他了。眼前的丁欢与他可怜的记忆中的那个女民警根本联系不起来。丁欢穿着很平常，像一个路人，看上去平静、安宁、表情温和。董仙生好奇地问：“你是怎么找到我的？”

丁欢微微一笑，“您是个‘百度人’，您是透明的，只要我留心网络，轻轻一点，就知道您最近在干什么，您的事业到了哪般高度。”

“为什么找我？”

“我看到网上关于您的消息，说您失去了本该属于您的一个荣誉，网上对您的非议开始增多。”丁欢故意轻描淡写。

董仙生陡地一惊，他以前从来没有意识到，对于他人和这个世界来说，他没有丝毫的隐秘可言。“你是来安慰我的？”

“不是。”丁欢没有任何要安慰人的表情，她仍然是那样淡然地看着他，“我不知道这个荣誉对您有什么意义。我只是想到了一件事，我们还没有共同完成。所以我来找您了。”

“什么事？”董仙生疑惑不解。

丁欢没有立即回答他，而是带着他离开了咖啡馆，徒步走了一百米的路程。他们面前出现了一个大门，大门上写着：康乐福利院。登记，进大院，上楼，她轻车熟路，推开一扇吱呀作响的门，窗前，一位苍老的男人，斜躺在竹椅上，仰面朝天，无神地看着空中。董仙生一看便明白了。

丁欢说：“我找到了他。不知道您找到没有？”

春天的陌生人

春天的夜晚，在宁静中收获着令人不安的消息。

凌晨两点，手机铃声把我从梦境中吵醒。

电话里是一个女人刺耳的哭泣声，“老董，伍青不见了。”那尖锐的哭声穿透了黑夜，刺激着我的神经。

伍青是我的同事，他和我同一年进入社科院工作。他的学历是他秘不示人的一个软肋，函授的师大历史学学历，与我名牌大学本科中文系的学历没有任何的可比性。也正因为如此，他从来都不提自己的大学经历。但是他靠着自己不懈的努力，在事业的道路上一路狂奔，总是领先我半步。就是这半步之遥，便让我与他之间有了不可逾越的鸿沟，如今他是我的顶头上司，分管我的副院长，而我在文学所所长的位置上已经晃荡了十五年。半夜打来电话的是伍青的妻子小宋。

轿车在大街上奔驰时，我的大脑还没有完全清醒，我也没有意识到小宋的哭泣背后意味着什么。我只是本能地操纵着方向盘，让它带我奔向春天的夜晚，奔向未知的那个伍青，那个每天和我在一起的“陌生人”。

小宋比伍青小十多岁。她本来是一个文学爱好者，十多年前总是从保定跑到石家庄来向我请教文学的事，却不知何时神秘地与伍青走到了一起。小宋一见到我，像是见到了救星一样，哭声更响亮了。

我说：“你先别哭，到底是怎么回事？”

小宋的讲述断断续续，语无伦次，但我大致明白发生了什么，她为何哭泣。昨天晚上，伍青与朋友一起出去喝酒后就没有回来，电话一直处于关机状态。“就跟钻到地缝里去了。”小宋哭着说。喝酒对于伍青来说，似乎是家常便饭，但彻夜不归还是头一遭，这让小宋非常惶恐。小宋说，伍青几乎每天晚上都在应付各种各样的饭局，所以她也从来没有过问他和谁喝酒，去哪里喝酒。她六神无主的样子和伍青一点儿也不像，多年的婚姻生活看来并不是如人所说的，二人的性情会趋向一致。伍青是那种即使喝醉了也能够控制住自己情绪的人，出奇地冷静。

我的意识在小宋丝丝缕缕的抽泣中慢慢地苏醒，夜晚从我的意识中退却，我开始搜寻记忆中的蛛丝马迹，然后按照自己的生活逻辑思维打了无数个电话，比如谁可能与他在一起喝酒。但我的记忆是有倾向性的，我深夜打过去的电话对象基本是我们俩都认识的，这就有很大的局限性，他们大多是我们共同的朋友、同事，而他们大都是社科界的、文化界的、省直机关的干部，这是一个说大不大、说小也不小的人际圈子。对方虽然对我的打扰很不满意，却不便发作。没有人知道他和谁在一起，也没有人知道他去了哪里。小宋在我不断小心谨慎的询问声中，由担忧慢慢地变成了恐惧，细声问我，他会不会出什么事？

这是我最担心的。我脑子里已经迅速地旋转过类似的念头，可是都被我一一排除了。我鼓励小宋，她能想到什么人，我们也可以给她想到的人打打电话。小宋努力地克制着自己的慌张，才慢慢地想到几个人，“王总。他最近和这个人交往多一些。好像经营着一个房地产公司。”她说。

“他叫什么？有他电话吗？”

小宋摇头，“不知道。没有。”

“张秘书长。”她又想到了一个。

“黄厅长。”她又想到一个。

“常老师。”……

她都是听伍青讲起过，却都不认识，也没有联系方式。而这些人都是超出了我的生活界线的，我无能为力，帮不上任何忙。

我问她伍青有没有电话本之类的，她说，从来没有过，号码都在他的手机里。

线索在一点点地消失。而当夜晚陷入僵局时，我们都能感到时间的撕扯。我只好用了最笨的办法，载着她去他可能去的酒店寻找。保定会馆、七星饭店、河北宾馆、西北人家……行驶在凌晨时分的汽车，头一次让我感觉到有点儿怪异，像是找不到家的幽灵一般，我们在寻找一个因为喝酒而未归家的男人。小宋显得焦躁不安，话明显多了起来，语速快了起来。一个饭店和另一个饭店之间，她都能讲出有关伍青的一个猜想。那是她大脑极速飞转的一个夜晚。

“也许他真的仍在酒店里，喝得不省人事，倒在哪里睡着了，而别人没有发现他。”这是她最希望的一个结局。

我回应她说：“这种事发生过。”我便把我见识过的一个党校同学的故事讲给她听，党校同学的故事发生在学校学习期间，半夜被友人送回时，已经烂醉如泥，误把公厕当成了自己的宿舍，在公厕的地板上睡了一整夜。

实际上，这个时间，对于北方的省会城市，喧闹早就于四五个小时前结束了。春天此时的石家庄，静谧而诚实，大大小小的饭馆、烧烤摊都已了无声息，道路两旁的树木在沉思，路灯光顾影自怜，高楼大厦把头扎在没有星光的黑暗之中。那是让思想彻底停止的时间。

小宋的思路格外敏捷，“我对他喝酒的事，早已经彻底绝望了。开始我觉得这对一个成功男人来说，是必不可少的一种交际手段，我还没觉得怎么样，可是慢慢地，我发现，他完全沉迷其中，如果有一天没有酒局，没有和人在外面吃饭，他就有些魂不守舍。他有了严重的酒精依赖症。这种酒精依赖症与纯粹物理性的病症不一样，我觉得他完全是心理因素。他不是为了喝酒，而是为了满足虚荣，满足于对这种生活状态的流连。”

我说：“他有时候也拉上我去一起赴约。我有时候去，有时候也不去。他的朋友五花八门，三教九流，有时也挺尴尬的。不像我的朋友圈，是相对固定的，我们在一起的时候没有戒心，相对自由。和他那些朋友在一起，我都不知道说什么，什么是该说的，什么是不该说的。可是他却游刃有余，好像跟谁都是朋友，跟谁都无话不谈。后来我就躲着，能不去就不去。他也看出我不大喜欢这种场合，也就慢慢地不再叫我。”

前面突然蹿出来一个人影，我急刹车，骂了句娘。小宋却拉开门跑了下去。我看着她跑到那个人身边，仔细地辨认然后又失落地跑回来，沮丧地说：“是个流浪汉。”

“你说他到底在哪里？”上了车，小宋问我。

此时，我们已经把我们能够想到的喝酒的地方都找了，都吃了闭门羹。而夜晚疾驰的轿车，有点儿做贼心虚的样子。

我们漫无目的，任轿车在夜晚的大街上奔跑。

小宋悲切地说：“其实他都有了明显的病症。不与朋友相聚的时刻，有时候他变得狂躁不安，脾气越来越大，会因一点儿小事和我吵个没完。有时候他变得沉默寡言，几天都不说话。他嘴唇开始发黑，眼睛发暗。他爱钻牛角尖，一个简单的问题都能联想得漫无边际。”

我说：“那应该让他到医院去看看。”

“他不去。他感觉超好，从来没有怀疑过自己的身体。你有这些问题吗？你们经历都差不多，社会角色也相差无几。”她突然向我发问。

我一时没有反应过来，“啊，啊啊，我似乎也有一点儿。”我安慰她说。

其实她并不在乎我说了些什么，她完全沉浸在自己的恐惧和想象之中，“也许他被人绑架了。”

我故作镇定地说：“不可能，你别胡思乱想。”

“这极有可能。你不用安慰我。”小宋越往那方面想，她的声调听起来越吓人，“我一直替他担惊受怕，他介入了好多不该他参与的事情，比如帮人从监狱里捞人、帮人打官司、帮人找工作、帮人拿地……尤其是他和那些生意上的人来往密切，称兄道弟。那些人如果没有利益的驱使，会和你交往吗？鬼才相信。我没问过他信不信，反正他是乐在其中，其乐无穷。我却怀疑他到底是干什么的，他最初的梦想到哪里去了，他在为谁为什么交际和做事。我们的物质条件确实越来越好，他得到了他需要的官职，可是他肯定会得罪很多人，会触犯到其他人的利益。我一直劝他别管那么多事，少和不相干的人来往，自己踏踏实实地工作、生活，可他听不进去，给出的理由不容我辩驳，他说，没有付出就没有收获。”

小宋的话让我陷入了矛盾的思考之中，浮现在我脑海中的伍青面容，渐渐模糊。

“他几乎丧失了起码的道德判断。”小宋意犹未尽，“章彦平你认识吧？”

我说：“认识。我不喜欢这个人，他四处搞女人，谎话连篇。我很少和他来往。”

小宋说：“伍青也不喜欢章彦平这个人。他曾经和章彦平在酒桌上争执过，为此掀了桌子。就是那么一个令他厌恶的人，道德败坏的人，不屑与之为伍的人，他却帮那个人打赢了官司。他帮那人找律师，打赢了一场与一个女人的官司。你说他是在做什么。”

我一时语塞。

“我就担心他会沦落成章彦平那样的无耻小人。”小宋忧心如焚。

我说：“不会的。”我没有伍青那样的生活背景，所以我说这话时模棱两可。因为我从来没有感觉到自己的生活会面临危险。

“人生就是向悬崖边行走的过程，走得越快，离悬崖就越近。”小宋叹气道，“我给他说过多少次这句话，他都听不进去。”

我没有作声。我在想象着工作之外的伍青，想象着他驰骋在我陌生的那些场景中的形象，却无论如何也无法与他本人联系在一起。毕竟，人的想象是有穷尽的。没有经历过，就施展不开想象力。

“如果他们真的绑架了他，接下来会怎么办？”这个想法催生了她的联想，她不自觉地把手机捧在手里看，“他们会给我打电话吗？”她显然是受了电影中的情节启发。

在凌晨三点多的寂静的街道上，在落寞奔跑的轿车里，紧张与恐惧从她慌乱的思绪中一丝丝地出来，牢牢地缠住她，也让我心神不宁。

“没有的事。”我的声音无助而乏力。

“有一阵儿他经常去歌厅里唱歌。”小宋的脑子里又有了新的线索。

我开车去歌厅，巴黎春天、彩虹、D5 大道、哆来咪……如此难得地去一个个寻找这些处所，我才发现，夜生活与生活真的是两回事，歌厅竟然有如此之多，像是落在城市麦田中的麻雀，它们或张扬或故作羞涩地分散在各个角落。

但是这个时间，歌厅也都打烊了。

“每次他都是后半夜里回到家，浑身的酒气，还有些其他怪异的味道。我能从中闻到不正经女人的味道。他也很自觉，从歌厅回来的晚上都是躺在沙发上睡觉，但就是这样我也不能容忍。我躺在卧室的床上，一动也不动。我知道他回来了，他也一定知道我醒着。我躺在黑暗中，不一会儿就听到他鼾声如雷。他身上的味道却顽强地穿越黑暗，从客厅飘到卧室，飘到床上来。整整一晚上，我都被那难闻的味道压迫着，无法入睡。”小宋仰在座位上，像是仍然被那气味所困扰着。

我不喜欢歌厅的那种氛围。自从有一次和一个朋友去过之后我就拒绝再进入歌厅，因为在那里，我看到了朋友放下了所有的矜持，与陪酒女郎毫无下限地调情说笑。我仍然虚伪地习惯于我在白日的生活之中看到的朋友的样子。

“他会不会遇到了什么不测？”小宋的念头转得很快，她终于说出了最不想说的那句话。

我劝慰她：“你别想这些了，老伍吉人天相。他不会有事，就是喝了酒，找不到回家的路而已。”

小宋在她不停歇的思路上狂奔不止，“他有外遇。”她歇斯底里地说。这个新思路把她自己都吓了一跳。

我大吃一惊，“你别……别吓唬我，这可不是随便说说的。”

“是真的。我知道是真的，千真万确。”小宋的声调明显地忽上忽下，“可是我从来没有说出来过，我从来都没对他说出过我的怀疑。有一个女的，经常在晚上给他发微信。我一般不看他的手机，可是他每次喝多了回来，我躺在卧室的床上，都能感觉到他手机在一闪一闪的。我反正是睡不着，有时候我就到客厅里去拿他的手机，手机真的在那儿一闪一闪的。他睡得跟死猪似的。我把手机拿回卧室，真的有微信，是个女的，每天一到午夜十二点就给他发微信，只是为了道句晚安。你说这两人要是没有任何关系，能天天道晚安吗？”

夜晚的路越来越宽，路灯也越发明亮起来。这是个难以忘怀的夜晚：忧虑、恐惧、发现和震惊。更为奇特的是，这是一个比我的印象要宽阔的城市，夜晚和宁静让一切变得皆有可能。

我无法找出合适的理由替我的同事和上司伍青圆场，而且我也感觉怪怪的，一个女人天天在固定的时间给你说晚安，确实是不太正常。我想，如果我自己有这种情况，会羞愧难当的。所以我只能保持沉默。好在小宋也只是为了倾诉，并不希望得到答案。这是个可以让她尽情诉说的夜晚，是个可以让她吐露内心痛苦和郁闷的不眠之夜。

“这个人你认识。”她的声音很低，可还是把我惊着了。我脑子里快速地闪烁着一个念头，如果她说出的那个名字让我难堪怎么办。

不容我做出选择，她随即就说出了那个名字，“周冰洁。”她吐出那个名字时仿佛很轻松似的，长长地出了口气，就像长时间的潜泳之后终于露出水面可以呼吸了。

而我却感到眼前一黑，这个名字太熟悉了，院办公室的机要秘书。她经常到我办公室给我送院领导批示给我的文件。她年轻漂亮，身材高挑，皮肤白，话不多，不苟言笑，看上去甚至有些冷漠。小宋说出她的名字一下子就摧毁了我的三观。我急忙把车停在路边，我艰难地说：“让我缓一缓。”

小宋并没有顾及我的感受，也没留意车子是不是停了下来，接着说：“我特意翻看了她的微信。她的微信总是发一些花花草草的，看上去是个热爱生活的人。他从来没有对我说起过这个名字，我觉得他是有意的。我特意在你们单位门口等着她，跟着她。

我发现她离异了，自己带着一个上幼儿园的小姑娘。”

“你看到他们在一起了吗？”我紧张地问。

小宋怒不可遏地说：“没有，没有，我为什么要看到他们在一起的场景？为什么？”

我定了定神，挂上挡，发动了轿车。

夜晚并没有因为忧伤的加入而变得短暂，相反，它悠长而令人心悸。路灯制造的树的影子，毫无婆娑之美，无趣地趴在平坦的路面上。小宋的猜想还在继续，跳跃性极强，在她不断更替的思维中，她在向我描述着一个令我疑惑不解的人，一个我曾经自以为熟悉而了解的人，一个我每天都要面对的人。

白昼是从她渐渐变清晰的脸上慢慢开始的。我惊讶地发现，一夜的奔波，她竟然毫无困顿之意。我把她送回家，安慰她：“也许你打开门，他就躺在沙发上。”我的话也许鼓舞了她，她奔下车，没和我说再见就匆匆地奔向小区的大门。

我在路边摊吃了早点，然后直接去单位上班。在电梯里竟遇到鬼似的碰到了伍青，他头发蓬乱，衣衫不整，冲着我笑。我惊得差点儿坐到电梯的地板上。我说：“你这是从阴曹地府来呀？”

伍青吃惊地问：“何出此言？”

我说：“我和小宋找了你整整一夜。你赶快给她打个电话吧。”

“我手机没电了。”伍青羞愧地说，“我到办公室给她打电话，辛苦你了老董。”他匆匆地出了电梯，急于要避开我，给我留下一个匆忙而令人生疑的背影。

那天下午，我正在家里补觉，沉睡中又被手机铃声吵醒。打来电话的还是小宋。她的声音依然令人担心，伍青不是已经须发无伤地回来了吗？她的声音并不舒朗，没有尘埃落定的悠闲。她问：“你在干什么？”

“睡觉。”我说，“你不困吗？一晚上没睡。”

小宋说：“我不困，一点儿也不困。我想告诉你一件事。”

“什么事明天说吧，”我打着哈欠，“反正老伍已经回来了，没什么重要的事了，我要睡觉了。”

小宋语气坚决，不容分说，“不行，必须现在就说。”

我妥协道：“好吧好吧，你赶快说。”

我听到手机里她慌乱的呼吸声，“都是假的。”她说。

“什么什么假的？”

小宋喘气的声音让我觉得她就在我身边，“今天凌晨的。”

我更加不明白了，难道今天凌晨我们去寻找酒后失踪的伍青的事是梦境吗？“你把我说糊涂了小宋。”我说。

“不是今天凌晨发生的事，而是今天凌晨我给你说的那些话。”小宋如释重负。

“什么话？”我仍是迷惑不解。

“就是我说的伍青的那些事。”小宋的语气加重了，“都不是真的。”

我的脑子里还是木木的，没有从困顿的倦意中恢复过来，不明白小宋急于向我说明的事情有什么意义。我努力地回想着她到底给我说了些什么，一时间空白占据了我所有的思想，凌晨曾经清晰过的场景如今变得模糊不清，离我那么近又那么远，我还犹豫不决，“不是真的？”我嗫嚅着。

“那都是我的想象。”小宋接着说，“你肯定能够理解我。

每天的生活都是孤独的，他每天出去喝酒，与各色人等，跟我一点儿关系都没有，跟我们的生活一点儿关系也没有。一到晚上，我就陷入了巨大的恐慌之中，我无所事事，只能靠想象打发时光，大多数的时间我就是枯坐在电脑前，捡起以前的爱好，文学，此时，写作是我最好的打发时光的方式。因为孤独和恐慌，因为一个女人所感受到的生活危机，我的想象从身边开始，从我感受最深的地方出发。”

“你是说，你说的有关老伍的那些揣测，都是你凭空想象出来的？而并没有真正发生？”我这才慢慢地醒过味儿来。

“是的。”小宋的语气欢快起来。

“他帮人从监狱里捞人、帮人打官司、帮人找工作、帮人拿地……”我一口气把她说过的那些话重复一遍，令我自己也感到惊讶的是，我竟然能如此真切地记住她说的话，记住我熟悉的那个伍青身上的新标签。

“是的，是的，这是我的虚构，虚构的人物，和生活中那个你熟悉的伍青完全是两码事。”她急切地表白着。

“帮讨厌的人打赢官司？”

“没有的事。”小宋斩钉截铁地说，“他不会干那种蠢事。和你一样，他也讨厌那个人。”

“每天午夜十二点给他发微信问候的那个姑娘？”我开始怀疑人生。

“是的，是的，她也是个虚构人物。”

“可是——”我迟疑着，“真有其人。我每天都能看到她，她年轻漂亮……”

小宋打断我，“也许真有其人，但其他的都是我编的。我随便把某些人的特性安在一个随便想到的人身上的，这不是写作的常识吗？”小宋说。

“我知道，我知道。”我自惭形秽，仿佛是我把莫须有的罪名加在一个无辜的人身上似的，仿佛是我做错了什么事，把人往坏处想。

“你知道就好。”小宋轻松愉悦地说，“你知道就好。”

通话结束后，疲倦更甚，我躺下来，却辗转反侧了许久才艰难地入眠。

小宋给我留下的印象一直很好。十多年前她还在保定的工商银行里工作，因为喜欢村上春树的小说而迷恋上写作，零星地写作并在小刊物上发表了几篇没有任何反响的短篇小说。保定的作家桑叶把她介绍给我。大约有半年的时间，只要我不出差，她几乎每逢周六都从保定赶来，让我看她新写的作品，或者和我交流关于写作的问题。她谦逊好学，领悟能力超强。说实话，她确实是个执着的写作者，把村上春树的小说研究得头头是道，连我也不得不佩服。我是因为并不大喜欢村上，所以，鼓励她去借鉴一些其他作家的作品。但是始终效果不明显，她说她沉醉于村上小说的那种独特的魅力，喜欢那种美丽而残忍的孤独感。她也一直想要写出这种美丽和残忍的孤独感，却迟迟达不到预想的效果。直到有一天，她突然告诉我，她要结婚成家了，而那个人就是伍青时，我大惊失色，无法把她和伍青联系在一起。我大惑不解，感觉她和他，并不是一条轨道上的人。可是世事难料，我能感受到幸福给她带来的变化，她好像是突然就放弃了村上春树，放弃了那种美丽而残忍的孤独，放弃了写作，热情地拥抱着生活，结婚，生子，经营家庭。如果不是她在电话里说起，我甚至都忘记了她还曾经有过作家的梦想。

重新拾起文学想象的小宋看来并没有就此止步，那天晚上，已经九点半左右，她又给我打电话。我抢先说："难道是老伍又失踪了？"

她笑出了声，"没有，目前他的电话保持畅通。"

"那我就放心了。"我刚刚睡醒，吃了碗妻子给我预备好的饺子，倦意全无。如果真的再来一次彻夜寻找失踪人口的经历，也完全能够胜任。

"你能不能下来一趟？我就在你家楼下。"小宋的口气并不容我反驳。

"怎么了？"我又警觉起来。

小宋笑了，"放心，就是请你喝杯茶，就在你们小区门口的茶室，我都订好了包间，你把嫂子也带上。"

妻子肖燕并没有随我前往。我们在茶室落座后，我调侃说："我们见得这么勤，老伍会吃醋的。"

小宋愣了愣，随即笑笑说："他要是能有这种反应，说明他还是个正常人。"

"不会只是请我喝杯茶这么简单吧？"看得出来，晚上的小宋比凌晨的小宋更从容，也更自信。

她急忙说："就是这么简单。想想十几年前，我从保定来石家庄找你时，我们在你办公室，在茶馆，谈天说地，一样的简简单单。"

我说：“也许时光荏苒，世事沧桑，人情变故，早就物是人非了。”

“我不知道。”小宋的目光闪烁着。

“你一定还有什么要说的。”我想没必要躲藏。

小宋羞涩地笑笑说：“什么也逃不过你的慧眼，十几年前是这样，现在还是这样。”

我静静地等待。

她说：“你了解伍青吗？”

她的问话倒是出乎意料，“我了解，我们俩一起进的社科院，天天在一起，想躲都躲不开，烦都烦死了。工作、去食堂吃饭、开会、喝酒、打牌、抱怨、开玩笑，虽然他成了我的领导，可是一切照旧。没有人比我更了解他了。”我说。

“那你说说，他是个什么样的人？”她目光犀利地盯着我。

我完全被她搞蒙了，结巴着说：“他，他，他诚实友善，他热情开朗，他，他德才兼备、光明磊落……”

“你也是这么认为的？”小宋说，“所以你能够容忍我对他的种种想象，种种揣测，你能明白文学世界里的人与现实中的人的区别是吗？”

“我明白。”我说起话来明显的犹豫不决。

她却话锋一转，仍然目光犀利地看着我，“你虚构过你的人生吗？”

“我，我，我没有。”我像是被逼入绝境的落难者。

小宋陷入自我的遐想之中，幽幽地说：“虚构人生是件很痛苦的事，所以你没有过。”

那天晚上，她只是想让自己能够真实地感觉到，她今天凌晨的讲述只是出于文学的虚构，她向我描述的那个熟悉的陌生人，仍然是我熟悉的人，与之前相比并没有任何改变。我姑且相信了她，我明白无误地告诉她，作为一个职业的文学工作者，我能清楚地分辨，虚构与现实是怎么回事。而且，没有人想去改变我们本来的生活面貌，那是我们熟悉和习以为常的，是符合生活规律的。为了让她彻底地放心，我几乎是发誓地补充道："伍青还是我的好领导、好朋友、好同事，他在我心目中的地位仍然那么高大。"

不知道我"虚情假意"的表白是不是令小宋满意，当我们走出茶室，当她微笑着与我告别，当她潇洒地转身说明了对我的表态的信任，当她消失在迷离的夜色之中，我陷入了深深的怀疑和自责之中，如果今天凌晨的寻找只是一场虚构的情节，那么现实才更为温暖，也更为真实。这是多么美妙的一个夜晚啊！

第二天是个忙碌的工作日，一上班，伍青就打电话过来，通知我开一个会。整整一上午，我们在会议室里一如既往地讨论方案，发言，讲话。伍青精神焕发，思路开阔，最后的总结讲话也富有真知灼见。开完会，他把我单独留下来，告诉我，晚上一起去吃个饭，南方某省社科院来了个考察团，其中有文学所的所长。"你们交流交流。"伍青说。我谢绝了他的好意，告诉他，我胃病犯了。他拍拍我的肩膀，笑着说："你能够时不时地犯犯胃病，我不能呀。"

下午三点，敲门进来的是机要员周冰洁，她款款走过来，让我在公文上签字，并交给我公文的复印件。连我自己都不知道是怎么脱口而出的，我说："伍院长看过了吗？"

周冰洁表情自然地说："他看过了，是他批给您的。"

“噢。”文件传阅卡上伍青圈阅的笔迹很熟悉：仙生阅办。

周冰洁还是不多说一句话，拿起我签名的文件夹走出去了。我真想问她另外一句话，可是没有，我说不出口。但是我长长地出了口气，这才是真实的工作状态。

工作中，我们的面孔在单调地重复着，被我们彼此牢记着。

因为有工作的性质，那天晚上的饭局我仍旧没有逃脱。饭桌上我和南方某省社科院文学所的林所长坐在一起，他声音高亢，一直在说我们的饭菜没有味道。我让服务员给他找来一瓶老干妈，他这才停止了抱怨。

从宾馆里出来，因为没有喝酒，伍青并没有尽兴，他非拉着我一起去路边的烧烤摊喝酒。基本上是我看他喝酒，他说：“我要是不喝点儿酒，晚上睡不着觉。”

“我跟你正好相反。”我说。

他突然动情地说：“谢谢。”

弄得我有些手足无措，“谢我什么？”

“谢你在我危难关头还能惦记我，和小宋一起去找我。”他和我碰了一下杯。

我轻描淡写地说：“换作你也是一样的。对了，我倒是想问问你，你去哪里了？一晚上。”

伍青叹了口气，“我喝多了。我和朋友告别后，本来想打车回家，却听到有人叫我。我就顺着那叫声而去，那声音始终在我耳边，很迷惑，很动听，也分辨不清是男是女。就像是奥德修斯在茫茫大海中听到了塞壬迷人的歌声一样。那声音牵着我，越走越远，我脑子很清醒，却控制不住自己的身体。我走啊走啊，一直这么走着，而那声音就那么忽远忽近地牵着我。让我始终保持着亢奋的状态。越走我的身体越轻快，想要飞翔起来。那种感觉非常美妙。我从来没有过这种感觉，那是一种脱离了尘世的感觉，是一种完全失忆的感觉，真是妙不可言。”

“你就那么走了一夜？”我万万理解不了。

伍青说：“是啊。真是神奇呀，你要不要今天晚上也喝个一醉方休，体验一下？”

我急忙摆手，“我可无福消受。”

实际上，春天里，伍青又失踪过那么两三次，即使他的手机保持着通畅，也没有人接听。慢慢地，小宋也就习惯了，也不再大惊小怪，这似乎与频繁的酒场一样，成了伍青生活中的常态了。她会整整一夜坐在电脑前，虚构着关于丈夫伍青的故事。而她，再也没有向任何人张扬过她的想象。

而我的睡眠，在那个季节里，突然出现了问题，我和夜晚从密友变成了敌人。这种状况持续了半月之后的某一个夜晚，我从家里悄悄地出来。已经是凌晨时分，我站在空旷的大街上，想起了伍青的那些话，想起他向我描述的那些动人而美妙的感觉。我开始行走，没有人的夜晚确实看上去更可爱，更亲切。走了仅仅两个路口，我就觉得不对劲儿，我没有听到空中传来的充满诱惑的召唤，也没有飘飘然的感觉。我大汗淋漓，身体越来越沉重，呼吸变得急促起来，甚至有种喘不上气来的征兆，心脏像在打鼓。我坐在马路边，闭上眼，把头埋在膝盖上，感觉春天在快速地后退，各种熟悉的面孔和事情异常清晰地混合在一起，纷至沓来。

相见不难

会议要开一周。

寒冬里，时间就在一页页的文件中缓慢地流逝。

我是个新晋的省人大代表，所以周围的人对我来说基本都是陌生人，这样也好，省得我必须得和他们打招呼，套近乎，说些虚情假意的客套话。同时还显得我低调而不声张。我默默地坐在一张靠边的桌子旁吃午饭，人大代表们川流不息。不一会儿，餐桌旁便坐满了代表们，他们个个容光焕发，兴致盎然，相互问候着，寒暄着。我留意到，坐在我旁边一个容貌姣好的女人和我一样，沉默寡言，始终微笑着看着别人说笑。因为多看了两眼，我就特别地去关注她胸前的代表证，名字是“崔瑞云”。

时间虽然久了，可是这个名字还是那么清晰地闪现在我的记忆中，我曾经有一个和这个名字一样的初中同桌。我再次悄悄地打量一下旁边的女人，与我相比，年龄仿佛年轻一些。但女人的年龄有很大的可塑性和欺骗性，我隐隐约约地似乎看到了若干年前的一个影子，断定她就是我同窗过两年的同学崔瑞云。说不上是什么心情，是他乡遇故知的喜悦，还是纯粹的无聊没话找话，我有礼貌地和她打招呼："你好啊！"

代表崔瑞云扭过头来，微笑着看着我，"你好。"她这种礼节性的微笑并不代表她已经认出了我。

"我是董仙生。"我提示她。

她的眉头蹙起来，微笑已经消失。

"你的初中同学董仙生。"我补充道，"你和我坐同桌。我们同学了两年，初三的时候我随父母搬到了石家庄。"

她的反应很慢，一脸的茫然，蹙着眉看着我，像是没听懂我的话。我看不出她真实的内心想法，所以我固执地在努力让逝去的时光重新回到我们面前，在如此近距离的餐桌前，喋喋不休地诉说着我们美好的回忆。她没有回应我，时而侧着脸，保持着脸上的微笑，像是在听，又像是纯粹为了礼貌的应付。只是我没有留意到，她的笑容越来越僵硬。其实也就是十几分钟的时间，她匆匆地吃完了饭，站起来，微笑着和我告别，轻声地说："我走了。"我挥了挥手，看着她的背影慌张地消失在餐厅的人流之中。

在余下的几天会议时间里，我和崔瑞云同学还邂逅过两次，都是在会场，只是点点头就过去了，我这才发现，她有些故意要躲闪我的意思。我很是不解。还有一次，我感觉她在偌大的会场一角，偷偷地观察我。等我去搜寻她的目光时，却在人头攒动之中，无法找寻到她的身影。这让我一度觉得那只是自己的幻觉而已。直到人代会结束，我们也再没有机会见面。

时间就像是路边从来不曾留意的杨树一样，似乎是第二天醒来，季节已经变换了，树上的嫩芽全都变成了迎风招展的可爱的叶子，小小的，绿莹莹的。在我就要忘记还有那么一个同学的时候，有一天突然接到了崔瑞云的电话。我依稀记得她并没有向我要过手机号码。所以当她说出自己的名字时，我还是有些吃惊，她的声音并没有慢慢地复苏成熟悉的回忆。她过于热情的语气，完全出乎我意料，她说："我到石家庄了。想和你见个面，一定要赏光啊。"

约会的地方是她定的，槐安东路，马克维尔西餐馆，很有情调的一个地点。我急匆匆地赶过去，一路上都有一个疑问在我脑子里缠绕：她为什么要急着见我？

显然她经过了刻意的打扮，穿着也不像上次那么板正。她在门口迎着我，我开玩笑说："弄得这么隆重，我都受宠若惊了。"

我们边吃边聊，她非常热情，一点儿也不像上次那样冷淡。那气氛让我一度怀疑我们像经常见面似的。她和我聊到了我们都曾经熟悉的那些同学，因为时间久远，再加上我只和大家同窗了两年，大多数人我都忘记了名字，更忘记了他们的容颜。据崔瑞云讲，他们大都没有走出邯郸，留在我们共同生活过的那个城市。她说起了黄大军、张静、张佐……说起了他们的工作……

她说："雷红宇你还记得不？"

我摇了摇头。

"就是那个天天下课后，在南边操场上练嗓子的女孩。"

我想了想，这个场景却无法准确地复原，我说："我没有一点儿印象，我只能想起操场的大致样子，在我们教室的南边，操场东边还有几个单杠和双杠。"

"她就想学唱歌，考音乐学院，这是她的人生梦想。我和她是最好的朋友，我们俩无话不谈，天天腻在一起。那个时候我就是她的影子，我甚至有些崇拜她，那么小她就有了人生目标，而我还傻傻的，关于未来什么也不知道。她练歌时我就站在操场边一边看书一边听她唱歌一边等她。我们学校的音乐老师章老师为她辅导。章老师特别喜欢她，每次上课都给我讲，雷红宇同学是只百灵鸟，总有一天会展翅高飞的。等她练完歌我们一起回家。她满心希望能考上音乐学院，她的父母，还有章老师，都以为她肯定能考上，大家对她抱有很高的期望。她曾经无数次地向我畅想过她美好的未来。她想成为和关牧村一样的女中音歌唱家，要上中央电视台的春节联欢晚会。可是她全身心地投入音乐中，文化课就有些荒废，那年高考，她文化分考得太低，没考上。”她停顿了一下，喝了口咖啡，“第二年她想接着考天津音乐学院，可是嗓子却突然就坏了，发不出声了。看着她着急上火的样子我也替她担心，内心莫名地紧张，仿佛嗓子坏了的那个人是我。那年我考上了邯郸师专中文系，请了假，陪着她跑遍了大大小小的医院，可是怎么也查不出个结果。只有中医院的一个老大夫说，她可能是神经太过紧张，心理因素造成的。她的说法谁都不相信，可是又无法找出确切的理由，慢慢地，大家也就信了。她怎么也不相信再也唱不出百灵鸟般动人的歌声，哭了整整一个春天。”

我关切地问：“后来她的嗓子治好了吗？”

她沮丧地摇摇头，“没有，她的嗓子像是故意和她开玩笑一样，仿佛就固定在一种发声的模式，从此失去了音乐的魔性。那一年她都无法接受这个现实。直到她父亲因公负伤，她才极不情愿地顶替父亲的班进了棉纺厂当了工人。”

我听得心不在焉，一直在想着这个叫雷红宇的同学长什么样子，可是我怎么也想不起来。整个中午，她都在讲有关雷红宇的事情，好像那个久违了的女同学就是她自己一样，我静静地听着，偶尔提出一个疑问，她都耐心地解答。我们像是经常见面，相互间没有任何芥蒂。之后，她看看手机，笑着说："好了，今天就到这儿吧。我还得去省厅办点儿事。不好意思，不能陪你了。"

临分手时她给了我一个袋子，说是里面有她编的一本书，请我多批评指正。

回到家里，我随手从袋子里拿出那本制作精美的书，想看看是一本什么样的书，却掉下来一张卡，一张超市卡。

那之后很多天，我都有些忘记了那张卡的事，我妻子去超市查了查，里面有三千块钱。这更让我坐立不安，她为什么要给我这张卡？仅仅是因为我们邂逅，因为我们在一起吃了个饭，忆了忆旧？这显然是讲不通的。虽然说三千块钱不是一个很大的数目，但是她平白无故地给我是极其可疑的，我与她之间，同学一场后从来没有过联系，而且没有任何的利益往来，究竟是为什么？后来我打消了顾虑，不再去胡乱猜想，是因为我感觉随后她还会找我，说出她想要我办什么事，这是规则。也许，她会让我帮助给她单位出的书写个什么序，或者给她组织一些作家去采个风什么的。我瞎想了一通，便得到了安慰。

之后数月，我一直在等待着崔瑞云，等待着她给我打个电话，请我帮她办个什么事，好了了我心中的牵绊。我想，在我力所能及的范围之内，只要是涉及文化、文学领域的事情还是不成问题的，我可以全力以赴。事与愿违，我的等待像是沙漠中的水一样。

我犹豫着是不是该给她打一个电话，是不是该提醒她一下，还有未尽的事情需要我们共同完成。

时间就在我的犹豫之中慢慢地流逝，等我真的有事回到邯郸这座城市时，已经是半年之后，似乎那张卡已经要从我的生活中消失了，我甚至忘记了，我妻子是不是已经花掉了那张卡里的钱。接我的轿车在曾经熟悉的城市里穿行，我却怎么也找不到三十年前生活过的痕迹，它于我似乎已经变成了一个完全陌生的地方。轿车经过我的母校十二中时，我才突然想到了崔瑞云，然后想到了那张卡。再也没有任何理由去推托了，我给她打了个电话，电话那头传来的正是她的声音："你是谁呀？"

这让我很吃惊，她居然没有存我的手机号码？我记得清清楚楚，上次是她主动联系我的，她肯定有我的手机号码的。一丝不太妙的感觉涌上心头。

"是我，董仙生。"我说。

电话里头静得可怕，似乎对方陷入了沉思，在想我这个名字？我头皮有些发麻。足足有半分钟，她才有气无力地说："啊！是你呀。有事吗？"

我愣了愣，那一刻我有种恍若隔世的感觉，我说："啊啊啊，那个什么，我回邯郸了。"

声音还是慢悠悠的，不需要回答的拒之千里的声调，"啊，是吗？"

我干脆不去琢磨她的语气，不拐弯抹角了，单刀直入，"晚上一起聚聚吧，吃个饭。"

她又停顿了几秒，"啊？——好吧。"

她的态度令我对自己的行为产生了怀疑，我见她究竟要达到什么目的，连我自己都糊涂了。那天晚上，我谢绝了主办方的盛情邀请，在距离市政府不太远的一个咖啡厅和崔瑞云见面了。她穿着得体，笑意盎然，全然没有电话里头的冷漠样子。她先是怪罪我，不早点儿通知她，好让她早早地做个准备，或者多约几个老同学一起聚聚。“你好不容易衣锦还乡一次，我们还不得净水泼街，夹道欢迎呀。”她这种官场上的外交辞令说得并不真诚。

我敷衍道：“我这不也是突然接到开会的通知嘛。”

坐下来之后，我就提醒她，是不是有什么事你忘记了？

她笑着说：“啊，没有啊。什么事也没有啊。”她一下子就把我的期待打入了谷底。

我还想申辩几句，她却不容分说，继续说起了雷红宇，她说：“你见我是不是想听雷红宇的故事，我知道，你们搞文学的人，对新奇的故事感兴趣，走到哪里都在搜集生活素材。”好像我们俩见面的目的就是为了这个人。其实那时候，雷红宇的故事还没有真正地在我内心扎下根，没有让我想做进一步了解的欲望。

她却不管我愿不愿意，自顾自地继续她的讲述。她说雷红宇顶替父亲进入棉纺厂后，就再也没有开口唱过歌，仿佛歌唱从来都不是她身体的一部分似的，她专心当好一个纺纱工，连厂里的文娱活动都不参加。没两年她就结了婚，嫁给了一个开录像厅的，生了一对双胞胎儿子。

“她可是我们班最早生孩子的，她生孩子时我还去她家看了看，那对双胞胎可真可爱。”崔瑞云说，“后来我就忙于工作，从干事到股级、科级、处级、副厅级，每走一步就像是登上一个高高的台阶似的。我得专注着怎么能够够得着台阶的边缘，想着如何能以最佳的角度和方式，抓住它的边缘；考虑着自己的力量，不能一蹴而就，也不能漫不经心。就这么不敢丝毫大意地我上了一个个台阶，我无暇去观察别人的生活，所以我和其他同学几乎都失去了联系，所以请你也原谅我，连你这样的大名人我都不知道，真的抱歉。”

她滔滔不绝地讲着，我稀里糊涂地听着，慢慢地似乎也就听进去了，我甚至有些理解她了。我何尝不是在一步步地爬台阶呢。据她讲，后来她和雷红宇巧遇是因为拆迁。

“她成了一个拆迁钉子户，这是我做梦都想不到的。”崔瑞云忧伤的面庞隐在咖啡座高高的椅背阴影中，她并没有显得过于的忧伤，“当时我是副区长，就负责拆迁工作，我的压力巨大，晚上睡不着觉。每天早晨，枕头上都铺着一层头发。完不成上级交给的任务，我就是失职，我连死的心都有。我是无意间发现她的。我在看这家钉子户的资料时，发现了隐在这个钉子户家庭里的老同学雷红宇，就像她隐在人群之中完全忘却了她天才的歌唱本领一样，在这个看上去那么难缠的钉子户中，她是个无关紧要的一员。带头和我们对着干的是她的丈夫周杰。”

她停止讲述，接了一个电话。她的声音是那种公务式的语气，始终保持在一个调子上，听不出内心的情感。打完电话，她抱歉地说：“总有事情在那儿等着你似的。”

我说：“都是这样，身不由己。”

她接着讲雷红宇的故事，“你不知道周杰是多么难缠的一个人，我见识过他的无知无畏无辜无赖，我甚至怀疑雷红宇的情商有问题，她怎么会找这样一个人做自己的人生伴侣呢？”

“你去找她了吗？”我问。

“谁？”

“雷红宇。”

她点点头，“是的。我去找了，是想从她身上打开缺口。想她会顾及我和她的同学之情、闺密之情，劝说她丈夫，做一些让步的。我去了纺织厂。纺织厂的刘厂长专门为我安排了一间会客室，然后去把她叫来。她看到是我，很是吃惊，没打招呼，转身想往外走。我拦住她。那天下午，我苦口婆心说了半天，她却只说一句话，她不当家。她的表情很幽怨、很无辜。到最后我也几乎放弃了努力，分手时，我突然想起了她的歌声，我问她还唱歌吗？”

电话又响了。她看了看来电显示，并没有当着我的面接电话，说了声“对不起”，便走得远远的去接电话。这次通话的时间较长，我等得有点儿不耐烦，雷红宇的样子开始慢慢地在我脑子里由一个模糊的点形成一个渐渐清晰的模样，但不是我记忆中的同学雷红宇，我早就忘记了她的模样。在崔瑞云的故事烘托下，渐渐丰满起来的那个雷红宇，有些不自信，是个内心在挣扎和徘徊的纺织女工。我在猜想，她与崔副区长对视时的目光一定是躲闪的、犹疑的，而她也不希望两个曾经的密友在如此的情况下碰面。就在我胡乱地想象着雷红宇的样子时，时间就那么快速地流逝，等她回到我身边时，愧疚地说，她必须走了，市领导找她有要紧的事。她匆匆地收拾好包，匆匆地向外走，就像是一阵风似的，好像带走了某种东西，让我感觉有些怅然。不大一会儿，走过来一个年轻男子，自我介绍说是崔书记的秘书。他递给我一个信封，说是崔书记交代一定要给我的。秘书把信封放到桌子上就匆匆离开了，我第一时间没有反应过来，机械地拿起信封，打开，一张卡掉出来，和上次她给我的那张卡一模一样。

回到石家庄，我要做的第一件事就是让妻子找出那张购物卡。妻子摊开手说："早被我花光了。它变成了苹果、菠萝、香蕉、各种蔬菜。"

"她一定是想让我做什么事。"我自言自语道。

"谁呀？"妻子问。

"曾经的同学。"

这张卡没有交给妻子，我把它保存在办公室的抽屉里。刚开始的时候，我每次上班走进办公室，都能感到从抽屉里散发出一股令人压抑的气息，好在，我不是个能在办公室待得住的人。我时常会出席各种社会活动，开会、讲座、研讨，等等。从某种意义上说，我是个社会人，而不是个单纯的办公室职员。所以，很快的，那张购物卡的魔力就没有那么大了，对我的压力也在慢慢地变小，就消失在了我的抽屉中，被我淡忘了。

可是我忘不掉崔瑞云和她讲的那个故事。很是奇怪，我脑海中反复出现崔瑞云所说的那个场景，我在揣测，当崔瑞云终于问到唱歌后，会发生什么，会有什么神奇的反应。这种好奇超过了我对她频繁送我购物卡的疑惑，我多次设想过这两个地位如此悬殊的人，在截然不同的立场之下，各自会做出什么样的选择。这种想法日甚一日，侵害了我正常的生活，连我妻子都感觉到我对其他事情的心不在焉。她问我在想什么，我说："唱歌。"

那个周末，我们来到我们家附近的一家歌厅，我想不起来已经有多久没有来过这种场合，没有放声歌唱了。那天晚上，麦克风似乎一直在我手里，我声嘶力竭的声音自己都感到陌生。妻子说：“你今天晚上真奇怪，还有点儿……可怕。”

奇怪的并不是我，而是再次消失的崔瑞云。有关另外一个人的故事始终悬浮在时空中，诱惑着我。而再次见面已经是冬天，又一年的人代会了。她更忙碌了，即使是在会议上，我要想约上崔瑞云也十分困难。直到会议快结束时，我们才相约好，在宾馆大厅的茶座间聊一会儿。崔瑞云愧疚地说：“你知道，我来一次省会不容易，有太多的人要见，有太多的事要打理。”

我万分愧疚地说：“我不占用你太多时间。”

“你挺好的吧？”她漫不经心地问。

我说：“不怎么样。有个事我一直想不通。”

“啊，说来听听。”她不停地看着手机。

“你为什么要那么客气？你想让我做什么？”终于说出憋在心里的话，我觉得有些爽快。

“没事呀。”她笑着说，“你能为我做什么？”

我尴尬地笑笑，“我想不出。可是……”我犹豫片刻，“我很内疚。”

“没有什么可内疚的，”崔瑞云安慰我说，“在这个世上，我们为了自己的良心活着，我们谁也不欠谁的。”

她说得那么有哲理，那么脱俗，我再去计较和纠缠一些毫无意义和世俗的小事，就显得太过迂腐和媚俗。我只能转换话题，“那么，雷红宇呢？”连我自己都觉得奇怪，我怎么会如此顺畅而自然地就转向了雷红宇。

也许是我的话题转换得过于突然，她一时没有反应过来，诧异地看着我。

我提醒她："我们的同学雷红宇。你说到了她，说到了她热爱的唱歌。"

"你说她呀。"崔瑞云像是早就忘记了上次我们在咖啡馆中的那一幕了，她沉思了一会儿，"是的。我说到了她，雷红宇，我们的同学。在学校时我们俩是最好的朋友，时间虽然短，却终生难忘。我还记得她去医院看嗓子时的情景。我记得一清二楚，是真的替她忧虑。可是那天她却一点儿也不顾念同学之情，像是一个受气的小媳妇，一点儿也没有当年唱歌时的自信。她听到我说唱歌时，便停了下来，转过脸时，脸色非常难看、严厉，丝毫也不像刚才委曲求全的样子，眼里甚至露出一丝的凶光。她居然对我说，'我告诉你，我从来不会唱歌，也从来没有唱过歌。'我说：'那以前可是你的梦想，你想当一个……'她打断我，'那肯定是你的记忆出了问题，我从来没有唱过歌，从来没有过梦想。'她生气地夺门而出。她完全变了个人，以前的雷红宇是个非常和气的人，没有一丁点儿的脾气，我们俩在一起，永远都是她让着我。"

"她为什么要否认自己的梦想呢？"我不解地问。

"我也不明白。"

我对雷红宇的命运非常好奇，我真的想知道她到底怎么样了，一个曾经拥有的梦想是那么容易就舍弃的吗？便接着问："那她后来怎么样了？"

崔瑞云想了想，"我想重新唤起她对音乐的热爱，唤起她对以前美好梦想的回忆。"

我竟然有些紧张，“她有什么反应？”

她好奇地看看我，不明白我为什么对此如此关心。她把目光稍稍地移开，看着大厅中来来往往的人流，“我特意安排了几次与音乐有关的场合，想让她一起参与进来，好让她想起往事。第一次是歌厅，我特意让秘书找了个离她家不远的地方，我记得她是个不容易拒绝别人的人。这一次，她犹豫了很久，还是没有说出‘不’字来。她比约定的时间来得晚，大约晚了有十分钟，抱歉地说是家里脱不开身。为了避免她的无端猜测，我还邀请了我们同学张静、黄小元，你还记得她们吧？”

我摇摇头。

她的讲述让我能够忘掉大厅里来来回回的人。

“歌厅里有一种久别重逢的氛围，张静和黄小元，一直在恭维我，这让我有点儿不能自持。不管怎么说，我和她们地位悬殊，这是我自己努力的结果。麦克风始终在张静和黄小元的手里转换，她们俩热情极高，很是亢奋。但是雷红宇没有，她坐在离我最远的地方，始终不唱歌，默默地喝着饮料，偶尔抬头偷偷地瞄我一下，像是个局外人。那两个人是不管不顾的主儿，而雷红宇又躲避着麦克风，这与我的设计完全是两码事。我几次把话筒从几乎玩疯了的两位女同学手中抢过来，递给雷红宇。雷红宇都像是躲瘟神似的，不接麦克风。没有办法，麦克风仍然在两个沉迷于歌声中的女人之间轮转。我尝试了几次，都没有成功。一晚上下来，张静和黄小元的兴奋仍然在持续，她们说，下次还要聚，还要唱歌。如她们所愿，在我的鼓励之下，张静和黄小元都各自召集了两次类似的聚会，我替她们结的账，她们也都没有推辞。之后的两次聚会，仍然选择在歌厅里，两次分别由黄小元和张静邀请的雷红宇。两次，雷红宇也都如约而至。她的表现也一如既往，总是歌厅里那个最不合群的人，从来都不尝试着去碰一下话筒。而那两个人来疯的人，只要手一碰到麦克风便忘记了我的叮嘱，极其投入和忘我。最后一次结束后，雷红宇刻意留在后面，她的脸掩在阴影之中，说话的声音很轻，她说：‘我们能不能不来歌厅聚会了，我心里很烦。’

“我犹豫了一下说：‘其实我也不想来，我有那么多的工作要做，有那么的事等着我来处理，可是我又不得不来，我想听你唱歌。你以前唱得多好。你还记得学校的操场，记得我等着你回家的场景吗？’

“她不假思索地回答：‘不记得，我一点儿也不记得。’

“‘我陪你去医院看嗓子呢？’她摇摇头。

“我是个不达目的誓不罢休的人，这么多年，我就是凭着这股劲头才一步步地走到现在的。我是不能轻易认输的。我不急不躁，锲而不舍。正好赶上张学友的演唱会在邯郸举办，我让他们给我找了两张票，他们还惊讶我什么时候对演唱会感兴趣了。我让秘书把票送给了棉纺厂的刘厂长，让厂长交给了雷红宇。这样雷红宇无法推托，就不得不来。

“对于张学友来说，他到哪儿演出都无所谓，可是对于邯郸人来说，这可是件了不得的大事。街道早早就戒严了。堆着一脸的亢奋向体育馆冲去的大都是中年人，男人和女人。这是他们这个年纪的人的超级偶像，也是我和雷红宇的歌神。

“这一次，她到得比我要早，坐在体育馆的座位上，冲我微笑着。这是我们重逢之后，她头一次露出笑容。我也感到心情愉悦，感觉将迎来突破的关键一天。我们很快就淹没在如潮的观众中。在炫目的灯光、夸张的烟雾和欢呼声中，张学友跑上台。那一瞬，我觉得自己一下子从现在的身体里跑了出来，像是换了个人，卸下了所有的伪装，还原成了曾经在音乐的天地里轻松自在的那个曾经年少的我，就像现在舞台中央的张学友，还停留在我记忆中的那个年龄。我偷偷地瞄了身旁的雷红宇，她和我一样，也仿佛回到了年轻时唱歌的那个雷红宇，容光焕发，身体随着音乐的节奏晃动着。张学友先后演唱了他的一些经典歌曲——《吻别》《一路上有你》《爱如潮水》……当他唱到《每次都想呼喊你的名字》时，全场都跟着他在一起大声地唱，好像那个名字能感动我们一生似的。我觉得自己的嗓子都冒了烟，却仍然停不下来，跟随着所有人的声音拼命地唱着，唱着。突然间，我的身体一侧感觉到了压力，我一边唱着一边扭头观看，看到雷红宇正在一点点地向我靠过来，然后慢慢地向座位下滑去，像一条离开水的鳗鱼。我只看到她的脸色潮红，眼睛闭着。我急忙停止了唱歌，去抓她绵软的身体。

“在医院里我见到了雷红宇的丈夫周杰，一个膀大腰圆的男人。他目光中透着敌意，对我说：‘如果她有个三长两短，我和你们没完。’”

讲到这里，有人在喊崔瑞云：“快点儿吧，会议快开始了。”

接着是开会，其间我们再也没有碰面的机会，会议结束时都没有告别。有时候人生就是这样，邂逅比刻意的相遇更合情合理。我没有再去主动找她。但是我震惊地发现，在我内心深处，一个叫作雷红宇的姑娘，牢牢地占据着一片天地。我日益觉察到，我曾经见过她，她的容貌慢慢清晰起来，她的身体微胖，脸是圆的，嘴唇很厚，嘴阔，声音低沉、浑厚。只是有一点令人遗憾，我始终看不到她的目光。不管我多么坚信，我曾经在三十年前的校园里，和她打过无数次的照面，和崔瑞云一样，站在操场边，听过她动情的歌声，可是，她的目光，却无法穿越时光，让我真切地感受到。

半年之后，童丰收来找我。他也是我在邯郸初中时的同学。能记得他，是因为他是我的邻居，小时候经常被他父亲打得满楼道奔跑。他以前是个瘦高的人，现在变得胖胖的，瘦高的记忆被打上了疑问。因为他的弟弟犯了人命，他有病乱投医，找到了在省会工作的我，看我能不能帮上忙找找人，以减轻他弟弟的罪责。我无能为力，所以就顾左右而言他，我问起雷红宇。他想了半天，否定了我的问题，说："我们没有这样一个同学，我们班的同学这几年我都见过，去年还聚会了，就差你和崔瑞云。你是因为和大家待的时间短，又在外地。而崔瑞云是从来不参加同学聚会的。"

临走时，他失望透顶，说："同学们都说你很了得，我满怀信心而来，以为你无所不能。"

我惭愧地说："我就是一个文人，抱歉。"

他意犹未尽，无比感慨地说："他们都吹嘘你是个大名人，可是我看呀，你混得真不行。"

我老实地点点头。

他满脸的不甘和不屑，"还不如崔瑞云，她当时不显山不露水，学习也一般，只考上邯郸师专，可是人家却当了那么大的官。是我们班官最大的。"

我赶快做自我批评说："是呀。人不能和人比。"

童丰收说："唉，本来我是想请她帮忙的，她一定行的。她和省里的很多领导都熟，可是谁承想，她竟然……据说是……"

再一年的人代会，我没有看到崔瑞云，她已经被剥夺了人大代表的资格。开完人代会回来，那张卡竟然神奇地在我翻找文件时从抽屉里跳到我视线里，我拿起来，想了想，还是把它扔到了纸篓里。

宁静致远

古稀之年，袁老师变得惜财如命。

第一次是在年底的老干部茶话会后，身材瘦削的他拎着单位发的大礼包，跟着我，进了我的办公室。他先是坐在办公桌对面和我寒暄，然后就站起来，仰头一直盯着墙上挂的潘学聪的书法“一半秋山带夕阳”，冷不防地说：“你能不能替我卖几幅字？”他略显不安地看着我的眼睛，目光中满是飘忽不定的疑虑。

此时我才发现，除了大礼包，他还拎着一个纸袋子，里面鼓鼓囊囊的，他是有备而来。多少令我有些意外，我知道，退休后他一直在练习书法，偶尔来单位时也让我欣赏一下，但充其量也只能算是初级水平，只能算是写字，还称不上书法。我不假思索，脱口而出：“好的，没问题。”

袁老师的任何请求我都无法拒绝。他是文学所的首任所长，正是他发现了我的才华，把我从一个企业中学调到社科院的。他是我事业上的导师，人生的引路人。

他脸上紧绷的神情一下子就舒朗了，急忙放下大礼包，把那个纸袋子提起来，递到我手上。他说："一共是十张，你随意啊，多少钱都无所谓。我这水平，能有人要就烧高香了。"

我掏出钱包来，里面只有两千块。我递给袁老师："先拿着，如果卖个好价钱我再给您。"

袁老师笑逐颜开，没做丝毫推辞就接过钱，"这就不少，不少了。这可是我头一次拿润笔费。谢谢你啊小董。"

我把他送出办公室，其实内心里有点儿落寞。我不大明白的是，一个鲁迅研究的著名学者，何以要为区区小钱而如此谦卑？

我没有打开那个纸袋子，把它随手放在了书架上，没过几天就忘记了。那十张书法作品，也和我书架中长年不动的书籍一样，开始慢慢地落上了灰尘。可是袁老师没忘，半个月后，他给我打电话，问我："仙生啊，那十幅字卖了没有啊？"

我随口说："卖了卖了，有人很喜欢您的书法作品呢。"

"那，"他犹豫了一下，声调明显高了，"那，卖了多少钱？"

我心里一沉，可我得给自己圆谎，"五百，一幅字五百。"

袁老师兴奋异常，破天荒的成功鼓舞着他，他的声音听上去都是颤抖的，"那我什么时候去你那里取剩下的三千块钱？"

我说："随时，要不我给您送去吧。"

"你别来，你忙，还是我去你那里取吧。我又没什么事，就当锻炼身体了。"袁老师欢快地说。

第二天他就早早地来到单位，在办公室门口等着我。袁老师拿了一个大大的兜子，比上次的纸袋子要大两圈，我一看便明白了。他坐在对面的沙发椅上，待我给他泡好茶后，便开始给我讲他当年的辉煌。有些事我亲身经历过，有些也是头一次听到。我一直惴惴不安地看着紧紧挨着他放的那个大兜子。袁老师说得眉飞色舞，仿佛回到了以前的时光，目光炯炯，稀疏的头发随之而起舞。他在我办公室足足待了有两个小时，才发现自己说得太多了，这才站起来，说："好了，我得走了，耽误了你这么长时间，你的时间宝贵，你的时间都不知道去哪儿了。不像我，废人一个，时间多得都在我身边晃悠，赶都赶不走。"

我赶紧从办公桌抽屉里拿出早就预备好的一个信封，递给他。他接过去，戴上花镜，认真地数了一遍，笑着说："正好是三千。你替我谢谢人家，如果他需要，我再写啊。"

我说："好啊好啊，他还夸您的字和启功先生神似呢。"

袁老师略微有些得意地笑了，"哪里哪里，鲁迅研究我是个专家，书法我还是个小学生，哪能跟启功先生比？"

毫无疑问，他走时把那个大兜子留给了我，让我再接再厉，给他多推销一些。

我说："放心吧袁老师，我一定加油。就像当初您鼓励我多做学问一样。"

袁老师满意而归。

我把那个大兜子放到了书柜里，和上次那个纸袋子挤到一起。

这之后的一个月里，袁老师给我打过六次电话，来我办公室两次，他都绝口不提他的书法作品，和我东拉西扯，谈论一些社科院的老人，我们共同认识的一些学术界的朋友，谈到谁谁谁已经作古，就唏嘘一番。他记性超强，能够回忆起和他一起办班时桑奇先生的一些特殊爱好，讲得栩栩如生，令我忍俊不禁。可他三番五次地出现在我面前，对我就是个巨大的压力，我看透了他的心思，主动安慰他说，艺术是给有缘人准备的，不能随随便便就把它卖了，得挑一个真正懂它的人，卖一个好价钱。

而他总会说："不用，不用，能卖掉就行。多少钱都行啊。"急迫的心情溢于言表。

他这样的态度让我觉得有些可疑，出于礼貌，我并没有去问他，只好编造各种理由搪塞他，尽量地把时间向后推。

在大约半年的时间里，我都无法摆脱掉袁老师如影随形的期待，我总共给了他三万两千块钱，作为他书法作品的润笔。因为他和我之间特殊的关系，我所能做的就是尽量地满足他对金钱的渴望，满足他在拿到钱之后志得意满的笑容、舒畅的表情，就如同他以前对自己才华的自得一样。但我内心仍然徘徊着一丝的犹疑，师母几年前去世后，他独自一人生活，女儿也有着自己优渥的生活，他的工资足以让他应付自己日常的一切，我不明白他为什么要急于想得到这些额外的收入，难道仅仅是想证明自己在退休之后仍然老有所为？我不敢胡乱地揣测。

当天气渐渐转凉后的一天，袁明晨突然来找我。她在我办公室外等了两个小时，直到我开完会。看她焦急的样子，我的心就一沉，还以为出了什么大事，我问她："袁老师怎么了？"

袁明晨是袁老师的女儿，她比我小几岁，是工商银行的高管。她坐下来，先是喝了半杯我给她倒的凉白开，叹口气，然后才开口说话，"我爸他，我还真不知怎么说，张不开嘴。说有事吧，可能对于你也不能算是事；说没事吧，还挺让人揪心的。"

我边整理开会的文件边说："不急，你慢慢说。"

袁明晨捋捋飘散到脸庞的长发，"我爸他是不是向你借钱了？"

我愣了，“没有啊，我只是给他卖了几幅字而已。”

袁明晨说：“他的字也能卖吗？他又不是什么书法家。谁会傻到买他的字，有病吧。”

我以前去袁老师家，都是袁明晨给我们做饭吃，她的性格很像师母，温柔体贴，不像眼前这样火急火燎的样子。我只好实话实说，我叮嘱袁明晨：“你可千万别给袁老师说，把底都兜给他。我都瞒着他呢。”

袁明晨说：“我找你，不是和你说这些的。我就是想告诉你，千万不要再给他钱了，一分钱也不能给。这是为他好。”

“这是为何？”我提出了我的疑问。

袁明晨又重重地叹口气，“我爸他变了，这一年来，他突然间像换了个人，连我都不认识他了。”

“他怎么了？”一个七十岁老人的人生会有多大的改变呢？

“我都羞于说出口。”袁明晨的叹息让我看出她心思的分量，她忧伤地说，“我爸他，唉！不知道是因为老了，脑子糊涂了，还是别的原因，这一年来，他极为反常，总是去歌厅，而且还找……这哪是他这把年纪的人该去的地方啊，这哪是他该干的事啊。你想想那种地方，就是个无底洞，多少钱都不够呀。”

我一听到歌厅这个词也颇感震惊和意外，我知道袁老师是个洁身自好的人，是个典型的谦谦君子，没有任何不良嗜好，抽烟喝酒打牌唱歌，从来都不可能和他联系在一起，这怎么可能。我说：“这不可能吧？”

袁明晨拧着眉，“你看，你也觉得不可能吧？我爸，多温文尔雅的一个人，怎么可能总往那种地方跑？可事实就是如此。我是偶然发现了他的这个爱好。我妈去世后，我一直想让他搬到我们那里，和我们一起住。他不愿意，他坚持在自己家里生活。我每周去看他几次，有好几个晚上我去家里，家里都黑着灯。打他的手机，他也支支吾吾地不说自己在哪里，但是我从手机里听到传来的歌声。我也没太在意，可是后来他开始不断地向我要钱。自己的老爸，给他钱是应该的。可是他要的次数多了，我就留了心眼，这才发现了他的秘密，原来他常常去离我们小区不远的‘美好时光’歌厅。一天晚上我终于鼓足勇气进了歌厅，挨个找他。看到他和一个打扮妖艳的姑娘坐在一起，两人有说有笑……”她一口气说完，眼里泛着泪花。

这确实也让我无法接受，我的老师和前任领导，一个令人尊敬的学者，怎么会突然平添了这样的嗜好？我问袁明晨：“你就没劝劝袁老师？”

“劝了，我是苦口婆心。但他表面上支应着我，说好好好，不去了不去了。可转身他就当成耳旁风了，照去不误。”她的泪水已经夺眶而出，声音也变了调，“他把自己的工资都花到歌厅里了，自从我揭开了他的秘密之后，他倒是不再伸手向我要钱。但我发现，他把我妈留下的一些首饰给当掉了。”

说到离世的母亲，袁明晨嘤嘤地哭起来。她的哭声里既有对母亲的怀念、对父亲行为的羞愧和怨恨，也有对自己无能为力的嗟叹。

我向她表明了我的态度，“我不会再替他卖一幅字，你放心。”

她得到了我的确切保证，这才并不心甘地离去。如何去阻止袁老师疯狂的举动，她和我，其实都没有任何的信心。

有了袁明晨言辞恳切的忠告，我开始为袁老师担心，我无论如何也琢磨不透，袁老师晚年为何会热衷于如此不堪的事情。我想想自己，大概都有许多年不进那种场合了。所以当他再次来单位催促我时，我看着老师的眼神都变了。怎么看，我都觉得，袁老师已经不再是以前的袁老师了，那个温良恭俭让的老人的形象已经从我的脑海中消失了。我忧心忡忡地说："袁老师，您是不是急需用钱？"

坐在我办公桌前的袁老师愣了一下，已然展开的笑容堆积在满是皱纹的脸上，瞬间变得僵硬，他挤了挤眼睛，才把笑容抖落，"没有没有。我不旅游、不抽烟、不喝酒，明晨也不需要我照顾，那么多的退休金，花不完。"

"那就好，那就好。"我迂回曲折地和他聊，"现在的经济形势不好，字画市场与经济一样，不景气。"

"我知道，我知道。"袁老师谦恭地说，"所以我才找你。我经常看到你参加各种活动、开各种会的消息，你现在也是我们省文化界的名人，人脉广。不像我，一旦退出舞台，就没有任何的机会了。"袁老师以前是个恃才傲物的人，如今为了几幅字的钱，竟然也能如此卑微。

"袁老师，如果您生活遇到了难题，您可要告诉我呀。我能有今天，都是您提携的呀。"我发自肺腑地说。

袁老师摆摆手，"不能这样说，不能这样说。我担不起。还是你自己努力的，你看看现在，你发展得多好，比我当所长时要风光许多。我真的没困难，只是想活得有点儿意思，不那么单调麻木。你不知道退休的生活多么令人沮丧，令人颓废，无所事事，好像生活的目的就是等着死亡临近。我喜欢上书法后，感觉不一样了，像是找回了当年在所里工作的状态。”他神采奕奕，口若悬河，真的像当年他在各种场合滔滔不绝的样子。

“除了书法，您还有其他的什么爱好？”自从他进来，我就一直想找个合适的缝隙把话题向歌厅那儿引。

我突如其来的问话显然起到了作用，袁老师的内心一定在翻江倒海，他渐渐变化的脸色暴露了一切。他躲闪着我的目光。“没有，什么都没有。”他否定道，“我就是写写字。”

我旁敲侧击地与他拉家常。我现身说法，开始给他讲我岳母迷信药品小广告，时常光顾那些突然冒出来的医疗机构，家里被买的假药堆成了小山。袁老师在我讲述过程中一直心不在焉，心神不定。数次站起来，又坐下。等我讲完，他迫不及待地说：“我得走了，今天我还有十幅字的任务没完成。”说完他就匆匆离去，甚至都忘了再提卖字的事。

我听着楼道中他杂沓的脚步声快速消失，有些不忍，便打开门，向楼道中张望，空荡荡的，连惊慌的脚步声都没有了。

过了几日，袁明晨再次来访，她怒气冲冲，完全失去了惯常的优雅与知性，劈头盖脸地对我一通数落：“你怎么就不听我的劝？你怎么能放任他一错再错？你怎么能同流合污？你怎么能昧着良心？……”

她连珠炮的“怎么能”，令我羞愧难当，仿佛我与袁老师背着她，合谋做了愧对天地良心的坏事似的。我小声说：“明晨，你说什么我真的不懂。”

“你是不是又给他钱了？”袁明晨指责我。

我委屈地说："没有啊，自从你上次来过之后，我们就见过一次面，我没有给他一分钱。老天可以做证。"

袁明晨坐下来，她一直生活在父亲令人羞耻的行为阴影中，一直被激怒着，总是显得那么愤愤不平，"他夸口说他是自己挣的写字的钱，我还以为是你给的。"

"他还去歌厅？"我关切地问她。

"从来就没有停止过。有时候我悄悄跟在他身后，看着他的背影，我就想哭。"袁明晨悲伤的表情，也深深地感染着我，毕竟，对于我们俩来说，他都是一个重要的人，一个令人牵挂的人。

我苦口婆心地劝慰袁明晨，让她冷静下来，好好地想想，是不是她的某些做法令老人不满意，使他无法在正常的生活中找到安慰，才到歌厅里去寻找慰藉。她直摇头，"没有，绝对没有。他什么也不缺，我每周都给他买一堆吃的东西塞到冰箱里，每天给他打电话，问他有没有事。我听得最多的一句话就是，'我没事，你们忙你们的'。"

她哭泣着说："这件事把我的生活搞得一团糟，让我痛苦不堪。我没脸对我丈夫说，没脸对我孩子说。一进我自己的家，我都觉得偷偷摸摸的，就感觉脸烫烫的，特别害臊，像是自己做了那件事。在单位时也是心事重重的，经常出差错。我丈夫说我是更年期，让我去医院检查检查。"

我不知道该如何安慰她，只能尝试着去平复她内心的创伤，我说："去歌厅里唱歌也不是什么丢脸的事，与陪酒女聊天也不能说明什么问题。也许事实不像你想的那样，也许我们都错怪袁老师了。"

袁明晨对我的说法感到很惊讶，她恼怒地看着我，“可是他每隔几天就去歌厅确是事实。我去他那里时，觉得周围人的目光都是异样的，仿佛他们都在指指点点，说我爸他做了见不得人的事情一样。”

我们的空谈并不能让袁明晨安下心来，她犹如一个惊弓之鸟，甚至不能听到父亲的名字。她此次来的一个主要目的，是想请求我去劝说袁老师，而不是火上浇油。她说：“我想了好久，亲戚那里我说不出口。只有你最合适，他把你当成他的接班人、他的弟子，最信任你。”

我答应了袁明晨，不再与袁老师虚与委蛇，而是开门见山，彻底阻止他荒唐的行为。那天中午，我请袁明晨在附近的饭馆吃了饭，我们信誓旦旦地碰杯，满腹狐疑地展望未来。

没过几天，我和袁老师在作家桑奇的书画展上碰面了。他看得很投入，很专注，也很羡慕。他是最认真的嘉宾，在每幅字前都驻足很久，认真地观察着字的运笔和布局结构。他对我发出感慨：“哪一天我也能搞这么一个像样的展览，就瞑目了。”

我苍白无力地应付说：“会的，一定会的。”

开幕式结束后，大部分嘉宾陆续走了，而袁老师却恋恋不舍，我陪着他，一边欣赏桑奇的字一边和他谈心。我说：“袁老师，明晨找过我了。”

他听到明晨两个字，立即警觉地把目光从书法上收回来，慌张地问：“她找你干什么？”

“说老师您的事。”我小心地说。

他的脸色凝重，“我一个将死之人，能有什么事，值得她兴师动众找你。”

我把话题从袁明晨身上拉回来，“老师您以前是，现在依然是我人生的榜样。记得我在工厂学校工作时，为了见您一面，一到周末就坐班车跑到市里来，就为了听听您的高见。您的学识、人格，都是那么完美。”

“往事都已成灰，不要再提。”袁老师有些心灰意冷。

“就是现在，我也时时处处以您为标杆，做事、做人，都一样，唯恐哪一点做得不如您，辜负了您的信任。”我说得情真意切。

袁老师似乎并没有被我打动，他说：“我都忘了自己是个什么样的人。”

“才华横溢、坦诚、谦逊、宽容、大度。”我脱口而出。

“我是那样的人吗？”他对我的定义充满了疑问，盯着我。

我的铺垫如此之长，就是想要让他慢慢地回忆起自己的辉煌过去，能给我更有力的说辞做引子。我说：“袁老师，所以我觉得您不应该去不该去的地方，比如歌厅。这不是您该去的地方。”

袁老师大惊失色，“你不能把我想象成那种人。我不是那种人。”他说完就向外走，书法也不欣赏了。他的身影摇摇晃晃。

我没想到他反应这么激烈，慌乱地跟在他身后。他走得飞快，一点儿也不像个老年人。我紧赶慢跑才能跟上他。他从美术馆出来向右拐，其实那不是他家的方向，估计他也是气得不辨东西了。他沿着槐安路气愤难平地走着，不管我跟着不跟着。他走过体育大街、育才街、富强大街，走到行政服务中心大楼时便没了力气，停下来，坐在大楼门口的旗杆下，大口大口喘着粗气，他转头看看我，我也是气喘吁吁的，突然他就笑了，“你还不如我呢。”

我也笑了。看到我笑，袁老师又绷住脸，一脸的阴沉。我们都喘匀了气，袁老师的心情也平和了许多。我说："袁老师，我和明晨，都是为您好。"

袁老师好像没听我的，他侧耳听着眼前槐安路上汽车奔驰的噪声，说了句很有哲理的话："人生就是由一连串的噪声组成的。"

我未置可否。

"噪声越大，你就越发得不到安宁。"袁老师继续说，"我告诉你小董，我这一生，什么都经历过了，挫折、失败，得意、成功，退休后，一下子退出了历史舞台，所有的风光都快速远离，我内心深感惶恐和不安。我成了一个无用的废人。对任何事情都提不起兴趣，仿佛人生最终的目的就是在等待着死亡的降临。直到那天我碰到了小谢。"

"小谢？"我茫然。

"小谢和我住一个楼栋，是个女孩。我经常在电梯里碰到她，她打扮和一般的女孩不太一样，有点儿那个，就是穿着暴露。但她挺有礼貌，每次都和我打招呼，大爷长大爷短的。那天在电梯里又碰到了，我的身体那天早晨就感觉有点儿异样，有点儿飘，在小区里溜了几圈，一进电梯不知怎么就不省人事了，一下子就晕倒在电梯里了。是小谢叫了人把我送到社区医院。后来再见到她，就想感谢一下她。可她却说不用，这是她应该做的。说了几次她就随口说了一句，大爷你要是想感谢我，就常去我工作的地方消费吧。她随口那么一说，我却当真了。我问她工作的地点，她告诉我了。我一听是那个地方，就有些犹豫。犹豫了几天，又见到她，我便有些愧对姑娘，自责自己的失信。"他喘口气，转头问我，"你去过歌厅吗？”

我正听得入神，被他这一问，有些蒙，“去过，去过。不常去。”

“我是真的犹豫不决，我在‘美好时光’歌厅外面徘徊过几个晚上，最后还是被小谢拉了进去。看到了站在门口树下的我，她说，‘大爷你还真来照顾我生意啊’。我就这样稀里糊涂随她进了歌厅。”袁老师复述当时的场景时，表情自然沉静，没有丝毫的懊悔，“小谢把我领到一间屋子里，给我倒杯柠檬水，让我等一会儿。过了好半天她才过来，已经换了很特别的那种服装，她看我盯着她的服装看，表情不自然，就解释说，这是工作服，你要是不习惯我就换过来。我连连摆手说不必了，不必了。她点了一些水果、瓜子、花生，还有酒。然后她就开始唱歌、喝酒，和我聊天。我不会唱歌，我只听她唱，只看她喝，我只是陪她聊天，吃少量的瓜子和水果。这一聊天我才知道，平常看上去无忧无虑的小谢，内心却是伤痕累累。她父母都因为患病失去了劳动能力，一个弟弟患有白血病，家庭重担都压在她身上，多可怜啊！”

“您是可怜她才经常去她那儿消费的？”我问袁老师。

“也不都是。”袁老师想了想，“我觉得这是件有意义的事，虽然我不喜欢那个地方，不喜欢那里的氛围、味道，那里的一切，人们脸上流露出来的表情、声音，都不喜欢。我只是在那里和她聊聊天，可我心里感到很踏实，很平静，也很满足。我和她无话不谈，我向她讲以前的荣耀与辉煌、我经历的种种事情，她听得津津有味。她给我诉说她的苦难、家庭的重担，我听得黯然神伤。”

我张了张嘴，想告诉他说，那个小谢的说辞也许并不可信，或者只是一个善意的谎言。可看着他脸上满足的表情，我还是暂时打消了这个念头。一直专注地听他讲，丝毫没有留意时间快速地向黄昏逼近。印在地上的我和袁老师的身影都已经模糊不清了，夕阳很无奈地飘在天际，有一抹灰红色。我打了个快车，把袁老师送回家。独自坐车回家的我，竟有些怅然若失。

我打电话给袁明晨，诚实地告诉她："我没有说出口。"我把袁老师告诉我的故事全盘都讲给她听，电话那头儿的她沉默良久，然后说："我从来没听他讲过。"

"也许你就没有问过。我觉得他内心是孤独的，需要别人去理解他。"我并没有指责袁明晨。

袁明晨愤怒地说："那个叫小谢的姑娘肯定是骗他的。"

"我们不能就此推断她在给袁老师设一个局。"我说，"我们试着去理解袁老师吧。慢慢来，袁老师有自己的判断，他不是一个脑子已经糊涂的老年人。"

袁明晨并没有放松内心的紧张，去找了小谢。她不屑于去歌厅，而是直接在父亲的楼下等着小谢。在认错了几个人后，她终于面对小谢了。"一看她的样子就不是正经人。"袁明晨在向我转述那天的经过时依然愤愤不平，"打扮得妖里妖气的，直觉告诉我就得远离这种人，真不知道我爸怎么会信她的话。"袁明晨与小谢的当面对质并没有取得一个好的结果，她的情绪决定了谈话的走向，她指责小谢骗取一个老人善良的信任。小谢反唇相讥，说她并没有强迫袁老师做任何事，一切都是他自觉自愿的。两人不欢而散。袁明晨无人倾诉，只好跑到我这里，狠狠地哭了一通。

以后的日子，生活依旧。袁老师依旧出入于"美好时光"歌厅，与小谢谈天说地，互诉衷肠。他也时不时地来找我，塞给我一个大大的纸袋子，从我这里得到一些卖字的钱，以支撑他在歌厅的消费。我几乎把我额外得到的讲课费、稿费、评审费都给了袁老师。我安慰妻子肖燕，我能有今天，还不是多亏袁老师提携。袁明晨也依旧在羞辱、悲愤之中挣扎，并喋喋不休地向我诉说。她无法阻止自己的父亲，也无法阻止我以卖字的名义给袁老师钱。

袁老师在我面前不时流露出想办个个人书法展的念头。他没有明白无误地说，只是侧面地说起谁谁谁办了个人画展、书法展，那艳羡的表情说明了一切。他似乎在等着我接住他的话。可我始终没有敢去碰他这个硬骨头的念头。

转眼间就到了冬天，下第一场雪那天的晚上，我接到了袁明晨的电话。赶到医院时，袁老师已经在急诊室里抢救，除了袁明晨，她丈夫孩子，还有一个陌生的姑娘。袁明晨抑制着自己的悲伤，把我拉到一边，偷偷告诉我，那就是小谢，是她从歌厅里把父亲送到这里的。她提醒我，不要在她丈夫孩子面前说小谢是干什么的，她的真实身份只是父亲的一个邻居。她说得也对，我没必要为此而羞愧。据袁明晨说，袁老师早就知道自己得了不治之症，可他没有对任何人说。袁明晨啜泣着说："他也许是不想让我们承受任何一点儿痛苦，所有的痛苦都是他一个人在扛。"

我没有和小谢说话。她离我们稍远些，在角落里，好像在吸烟。偶尔向她那儿瞟一眼，似乎她缩着肩膀，不太清晰的烟雾在黑发间缭绕。我们的注意力都集中在急诊室的那扇门，没有人注意她是什么时候悄悄离开的。医院走廊里灯光明亮，并不能遮掩住医院外面漆黑的夜晚。

袁老师坚持了两天，他的生命在那个大雪纷飞的冬天里凋零了。袁明晨是最痛苦的那个人，对她来说，几乎是天塌了下来。她把所有的委屈与不可言明的羞辱都化成了无尽的悲伤的泪水。令她始终无法释怀的是，父亲为什么会选择那样一种方式来告别自己的人生。“他为什么不相信自己的家人？不相信我？”她反复地问我，我也答不上来。任何去揣测袁老师想法的努力都是徒劳，在那个特别漫长的冬季里，袁明晨迟迟不能走出父亲离世带给她的沉重打击，父亲的形象在她脑子里，比以前更复杂，更含混不清。对父亲行为的愤懑、幽怨、迷茫与不解，交织在一起，给她的精神状态又增添了浓浓的暗色。她焦躁，多疑，神情恍惚。

葬礼之后，我颓然坐在办公室里，突然意识到我坐的那把椅子就是袁老师的，我用的桌子也是他曾经用过的，这个屋子，这个十八平方米的办公室，是袁老师待过十年的地方。我感觉他在看着我，我感觉到了他殷切的目光。我想，也许真的应该替老师张罗一个像样的书法展了。我站起来，走到书柜前，从书柜里把袁老师送过来的书法作品拿出来。那些纸袋子都落了灰，我从来没有打开过它们。没想到，写过字的宣纸有那么多，它们放到我办公桌上，厚厚的一摞，散发着浓烈的纸张味和墨汁味。一张张地打开来，我震惊了。袁老师几乎把他所有的作品都送给了我，上面的日期持续了大约十年，从他退休到现在。每一张上都明确地标明着是哪一年哪一天的哪个时刻。而每一张宣纸上的书法都仅有四个字——宁静致远，十年时间他都在重复地写这四个字。我按着时间顺序看下来，这很像是袁老师退休以后所有的生活：开始那四个字是忐忑的、紧张的，字形字体都歪歪斜斜的，探头探脑；之后的字变得一板一眼，规矩工整，却看上去拘谨而严肃；

最后竟也大开大合，变得自如洒脱，笔力遒劲，笔锋险峻。说真的，留在我印象中的袁老师的字仍然是他刚开始学习阶段的那些字，像是拱在宣纸堆里的几只虫子，之后我都忘记了他是不是让我看过他的毛笔字。但我顽固地以为，袁老师不具备写字的基本素质，充其量只是一个退休后的爱好而已。为什么我没有发现他的书法在进步？为什么他一直在不厌其烦地重复这四个字？

我拨通了袁明晨的电话，“你知道袁老师都写了什么字吗？”

仍在不解与怨恨中不能自拔的袁明晨沉默着，或许她在从记忆的点滴中打捞可能的印记。很可惜，她的脑子里一片空白，她无助地说：“不知道。”

我说：“我告诉你，十年来，他只写了四个字。”

“哪四个字？”

“宁静致远。”

袁明晨用悲伤的腔调说：“噢，知道了。”

删　　除

他们身着便装，态度和蔼。这让董仙生稍稍放松了戒心，却仍然对他们的突然到访，心存不安。他说："我从来没想到，会和你们打交道。"

两人都很年轻，三十岁左右，一男一女。男的姓梁，女的姓于。小梁说："这就是我们和您的区别。在我们眼里，每个人都有可能成为我们调查的对象。"

小于说："您别紧张，只是找您了解一些情况。"

董仙生故作镇静，说："我不紧张，我又没犯法。"

"是这样，前天在五洲大厦发生了一起命案。"小于说，"您别紧张，真的不用那么紧张。现在还无法确定是自杀还是他杀。死的是一个中年男子，五十岁，叫徐德文。"

小于在介绍案情的时候，小梁一直在观察着董仙生的表情变化。当提到死者的名字时，董仙生没有任何反应。小梁便问："这个人您不熟悉吗？"

董仙生摇摇头，"不知道是谁。从来没听说过。"

小于说："他可认识您。"

董仙生眉头紧锁，"怎么可能？我可一点儿印象都没有，你们一定是搞错了。"

小于诚恳地说："没有搞错，是真的，我们查阅了他所有的通话记录和短信记录。他单身，几乎没有亲人。说实话，他生活的范围很窄，通话记录和短信记录很简单、很少。由此可以猜测出，他是个内向而不善交际的人。我们整理后发现，他每年元旦这天都会给您发一条短信，问候您新年快乐，持续了有十年。当然您也从来没有回复过。他每年都问候您，而没有如此殷勤地问候别人，那肯定是和您特别熟悉的人。所以我们想通过您了解一下徐德文这个人。"

董仙生大吃一惊，"你们说的是真的吗？"他掏出手机，翻看着。令他感到震惊的是，手机联系人里居然真的有徐德文这个人，短信中也保留着今年元旦早晨八点的记录："新年快乐！"他没有回复。他摇摇头苦涩地笑着说："我真的忘记他是谁了。我想，我之所以没有回复他，就是因为我不知道这个人是谁。"

"可他每年都问候您？"小梁说。

董仙生无言以对，停顿片刻才说："我也搞不懂。你们想要从我这里了解这个人，恐怕让你们失望了。无论如何，我也想不起来这个人是谁。你们总不能让我随便编一个假信息吧，对你们，对我，都没有什么意义。"

两位年轻的警察失望而归。呆坐在办公室的董仙生，眼看着屋内的光线暗淡下来，黑暗包围着他。他陷入深思，他的手机里怎么会有徐德文的号码，而这个陌生人又为什么如此执着地问候他。直到电话声响起，他才陡然意识到，黄昏已过，夜晚如此真切，而黑暗并没有打消他的疑惑。电话是妻子肖燕打来的，问他怎么还不回家。他问肖燕："徐德文是谁？"

肖燕被他问愣了，"是谁呀？"

他说："我也不知道。"

没有人知道徐德文。那几日，这个名字始终萦绕在他的脑海中，他每天都要打开手机联系人，找到徐德文，盯着那个名字看，越看越让他后背发凉，越让他感到恐惧。在翻找徐德文名字时，他才震惊地发现，自己的手机电话本有一千二百多人，重新审视那些人的名字，竟然有一多半都想不起来他们的模样，想不起来他们的职业。他出了一身冷汗，这些从来没有联系过的人，会不会成为另一个徐德文？这些陌生人是他手机里潜藏的一份危险。这让他很不安，于是他开始给那些从来没有联系过的人一一打电话，以便确定他们到底是谁，确定他们还有没有必要继续留在自己的手机里，继续留存着一份随时可能爆发的危机。

有些人也早已经忘记了他。这些人对他来说是一个福星，他毫不犹豫地把对方从电话本里删除。而那些似熟非熟的人，却令他犯了难。方丹就是其中之一。

这是个陌生的名字，甚至他不清楚是男是女。电话里十分嘈杂，对方的声音很大，像是处在一个人声鼎沸的商场之中。是个女的，她激动万分，大声说："我从来没有想到会有这一天。"

这令董仙生感到十分疑惑，"你说什么？"他的声音随之也大了，像是他自己也处在那样的一个杂乱的环境之中。

对方更换了多处地点，但通话的环境始终无法改善，她有些语无伦次，但大体上董仙生还是理出了头绪，原来这个叫方丹的女人是他的小学同学。他依稀记得多年前，有一次回邯郸时，与一帮小学同学有个聚会，人很多很乱，他回忆不起来方丹的模样，也许就是那次乱哄哄的聚会，他们互留了电话。方丹仍在喋喋不休，感谢他给她打电话，感谢他在她人生的低谷给她打来一个振奋人心的电话。其实董仙生什么也没有说，他打去电话的唯一目的就是想确认一下，她是谁，还值不值得留在自己的电话本里。

当他终于下决心挂断了电话后，那嘈杂的声音仿佛还在。他没有拿定主意要不要把她从电话本里删掉，犹豫了片刻开始打下一个电话。

他很快就忘记了方丹，就像忘记了打过电话的其他人一样。他们暂时浮现在他脑海中的形象，很快就沉入了记忆深处，只不过，他得到了片刻安全的安慰。意想不到的是半个月之后，方丹竟然不期而至。

没有任何征兆，周一上午十点，方丹突然敲门走进了董仙生的办公室。董仙生一时想不起这个不速之客是谁，中年女人笑容可掬，主动伸出手来自我介绍，“不认识我了？我是方丹。”

茫然显露在董仙生的脸上，他惊讶地看着伸过来的手，竟有些手足无措。

方丹说：“怎么，不欢迎我啊？”

董仙生急忙给自己找台阶，“哪里哪里，我只是感到幸福来得有点儿突然。”

“我到石家庄办点儿事，顺路来看看你。”方丹没有电话里那般拘谨和语无伦次，显得落落大方。

方丹坐下来和他聊天，并没有说她此来的目的。她说的最多的就是他们共同的那些同学，而大多数人，董仙生都已经忘记了。他有些不好意思地说：“我都忘了他了。”

方丹善解人意地说：“你上大学就离开邯郸了，不在一个城市，见面少，联系少，你当然就想不起他了。”

在董仙生来看，早已不再熟悉的小学同学方丹是一个善解人意的人，她分寸掌握得很好，令他感觉自在而舒服。她也没有说她现在做什么工作。后来她提到了一个人，像是言谈中突然想起来一样，提醒董仙生：“在石家庄，还有一个咱们小学同学。”

董仙生说：“我知道。”

“你们常联系吗？”方丹随意地问。

“不经常，有时候在酒场上会碰到，都不是刻意的。算是不期而遇。”董仙生回忆说。

“他一定特别忙。”方丹是一个能从对方的立场考虑的人，在董仙生看来，这是一个难得的好品质。

董仙生说：“我想是的。所以我很少去打搅他。”

“但是见见老同学总是有时间的吧？”方丹试探地看着他。

“那应该不成问题吧。你大老远来的。”董仙生不假思索地说。

方丹脸上露出一丝的兴奋，满怀期待地说：“那你联系一下他，我请客，一起吃个饭。”

董仙生笑着说：“哪儿用得着你请客。你不用管，我来。”

在董仙生的办公室，方丹全神贯注地看着董仙生给老同学发了短信。等待的时间有些漫长，一直没有等到回音，他们有一搭没一搭地聊着天，都有些言不及义。眼看着到了中午，董仙生带着方丹在单位附近吃面，而方丹抢先付了钱。董仙生觉得在饭馆里两人拉拉扯扯地争着付钱有失体面，便随了她。两人一边吃饭一边闲聊，其实是等着短信。

“平时都这样吗？”方丹忧心而直爽地问。

董仙生愣了一下，“怎么会呢，毕竟，我们还是同学，这一点是不能更改的。他是看重我们之间的同学情谊的。”

方丹长长地舒了口气，眼睛不停地看着他的手机，仿佛能看到手机的响声。

吃完面，期待的短信仍然没有到来。方丹说：“要不，你再给他发个短信？”

董仙生说：“不用了吧。他一定会回的。”

“或者，”方丹又用商量的口吻说，“你给他直接打个电话？”

董仙生犹豫了一下，还是拿起手机，拨通了电话。方丹盯着他，他感觉方丹能听到手机里长时间的等待提示音，脸上有些发烧。过了会儿，他挂断了电话，摇了摇头，“没有人接，我估计肯定是在开会，或者有其他重要的事情。你也知道，领导们日理万机。他手机里肯定存着我的电话号码，他知道我是谁。”言外之意，他的电话是不会被拒接的。

他们走出饭馆，不知道要去哪里。方丹建议去西清公园走走，董仙生默许了。他们边走边百无聊赖地闲扯。董仙生问方丹：“你有多久没见他了？”

方丹心里默算了会儿说：“三十八年。小学毕业后我就没见过他。”

这时候电话响了。董仙生看了看她，急忙接通，“是的，是我。

我们的小学同学方丹来了，我们晚上一起吃个饭吧。”

董仙生在耐心地听。方丹攥着拳头，略显紧张。

“是的，她吃完晚饭就回邯郸了。”董仙生说。

“是的。”董仙生说。

“好的，好的。”董仙生说。

他挂断电话。方丹忐忑地问：“约上了吗？”

董仙生轻松地笑了，略显一丝得意，“当然。”

方丹又长出一口气。她说：“我不耽误你时间了，饭店我早就订好了，我发给你，你发给他。我们晚上六点，不见不散。”说完，也不等董仙生表态，就轻盈地转身离开了。

董仙生盯着她的背影，突然意识到，她好像不是专程来看望自己的。他摇摇头，解嘲地笑笑，不管什么原因，同学相逢总是令人感动的。

推掉了早就约好的一个饭局，董仙生早早地就来到了饭店。方丹比他到得更早。她换了一件外衣，雅致而不失艳丽。他说：“我都忘了你小学时的样子。”

方丹笑着说：“那不重要。我也不记得你的样子。可我们记得现在的样子。”

董仙生也跟着笑了，“对，记着现在就好。”

两人可谈的内容并不多，毕竟，将近四十年的时间，已经使他们成为路人，成为彼此都不熟悉的陌生人。所以两人聊着聊着就无话可说了，时间便凝固住了，两人都觉得尴尬。他们都不约而同地看手机上的时间，都在拼命找个话题能维持住这个令人有些压抑的场面。董仙生突然想到了跳楼的那个人，于是他把那件事绘声绘色地说给方丹听。方丹有些心不在焉，所以听得并不认真，她不停地问他已经讲过的内容，而且会问些莫名其妙的问题，她问："为啥他要跳楼呢？"

董仙生一愣，他并没有给她讲那个叫徐德文的人为什么跳楼，只是在向方丹陈述这个发生的事实。他说："我也不知道。也许是他自愿的，也许他是被人推下去的。这都说不好。"

"要是那样得有多惨。"方丹说。

"谁说不是呢？"董仙生回答。

"那个楼高不高啊？"方丹问。

董仙生一时没搞清楚她在问什么，"哪个楼？"

方丹说："当然是他跳的那个楼。"

董仙生想了想，"还是挺高的，大概得三十多层吧。"

她还会问："警察为啥找上你？"

董仙生只得又重新解释说："因为徐德文给我发过短信问候我。每年的元旦这天，他都会给我发一条短信，前后持续了十年。"

"时间可够长的。"

"谁说不是呢？"董仙生回答。

"那你到底认识不认识他？"她问。

董仙生觉得她的腔调与警察的几乎一样，"我也不知道，或许见过，或许只是见过一面，或许根本就不认识。"

方丹显得有点儿紧张，"那你说，他还认识我吗？"

"谁呀？"董仙生没明白过来。

"他呀，老同学。"

董仙生说："这是两码事。当然会认识你，虽然这么多年没见过了，但是共同拥有的岁月是无法改变的。”

直到晚上七点四十分，他们等待的人也没有现身。在方丹的催促下，董仙生第三次打电话询问。对方用很小的声音说，正在开会，无法脱身。董仙生说：“他建议我们改天再聚，因为他无法预测会议要开到几点。”他补充道，“一定是个重要的会议，不然，我约他，他从来都是很准时的。”

失落的方丹并没有完全放弃机会，她说：“要不我们边吃边等他？”

吃饭肯定索然无味。董仙生觉得这是一场毫无意义的饭局，而方丹的心思完全在没有到场的那一位身上。董仙生后悔推掉原定的那场酒宴，今天晚上如果去那里，好歹能让过剩的酒精兴奋一下自己。

九点，等待已经没有结局。执着的方丹也放弃了。她甚至放弃了回邯郸的打算。她说，既然来一趟，干脆就不要留任何的遗憾，要等着和老同学见上一面。董仙生打车把她送到酒店。他百思不得其解：为什么她非要见他。

第二天，方丹早早地就订好了饭店，给董仙生打电话，让他约对方。董仙生打过去，周强接了电话，上来就为昨天的爽约而连声道歉。董仙生说：“我没关系的。我们什么时候见面都可以。可是她大老远来的，她是真想见见你。”

周强爽快地答应了，而且强调说：“老董，小学同学，多遥远而美好的回忆呀。就是有天大的事儿，我也要见的。你安排吧。”

方丹的担忧完全没有必要，周强如约而至，他笑容可掬，像是昨天才和她见过一样，上来就给了她一个大大的拥抱，然后说了句暖心窝子的话："没变，你还是小时候的模样，就是比小时候更漂亮了。"董仙生看着这一幕，想起自己见到方丹时的一脸茫然，真的由衷地佩服起周强随机应变的能力和水平，怪不得他能当这么大的官。

那天晚上的气氛很活跃，周强说出了许多小学同学的名字，说起他们当年的一些趣事，甚至是一些调皮捣蛋的事。这着实令董仙生和方丹惊讶万分。他超强的记忆力令人惊叹。甚至他还说出了方丹在操场上练习翻跟头的情节，说得栩栩如生，仿佛昨日。方丹眼睛湿润了，脸上挂着羞涩。董仙生是丝毫想不起有过这样的场景，而方丹的表现却让他也不得不确凿地相信，三十多年前，在胜利街小学的操场上，有个叫方丹的小姑娘天天在那里练习翻漂亮的空翻。她上下翻飞，如同燕子一样矫健轻盈。

但是周强待的时间并不长，半个多小时的时间已经足够把他们遥远的记忆寻找回来，把他们的距离拉近。周强和方丹互相留了电话、微信，然后匆匆地赶往下一个酒场。临走，他又和方丹热烈地拥抱，并叮嘱她，一定要常来，来了一定要给他打电话。方丹感动地说："好好好，就怕你烦我呀。"

周强说："怎么可能？我求之不得。"

看着饭店包间的门，方丹仿佛还沉浸在刚才周强带给她的喜悦和感动中，她说："他真好。"

留下来的两个人再叙旧已经失去了意义。董仙生提议他们也好聚好散，他问方丹什么时候回邯郸。方丹说，现在。他把她送到了车站，然后挥手告别。在送站口昏暗的光线中，他记住了她告别时满意而兴奋的表情。

这是一次温暖而令人难忘的聚会。在接下来的几天内，它可以把董仙生带回到天真无邪的童年，短暂地抛弃眼前的种种烦恼。所以，一度他感觉到，从手机潜伏的那些号码中，还是能够找回一些美好的东西的，它们不光是潜伏着危机，同时也孕育着希望，孕育着温暖与感动。这给了他些许信心。他接着从手机电话本中寻找那些僵尸号码。此时，想要删除多余号码的想法似乎已经退居到第二位，意识深处竟然有点儿想要寻找抚慰的念头。然而事实再次重重地打击了他，他几乎没有找到温暖和安慰，更多的是一些失落、感伤。他知道了一个叫黄东君的人已经进了监狱，一个叫宋娜的人已经移居加拿大，一个叫马明扬的人正在为自己的职称而烦恼，一个叫王宇宙的人已经瘫痪在床，一个叫童庆祝的人对所有人充满着仇恨，一个叫黄辰的人得了不治之症……他发现，那些看似差不多的号码背后是一个个不同的人生，而那些千差万别的人生，让他抬头看到的窗外风景，每时每刻，似乎都有着别样的感觉。

方丹开始往来于两地之间，邯郸与石家庄，一百六十多公里的路程，在高铁的帮助下，就像是一个城市的两个方位。她一来，就让董仙生约周强吃饭。有时候能够约到，大多数情况是无法约成的，毕竟周强比他们每个人都忙，是可以谅解的。即使约到了周强，每一次，周强都是点个卯，喝两杯酒就匆匆地赶往下一个酒局。这样的局面大约延续了半年。直到有一天，董仙生接到了周强的电话。

周强的口气听上去并不愉快，有些生硬，“如果方丹再约我们吃饭。你就替我推了，编任何理由都行。天天开会，哪有时间见她呀。”

他没给出任何理由，为什么不想和方丹见面。董仙生也不便多问，他只好说：“好的。”

和周强通话后没多久，方丹便打来了电话，说她明天来石家庄，他们三人一起吃个饭。

董仙生其实还没想好怎么拒绝她，可是却张口说道：“你别来了。周强出差了，可能要挺长时间的。”

方丹的语气里透着失落，说道：“好吧。”

她失落的情绪瞬间感染了董仙生，突然间感到了羞愧，他忐忑地问她：“你是不是遇到了什么困难？想请他帮忙？”

方丹略微犹豫了一下，便立刻否认：“不，没有。”

董仙生无法再追问下去，他知道，每个人内心的隐私是脆弱的，自尊也是强大的。他安慰方丹：“他真的很忙。我见他一面都很难，他现在的社会地位，不是由他自己说了算的。”

“我知道，我理解。”方丹的声音变小了，“好的，谢谢你呀。那我明天就不过去了，但是你要是回邯郸，一定要给我说一声，一定啊。”

在随后的一个月之内，方丹来过石家庄两次，她都没有提前打招呼就兴冲冲地出现在董仙生面前。每次都以来看董仙生的名义，顺带请董仙生约周强。而每一次董仙生都经过激烈的思想斗争之后，替周强找出各种借口，开会或者学习之类，回绝了方丹。他看着方丹眼神中一闪而逝的失望，就有点儿自己做错了事的感觉，非常内疚。他也屡屡尝试着想要打开方丹的内心世界，让她敞开心扉，可方丹总是笑呵呵地顾左右而言他。

之后很长时间，方丹再没有消息，董仙生隐隐地有些不安。在一次全省大会结束后，他急忙跑到主席台前，等着周强从主席台上下来，和他友好地打个招呼。周强拍拍他的肩膀，笑意盎然地问他最近有什么大作出版，埋怨不给他送一本。周强说：“你别忘了，我也是个爱读书的人。”董仙生说：“我的书不值一读。”两人说了几句无关紧要的玩笑话，董仙生便急着把话题引到方丹那里，他说：“方丹又和你联系了吗？”

周强说：“她再来，你们聚，就别叫我了呀。”

董仙生还想说什么，周强就拍拍他，去和其他人打招呼了。董仙生等了一会儿，见他没有要回过头来继续和自己聊天的意图，便放弃了，随着人流走出了会堂。

之后，董仙生与周强又零星地见过几面，大都是在开会期间，他坐在主席台下，而周强坐在主席台上。他们再没有说起过方丹，仿佛，方丹从来没有在他们习以为常的生活中出现过。

董仙生似乎也渐渐地忘记了方丹。直到有一天清晨，六点半，他接到了方丹的电话。那是在邯郸，他昨天晚上刚刚结束了在此地的一个讲座，今天上午要乘车返回。方丹怪罪他说，来了也不和她打声招呼，她想表达一下老同学的情谊都不给机会。不容分说，方丹果断地说，今天中午不能走啊，你不能不给我这机会啊。董仙生只好改签了下午的高铁，在宾馆里静候着方丹。

中午，方丹招呼了一帮同学，为董仙生送行。大部分人他都忘记了他们的姓名和模样。席间大家共同追忆儿时的时光，他发现，自己早就遗忘了的往事，却那么清晰地印在他们的脑子里。方丹活跃而兴奋，频频地与董仙生喝酒，并鼓动其他人敬他酒。董仙生本来酒量就不大，那天喝多了，身体有些飘，所以后来坐上去火车站的轿车时，他竟然一时叫不上送站的同学的名字。

同学微胖，憨厚地说："我叫王军，小学时我们一起去滏阳河游过泳。"

"嗯。"董仙生说。

王军没喝酒，快到火车站时，一路上都少言寡语的他突然说："是我们鼓动方丹去找周强的。"

董仙生脑子昏昏沉沉，反应了一会儿才问："为什么呀？"

王军停顿片刻，说："我想她一定没有给你说。她是个特别要强的人，如果不是遇到解决不了的困难，她是不会听我们的劝告去找周强的。"

董仙生一头雾水，刚要问仔细时，车已经到站。王军最后叮嘱我说："我们都见不到周强，你要是能帮上忙，一定得替方丹说说好话呀。"

这是唯一的一次能够接近方丹真实目的的机会，可是它在董仙生迟钝的意识中，瞬间就消失了。等回到石家庄，睡了一夜，他才意识到，自己错过了一些什么。他急忙拿过手机，在手机电话本里翻找王军的号码。手机里有两个王军，一个是石家庄的，一个是广西的，显然，从来没有存过他的小学同学王军的号码，这是个早被他遗忘的人。他只好给方丹打过去电话。令他惊讶的是，方丹的电话号码已经停机，明明他们昨天才与她通过电话，她热情的声音如今还回荡在他的脑海中，怎么可能这么巧她的手机就停机了。他隐隐感觉哪里有些问题，可是又想不明白。他只好求救于手机的电话联系人。一千多个电话号码，他想不起来哪个有可能会与方丹有关系，能够知道方丹新的电话号码。最后他的目光停留在周强的名字上。他犹豫片刻，还是打了过去。

“老董，有事吗？”周强问。

董仙生迟疑了片刻，“我找不到方丹了。”

“方丹是谁啊？”周强漫不经心地问。

董仙生愣了，周强事务繁忙，一时想不起来倒情有可原。“我们的小学同学啊，前一段我们还经常在一起吃饭。”

周强似乎是突然想起来，“噢，对，似乎有这么个人。怎么了，她怎么了？”

“她好像失踪了。”董仙生忧心忡忡地说。

周强轻描淡写地说：“她和你有什么重要关系吗？”

董仙生略做沉思，然后说：“那倒也没什么关系。”

周强宽慰他：“兄弟，别自寻烦恼了，我们这个年纪的人，还是不要给自己增加不必要的负担了，有空闲时间了，去打打球、散散步，出门旅游。要不我给你安排一下吧，浙江有个好朋友，一直邀请我去，说他那里山清水秀，空气怡人。我给他说一下，你去那儿散散心吧。”

董仙生感觉这话不大自在，好像是他自己出了什么毛病，需要去风景秀丽的地方缓解一下。他态度生硬地说：“我不去，我又没病。”

如同周强所说的那样，方丹的消失与他们的生活并没有太大的关系，她彻底从他们的生活半径之中失去了踪影。这像是生活的常态，就是董仙生和周强，也并不是经常能够见到，他们就像是奔跑在两个不同场地中一样。直到一年之后，方丹的名字才重新被提起。

深秋的一天，接到电话的董仙生匆匆赶到医院时，已经是傍晚时分，躺在病床上的周强完全没有了主席台上的风光，他神情恍惚，气若游丝。这是他脑出血手术后的第十天，他让妻子把董仙生叫来。一路上，董仙生都在不安地想，平时看着身体强壮的周强怎么会突遭厄运。周强看到他，眼珠转了转，泪水溢满了眼眶。周强摊开的手软绵绵的，董仙生几乎感觉不到一丝力气。周强的意识已经恢复，他请董仙生去找个人。

董仙生问："谁啊？"

"同学，"周强说话有些困难，"忘了叫啥。"

董仙生提了几个名字，周强都闭一下眼，否定了。他似乎也在努力想那个人是谁，脸憋得红红的，可就是想不起那人叫什么。

董仙生求助地看着周强妻子，她也摇摇头，悲伤地说："也不知道是怎么了，为什么那个人如此重要。"

"吃饭……"周强想到了与那人有关联的一件事，他用手指指自己和董仙生。

"方丹？"此时，这个久违的名字也才突然地冒出来，仿佛，那是很久以前的一个人，他都忘记了她的容颜。

周强强做出一丝欢颜，兴奋地眨眨眼。

看着周强请求的目光，那份渴望，那份期待，董仙生无法拒绝。他答应周强一定会找到方丹。

要找到方丹，可不是他答应的那么容易。他专程跑了几趟邯郸，没有人能够告诉他，方丹究竟在哪里，或者去了哪里，她就像许久之前的一件往事，在董仙生熟悉的那些人的记忆中，已经人间蒸发了。

有些人想找找不到，而有些人，并不想见却偏偏遇到了。董仙生在公园里散步，这是他唯一的锻炼身体的方式。听到有人叫他“董老师”，他停下来，侧对面站着一个身穿警察制服的年轻女子，在对着他笑。董仙生问：“是叫我吗？”女警察说：“您不记得我了，我是派出所的小于。去年找您了解过情况。”

董仙生拍拍脑门，“想起来了，对了，那个案子后来怎样了？查出他是自杀还是他杀？”

警察小于说：“查清楚了，自杀。他有严重的抑郁症。对了董老师，后来您想起来是怎么认识他的吗？”

董仙生皱着眉，“没有，到现在我也想不起来。我早就把他从我手机里删除了。”

小于说：“删除掉好。因为他也不可能给您发短信了。”

看着小于的背影，他想，要是方丹能这么巧遇到该多好。

正当他一筹莫展之时，有一天接到了一个陌生的电话。电话里的声音也很陌生，“我是王军。”

“哪个王军？”董仙生一脸茫然。

“小学同学，”对方说，“我听说你在找方丹？”

董仙生立即愁眉舒展，急迫地说：“是王军呀，方丹在哪里？”

“在她该在的地方。”王军平静地说。

方丹并没有离开过她生活的城市，只是，她躲开了其他人的目光。在王军的引领下，他们来到了郊外一处非常偏僻的小区，王军说：“12 栋 2 单元 7 号。”

“你不一起上去吗？”董仙生诧异地问。

“不，她不想看到太多的熟人。”王军说。

董仙生下了车，问车内的王军：“你为什么帮我？”

王军叹口气说：“我想让她不再悲伤。”

董仙生揣测不出王军的真实想法，站在方丹家门口时，他能够清楚自己此时忐忑不安的内心感受。他无法预知自己这次相邀的结局。他知道，等待他的也许是失望。

方丹的家简朴、整洁。方丹对董仙生的到来还是感到意外，她说：“我没想到你们还记得我。”

“没有人忘记你。”董仙生说了句言不由衷的话，然后补充道，“你还记得周强吗？他想见你。”

方丹紧咬着嘴唇，把嘴唇咬成了紫色。

董仙生说：“他病了，很严重，是突发的，脑出血。他的头脑还清醒，但他的政治生命可能就此结束了，这对一个那么热爱工作的人来说，是致命的打击。他现在最想见的人是你。”

方丹问：“为什么？”

董仙生被问愣了，他没有问过周强为什么。他愣了会儿，为了缓解尴尬，解嘲地说：“也许他只想表达一下歉意。”

“我从来没有怨恨过谁。他也没做过对不起我的事呀。”方丹说。

董仙生想了想，“或者，他只是想见你一面。我也不知道，我只是来完成他的请托。”

她低下了头，泪水奔涌而出。

这让董仙生始料不及，他连忙说：“如果你不想去，不勉强。”

等她抬起头时，用纸巾擦了擦挂在脸上的泪水，挤出一丝笑容，

“对不起，我想起了另外一个人。”

董仙生没有问她想到的那个人是谁。他沉默着，等待着她的回答。他已经意识到，这会是一个不出意外的拒绝。

五分钟，他们都没有说话。当时间在猜疑中度过时，显得悠长而紧张。时间像是一个影子，越来越重地压在董仙生的心头。

她站了起来，长舒了口气，“我跟你去见他。”

这是个意外的结果，董仙生喜出望外。坐在王军的车里，董仙生由衷地说：“谢谢你。”

“不必了。我知道，当一个人面对困境时，有多么煎熬和绝望。”她忧伤地说。

汽车载着他们，一直向北，向着方丹并不熟悉的那个城市奔去。他们都不知道，周强要对她说什么。

嘀　嗒

周一上午十点，开了简单的碰头会后，我们陆续离开了单位。这个时间的石家庄街头相对没有那么拥挤，来往的人们也相对从容。从单位作鸟兽散的我们，随意地安排着余下的时间。回头还能看到单位大楼的尖顶，在灰暗的天空下，没有一点儿生机，就像一只耷拉着脑袋无精打采的麻雀。这时候手机响了一声，大家都看到了微信群里的通知。通知是小宋发的。他没有随我们一起出来，总是喜欢待在单位里，上上网，打打游戏，等着所长的指令。微信通知，让大家火速赶回所里，有重要事情，谢绝请假。

重新回到所里，大家的脸色都不好看。这是非正常的召回。

老江夸张地抱怨，他的猫在家里没有人照顾，眼巴巴等着他回去，脑子里都能听到它的哀嚎。

小毛吊着脸，说："什么事啊？还不开会一起说，又折腾我们，还让不让人活？我刚和理发师约了去染发。"小毛年纪轻轻，据说有严重的少白头，可我们谁也没见过她头发花白的真容。

老黄表现出了与他年龄相称的沉着，让大家少安毋躁，听所长的。

所长董仙生此时心神不宁，脸色比大家都难看。他并没有急于说明让大家回来的原因，而是从抽屉里拿出钥匙，交给小宋，让他去把铁闸门锁上。

小宋出去时，我们都还没有意识到将要发生什么，直到拉动铁闸门的声音和大门落锁的声音传过来，我们才陡然慌了，那声音我们十分陌生，只有所长董仙生和小宋比较熟悉。我们所占据七楼的整个右半边，靠近电梯口，有一扇推拉的铁闸门，把我们和其他部门隔开。平时，因为我们都不来单位办公，只有所长与小宋常在单位，所以我们几乎忘记了铁闸门滑动、锁门的声音。我立即觉得裸露在外的肌肉发紧。老黄的额头渗出了汗珠。老江双拳紧握。小毛惊讶地看看这个又看看那个。

等小宋回到所长办公室，各就各位，所长董仙生才严肃地说："把大家请回来，是因为刚刚发生了一件事儿。"他顿了顿，目光从一个人脸上跳到另一个人脸上，看得我们心惊肉跳。"手稿丢了。"他万分沮丧地说，"就在我们开碰头会之前，我亲手把它放在我的办公桌上，开会的时候我的眼睛数次移动到手稿上。那个时候它是在桌子上的。开完会，我只是去了一下洗手间，等我回来时，楼道里静悄悄的，你们大都走了，只有小宋的办公室开着门。我能听到从他办公室传来的敲打键盘的声音。我坐到椅子上，下意识地看了眼办公桌，桌面上的手稿竟不翼而飞了。我脑袋嗡的一声，顿时感到，天塌了下来一样。"

我们面面相觑。大家都知道这部手稿的重要性。这是刚退休的院长的心血。据说院长写了三年，是他一生的一个总结。他把这么重要的手稿交给所长，让我们整理出版。那部手稿厚厚的，放在所长办公桌上，几乎能把所长的半张脸遮挡住。最近一段时间，我们看到的都是被院长的手稿遮住了半张脸的所长。所长把手稿打散，给我们每个人都分了一部分。老黄看的是院长对自己人生历程的追忆；老江看的是一些风花雪月的散文随笔；小毛看的是类似日记的东西；小宋看的是一些会议发言。只有他那部分几乎全是打印出来的。我看的是院长到世界各地的游记，惊讶地发现，院长竟然到过许多我从来没有听说过的地方。

大家看完了第一遍，然后汇总到了所长那里，还没有形成一个统一的意见。很显然，这是一部凝聚了院长一生心血的手稿，院长内心绵绵的期待可想而知。大家听完所长有些凄凉的原因介绍，便都默不作声了。我们各怀心思，虽然都感到了暴风雪来临前的不安，但我们内心的波澜肯定都不如所长。院长是董仙生的伯乐，发现并把他从工厂里调入，对他有知遇之恩。所以，这部院长亲自委托的手稿，对于所长董仙生来说，意义更加不一般。

为了缓解过于压抑的气氛，老黄率先打破了沉闷。“仙生，你不用过于焦虑，也许是院长派人把它拿走了，他可能想要增加一些内容。”

董仙生摇摇头，“怎么可能？他做事缜密，不可能的。不可能不和我打声招呼就拿走的。”

老江说：“或许是在你去洗手间期间，有外面的人偷偷进来拿走了。楼里经常有外人出入，你都不知道他们是干什么的，他们心里都想些什么。”

所长摇头，“他不拿手机，不拿钱包，拿手稿干什么？”

“所长，你把我们着急地叫回来，不只是要告诉我们这件事吧？”小毛说话向来都是直来直去，从不拐弯。

我们都把目光集中到所长董仙生的脸上。心里存着一个大大的疑问，对啊，把我们叫回来，手稿就能失而复得吗？

董仙生回避着我们的目光，说道:“也许，你们能给我出出主意，院长的手稿到底是怎么丢的？是谁拿走了？”

然后我们便开动脑筋，替所长分忧。我们的分析天马行空，不着边际。董仙生默默地听着我们的议论，当某个人在说话时，他的眼睛就停在那人的脸上。他的目光是空洞的，无神的。他的心思已经神游了。这充分说明了他内心的慌乱。

叽叽喳喳地各说各话，并无法提供任何有用的线索，所长董仙生办公桌上还是空空的，我们能看到他整张脸，发白的脸。后来老江打了个哈欠说，他必须走了，脑子里全是他那只折耳猫可怜兮兮的眼神。他站起来，其他人也站起来，跟着往外走。可是我们走到楼道里，来到铁闸门跟前，才猛然意识到，铁闸门是上了锁的，是被小宋锁住的。小毛尖声喊道：“小宋，小宋，快过来开门。你磨蹭什么啊！”

我们等了一会儿，却没看到小宋的身影，所长办公室里没有任何声音传出来。老江说：“小毛，你去叫他。”

小毛没动，“你怎么不去？我家里又没有折耳猫，只有我女儿等着我吃饭。不过，有我妈在呢，不用我做饭给她吃。”

老江叹息道：“唉，现在的年轻人啊！”

老黄二话没说，转身去拿钥匙，过了一会儿，便失落地返回，黑着脸说，小宋不给。

老江气鼓鼓地说："他凭什么不给？钥匙又不是他的，他算老几啊，他安的什么心啊。他是想把我们锁在这里呀。"

他最后这句话，点中了问题的核心，我们如大梦初醒，惊恐地睁大眼睛，看着彼此，这才意识到问题的严重性和迫切性。

我们几乎是同时转身，快步走回所长办公室。我们杂沓的脚步声充分表明了我们内心的惶恐和对不可测未来的茫然。小宋还坐在所长董仙生的办公室内，坐在原来的地方，玩着手机，眼皮都不抬一下，好像根本没有看到我们去而复返似的。董仙生也只是象征性地扫了我们一眼，便低下头看他眼前的书。没有人关心他在看什么书，或者他到底读进去没有，我们关心的是我们现在的处境，我们是不是被所长软禁起来了，直到他能找到那部手稿？这个萦绕在我们内心的疑问加剧了我们的愤怒。首先是老黄，他自称是我们所的元老，因为他大学毕业便分配到我们所，几十年来成绩平平，却也混到了研究员。他曾嘲笑小宋说："我刚到所里的时候你还穿开裆裤呢。"所以他有足够的资本首先发难。当他发怒的时候，他的语言并不连贯，"你你你……为啥不给……我们开门？"他的脸涨得通红。

小宋像没听到老黄的指责，仍然低头玩手机游戏。

老江附和道："对呀，你还想锁住我们不成，你这是犯罪懂不懂？任何人都没有这个权利，更别说你了。"

小宋头都没抬，眼睛就没离开过手机屏幕，只是挪了挪屁股，好让自己坐得更舒服些。

我尽量和颜悦色，"小宋，这不关你的事，你把钥匙拿出来，让我们自己把门打开。我们也不要你的钥匙。开了再还给你。"

小宋无动于衷，眉毛紧锁，被游戏中的进程吸引着。他像是把我们从他的大脑中屏蔽掉一样，当我们不存在。

小毛却控制不住自己的情绪，眼里含着泪说："从小到大，我都没受过这委屈。"她伸左手抓住了小宋的衣领，伸右手指着小宋，"小宋，你开不开门，你要是不开门我跟你拼了！"

衣领子的变化，让小宋感到了呼吸的改变，这才放下手中的手机，诧异地瞪着小毛。小宋平时少言寡语，能两个字说明白的话他从来不说十句。此时脸变白了说："松开！"

小毛上了倔劲，娇小的身体仿佛爆发出无穷的能量，柳眉倒竖，杏眼圆翻，手上加了劲，"我就不松开怎么样？你能把我怎么样？怎么样？"

"不松？"小宋追问。

"不松，我凭什么松开，你把我们关在这里是何用意？你给我钥匙我就松。钥匙是你家的呀，凭什么你霸着呀？"

小宋再不多言，挥手向上一扬。他这一挥手，凝聚了太多内心的不满，力大无比，立刻就挣脱了小毛紧攥的拳头。另一只手向外猛推。小毛的力量全用在手上，身体几乎是不设防的，在小宋排山倒海的推力作用下，她娇弱的身体轻飘飘地向后倒去。等我们都反应过来时，她已经摔在地上了。我们被她突然喷发的哭声惊醒了似的，怒火中烧，同时扑了上去，拽住了打人的小宋。事后我想想，当时我们面目狰狞，不顾一切，像狼群遇到了羊群。这是不以人的意志为转移的，完全是一股无名之火。我们有的拽着小宋的胳膊，有的抓住了他的头发，有的薅住他的衣领，把他围得水泄不通。这时候小宋面露惊恐之色，向后躲闪着，"你们你们……”没有人注意到他讲了什么，他那重复的两个字代表着什么。我们拳脚相加，使出了全身的力气，把所有的愤怒都发泄到他的身上。他蜷缩在沙发上，成了一个任人宰割的羔羊。我们疯狂地打、抓、挠、踢、骂娘、吐口水。如果当时有一面镜子，我想，我们夸张的动作与从未表现过的邪恶，是会令我们自己胆寒和震惊的。我们也一定都不会相信，那是我们自己。事实却仍在发生。很快，小宋就缴了械，被打得失去了任何抵抗能力，像只刚出生的小猫，连叫唤的声音都没有了。不知谁说了句：“别打了，别打了，别把他打死。”我们都停下来，看了看残忍面目的对方，突然间一致地、满面羞愧地退到一边。老江走近小宋，探了探小宋的鼻息，放心地笑了，转过头无比快乐地宣布：“还活着，还活着。”这是个鼓舞人心的消息，我们发出一阵低沉的欢呼声，像是在庆祝什么。我们均长舒一口气，会心地相视一笑。老黄说：“他哪里就那么不禁揍呢，他最年轻，身体最棒。”老江说：“是啊是啊，他身体像头牛，哪像我们，全身都是毛病。”我们再次凑近小宋，观察他。他的脸色苍白，面容有点儿变形，头发凌乱，衣服不整，嘴角有鲜血流出来。即使这副尊容，他也没有博得我们的同情。小毛说：“这是他罪有应得。”老江说：“是的，没错，这都是他咎由自取。”我们围成一圈，像在动物园里观察动物一样，心情仍然十分沮丧，并没有因为痛打了一顿小宋而心情舒畅，因为钥匙仍然没有着落，我们走出单位的希望依旧迷茫。我提醒说：“我们要的是钥匙。”于是，小毛伸出手想去掏小宋的口袋，手触到小宋的衣服又缩了回来。她说：“我是女的，我不能掏他的兜。”在大家目光的鼓励下，我翻遍了他的所有口袋，也没能找到那把钥匙。在我翻找的过程中，小宋毫无反抗能力，任人摆布。只是间或翻一下眼皮，无力地看一眼我。那一眼让我心生寒意，默默地对他说：“对不起小宋，这不是我的本意，谁让你碍着大家了。”

没有找到钥匙，我们都垂头丧气，围在一起，低声商量着怎么问出小宋的口供，让他交出钥匙。没想到，小宋细若游丝的声音传过来，像打了我们每人一个耳光。他说：“打死我，也不说。”我们动作统一地扭转脖子，看着有气无力的小宋，真是悲愤交加。我们更加意识到问题的严重性，必须要找到一个可行的办法解困。可是我们凑到一起，讨论来讨论去，却仍然像是在黑暗中爬行，愁云密布，愁眉不展。我们面面相觑，这才意识到，经过刚才的打斗，好像每个人都付出了毕生的力量似的，一下子瘫软在地，像斗败的公鸡呼哧呼哧喘着气。这样尴尬的局面持续了有十几分钟，我们听到了一个声音，那声音从我们身后传来，是所长董仙生的。这么长时间，我们几乎忘记了所长的存在。他的声调平和，“都散了吧。”

我们拖着沉重的散了架的身体回到各自的办公室。我们的脑子都长了眼睛，能够隔着厚厚的墙壁看到那扇紧锁着的铁门。紧张、惶恐令我们无所适从。我与小毛一个办公室，她趴在办公桌上抽泣起来。我根本不知道如何去劝慰她，只能坐在那里发呆。

后来我听到了脚步声。那声音在静得有些残酷的楼道里显得十分慌悚。我的耳朵同样长了眼睛。第一个脚步声是老黄的，那脚步声从他和老江的办公室响起，就像是一个简单而无聊的音符，穿过楼道，串起一连串杂乱的音符，扰乱着我们的思想，最后消失在所长的办公室，那是音符的终结处。当那音符重新响起时，我看了看表，时间已经过去了二十分钟。第二个脚步声是老江的，他在里面待的时间比老黄要长，三十五分钟。老江从所长屋里出来的脚步声轻快，像是伴着口哨。然后是小毛，她停留的时间较短，只有十分钟。她回来后脸色阴沉，看上去情绪不佳。我也不敢打听，等着手机微信的声音响起。但是过了半个小时，手机才有动静。我等得心焦，快步赶了过去。

瘫软在沙发上的小宋已经不见了踪影，想必是回他的办公室了。所长董仙生抬头看了看我，指了指桌前的椅子。我坐了下来，规规矩矩的。

所长并没有表现出多么焦虑的神情，说话的语气也平静，“梁颂，你来所里几年了？”

他以聊家常的方式开始，立即让气氛轻松下来。我略加思索，“十二年。”

“你已经工作十二年了，肯定知道其中的甘苦。你也知道，你取得的一切都不是风刮来的。”

我诚实地回答：“那是自然。”

“我已经来这个单位二十年了，没你们幸运，研究生毕业后直接就分配到这里。我在工厂里待了整整十年，从一个厂报记者做起，白天里采访、写报道，利用晚上的时间搞点儿文学研究。后来是老院长看了我发表的一篇文章，发现了我，把我从工厂里调过来。可以说，没有老院长就没有今天的我。”董仙生像在自言自语，回忆他的经历。

我说：“我知道所长，听您说过多少遍了。”

所长董仙生又看了看我，“所以你知道，老院长的手稿不仅对他，而且对我意味着什么。”

“我知道。”我小声说。

他话锋一转，“你觉得这部手稿被谁拿走了？”

我没有料到所长会单刀直入，这么直接，让人毫无防备，结结巴巴地说：“我，我，我……”

“你别紧张，我没有说是你拿了，我根本没有这个想法。我对你从来都是信任的，你也知道，我在为所里的未来着想，一直在培养你做我的接班人。”所长语重心长，以情动人。

我诚惶诚恐，“我还有很多不足。”

“那你说说你的想法，你不要有顾虑，畅所欲言。”

所长鼓励的目光让我无法躲藏，我心乱如麻，根本理不出一个头绪，我说：“我不知道，真的不知道。”

“我们不是在下结论，而是推断。”所长说，“所有人都有推断的自由。”

我再不说是无法走出所长办公室的，我脑子里突然灵光一闪，“您等等，我想起一件事。”

所长眼睛放光，“什么事？”

我陷入片刻的沉思，以此来证明我确实是在帮助所长推断，“是这样的，两周前，小毛对我说，她不想审读院长的手稿，她觉得她看的那部分内容简直是生活的流水账，杂乱无章，了无情趣，毫无审美感，根本不能算文学作品，更别说出版发行了。她还把其中的一段读给我听。”

“你认同她的判断吗？”他盯着我。

我迟疑地看看他，然后诚实地说：“基本是的。”

所长眼睛里的光芒暗淡下来，“好吧，你说的都是实话。”他轻轻叹了口气。

我不明白他为什么要叹息，这让我百思不得其解，我脑子里一直想着这个问题，都不知道自己是怎么回的办公室。我因为紧张而忘记了自己在所长办公室的时间，但是小毛没忘，她看到我垂头丧气地回来，指了指自己的表，二十六分半。

我心里有鬼，低下头，没敢和她的目光相接。

午时到了，听得到楼道里那半边的脚步声，该吃饭了。感觉到了饥肠辘辘，这是难得的一种感受。饥饿感的增强愈发催促我们要冲出铁门，去食堂，或者回家，解决午饭。脚步声停止了，楼道里重归安静。我们的耳朵都离开我们的身体，跑到铁闸门那里，似乎我们能看到铁闸门冰冷无情的面孔。胃部的反应越来越强烈，像是挂着一扇重重的铁门。连正常的思维都消失了，脑子里乱成泥泞，甚至忘记了害怕、紧张与无端的猜测。之后响起的脚步声是小宋的，听起来不像被蹂躏过的，终究是年轻，恢复得快。脚步声到铁闸门那里戛然而止。没有开门的声音，只有与人低声交谈的声音。脚步声顺原路返回，依次到达我们每个办公室的门口，稍作停留，响起沉闷的敲门声。去开门的是小毛，她拎回来两个塑料袋，里面是盒饭。饭菜之香扑鼻而来，竟有些粗暴。我和小毛，都抢着放下了平日的矜持，夺过外卖饭菜，狼吞虎咽，迅速填饱肚子，食不甘味。没有了饥饿感，脑子开始昏昏沉沉，困意顿时袭来，我打了几个哈欠，便顾不得平日的斯文，趴在桌子上睡着了。我做了个梦，梦到自己被关在一个屋子里，窗户被粗粗的铁条封得死死的。梦的开始我在徒手拆铁条，手指在一点点地渗出鲜血，我却不知疼痛，拼命想把铁条拆掉。我成功了，听到自己内心发出的狂吼。我把成堆的铁条当成梯子，攀上了窗台，纵身一跃，下面是深不可测的城市的深渊。这时候我醒了，感觉到额头凉凉的。睁开眼，却看到一双躲在眼镜后面的眼睛，正死死地盯着我。我从椅子上跳起来，“小毛，你要干什么？”

小毛拿着一把剪刀，恶狠狠地看着我，“你说我要干什么？”

我向后退着，“我怎么知道？”

“我要给你点儿颜色看看。”小毛说，“可是我又下不了手，从本质上说，我是个善良的人，可善良的人有时也会偶尔来点儿邪恶。”她晃了晃手中的剪刀。

“别胡来。”我提醒小毛，“你中了哪门子邪，犯了哪门子病？”

“犯病的不是我，是你，你说，你跟所长说我什么了？”她并没有放下手中的剪刀。

我惊讶地看着她，嗫嚅着，“就是，就是……”

“别磨蹭，快说。”她挥舞着剪刀，这不是我认识的小毛。

“我，我说的都是实话，没有添油加醋，我就说了你对那手稿的看法。”我已经退无可退，后背抵住了书橱，硬硬的，不好受。

可小毛不依不饶，逼近我，举着剪刀，面目狰狞。我只好闭上眼，听之任之。可等了会儿，没有感觉到疼痛，只听到剪刀落地的声音。睁开眼，那把剪刀掉在我脚下。小毛退回到自己的椅子，瘫坐在那里，捂着脸抽泣着，“我也是这么和所长说你的。”

等她哭够了，抬起头来，竟有些羞涩。我们相视一笑，竟然有些同盟的意味。我们在内心原谅了对方。

小毛怯怯地问："你和家里人说了吗？"

"说什么？"

"你回不去啊。你总得给家里人说一声吧。你总得编个理由，好让他们安心啊。"

我无奈地摇摇头，"当然，我只是告诉他们，单位有事，不然，怎么和他们说呀。"

小毛忧郁地说："是啊，我也不知道怎么向他们解释。"

"什么都不要解释，我们又不能在这里待一辈子。"我劝慰她，也是给自己一个心安。

之后我们便默默无语。

还是小毛打破了尴尬的僵局，她说："我们不能坐以待毙，我们得做点儿什么。"

我紧皱眉头，"我们能做什么呢？"

小毛说："总有办法的。"

压力之下的小毛其实非常急躁，她无法集中精力，越想找到一个好的主意，就越心乱如麻。最后还是我比她清醒一点儿，我说："我们得把嫌疑人找出来，否则我们谁也出不去。"

小毛再次哭泣着说："他总不能一直关着我们，不让我们回家吧？"

"当然不能。"我理直气壮地说。

我们都欠起身子，弓着腰，脸对着脸，放低声音开始商量谁是嫌疑人。其实心态平静下来，仔细地分析、认真地研判，一条条线索就会水落石出。我们一一排除，最后一致认为，那个嫌疑人非老黄莫属。

我分析说："老黄比我们所长年龄还要大，和我们所有人相比，他来所里的时间最长，他说他是所里的文物，应该受到保护。可他老是抱怨说，他总是受到不公正的对待。据他说，本来当时副所长的位子应该是他的，可是董仙生一来就占住了，就把他的前程给堵死了。他话里话外，充满着对所长的愤恨。"

小毛斩钉截铁地说："对对对，肯定是他。我私下听到他无数次地说所长的种种不是。"

"我也听到过。"我说。

我们稍加回忆和整理，便罗列出许多有关老黄针对所长的不满与怨恨，那些细节，甚至他说那些话的表情我们都能记起来。

我们头一次如此接近，我能看到她的眉毛因为激动而像火苗般跳跃着。一旦有了结论，我们便立即付诸行动。小毛发微信叫来了老江。老江迈进我们办公室的步子犹豫不决，推开门，他探头探脑，不知道是进来还是不进来。小毛紧走几步，伸手拽住他，把他硬拉了进来。小毛友好地把他安顿到沙发椅上，递过去一杯热咖啡，同时安抚着惊慌失措的老江，"你不想早点儿回家吗？"

这一句话捅到了老江的心尖上，他一下子便崩溃了，捧着那杯咖啡，哭哭啼啼得不像个男人。他啜泣着说："如果我不回家，我的猫会发疯的。我不敢去想，只要一想到猫我的心脏就忽悠忽悠地蹿上蹿下，百爪挠心似的。"

小毛只好把他手里的咖啡接过来，以防他把咖啡洒到身上。她安慰老江，"自寻烦恼解决不了问题，只能徒增伤悲。"

"那能怎么办？"老江抬起无助的脸，看着小毛。

此时的小毛已经告别了焦虑，耐心地告诉老江，我和她正在努力找出嫌疑人，以免去所有人的嫌疑。等她把话说完，我们都用鼓励的目光看着老江，希望得到他的一个令人满意的答复。老江的表现令我们有点儿意外，他并没有因为即将打开的一扇窗而兴奋，我们的计划反倒使他陷入了内心的挣扎之中。他重重地叹息一声，“唉，老黄，我同意你们的猜测。其实从一发生这件事，我第一个念头就是，是不是他干的。可是我又不希望是他。老黄表面上看上去什么都不在乎，大大咧咧的，其实他内心很敏感。他心里苦啊。他混了一辈子了，却一事无成，每天他都要受老婆的数落，你说他心里能好受吗？”

“我们说的不是过去，是现在，是今天，此时此地。”我小声纠正说，我是想让他清醒地意识到，此时此刻，我们的处境。

事与愿违，不管我和小毛如何做他的思想工作，老江都不肯放弃他对老黄的同情，不愿意和我们站在一条战线。他说：“不管怎么说，不管到什么地步，我们都不能把莫须有的罪名强加给他。”我们，我和小毛，对他假道义的行为嗤之以鼻，目送他离开时，满脸的不屑。我们颓丧地坐在椅子上，把脸扭向窗户，看着窗外静止的杨树。

时间就在绝望之中，缓慢而残忍地流逝，它划过的痕迹，如同钝刀子刻过一般。我们看着黄昏沉重地经过窗外，如同一个体尝了世间所有疾苦的老人，把白日无情地卷走。我们觉得自己与椅子长在了一起，连呼吸都听不到了。我仿佛觉得身体像是沙粒一样，慢慢地融解到了夜晚之中。没有人想起要摁下灯的开关，让夜晚亮起来。黑暗的包裹似乎更让人感觉到安全。我们连话都懒得说了。小宋的脚步声仍然可以分辨，他在每个屋子门前都停下来，敲了敲门。外卖饭菜的味道疯狂地从门下面的缝隙间冲进来，冲击着我们干瘪的胃部，诱惑着我们的味蕾。可是我们仍然未动，没有任何食欲。我靠在椅子上，长时间保持一个动作，身体有些僵硬，似乎失去了知觉。窗户外的夜是绚烂的，各种灯光互相交织错落，起起伏伏，余光映进办公室，在办公桌上、在墙壁上形成了各种图案，开始时是不规则的、不成形的，但在我强烈的主观意识作用下，它们慢慢地分散、聚拢、自由地移动，那些光奇迹般地变幻成了森林、鸟儿、彩虹、楼宇……我兴奋不已，大声说："小毛，你快看，墙上，是一片郁郁葱葱的森林。"在窗外漫进来的微弱的光线中，小毛的脖子扭动了一下，"你脑子进水了吧？"暗处的她说。

时间对我们来说，变得毫无意义。夜晚像是深不可测的海洋。不知已经是何时，窗外的夜也安静下来，奔跑的汽车声小了许多。楼道里的脚步声似乎是从峭壁上跌落的惊雷，惊心动魄，而且脚步声杂乱慌张。我们被这异响所吸引，纷纷打开门，来到楼道中。是小宋。他惊慌说："有一只猫。"大家还没反应过来是怎么回事，他补充了一句，"一定是它把手稿叼去的。"这句话如醍醐灌顶，仿佛在茫茫黑夜中盼到了一丝亮光。站在各自办公室门口的我们立即驱走了黑夜、惊惧、惶恐、紧张，我能感到我的毛发都竖了起来。"在哪里？在哪里？"我们围着小宋纷纷问，仿佛我们和小宋之间根本没有发生十几个小时之前的龃龉。而小宋也恢复了平时的精神，他说："它跑得飞快，一转眼就不见了。但我敢肯定，它没有跑出去，它就在我们所这边，说不准窜到哪个屋子里了。"我们聚精会神地听着他的讲述，眼里的小宋仿佛变得可亲可敬了。

老黄说："我们得抓住它，它是罪魁祸首，一定要抓住它。"老黄的话提醒了我们，我们东张西望，楼道里一览无余。我们又都跑回自己的办公室，毫无目的地寻找着，之后又一无所获地冲出来，喊道："在哪里？在哪里？"老江说："好像看到一条黑影，跑到男厕所里了。"我们争先恐后地向男厕所跑。连小毛都跑进了男厕。因为大家心情急迫，慌不择路，拥拥挤挤，反而影响了我们抓猫的速度，甚至我们都看不清楚那只猫究竟长什么样。小宋说："跑了，它又跑了，从我们脚下溜掉了。我连猫的影子都没见到，只落得一身臭汗。"

我们又从厕所里跑出来，追到楼道里。老黄问："它跑到哪个屋子里了？"

小毛是最先从厕所里退出来的，她说："好像跑进资料室了。"

老黄跑到我们前面，拦住我们，"不能这样瞎跑乱撞，只会把它惊跑了。它要是再跑了，我们就找不到真凶了。"他指挥我们，去把铁门堵住，不管它多狡猾，它也逃不出去。他说得有理，我们迅速行动起来，有人去找能做挡板的东西，有人守在铁闸门前，以防止猫从这里逃掉。我们找来了椅子，从书柜上掉下来的板子，包装纸盒，很快，就在铁闸门那里形成了一道坚固的防线，铁闸门的下半部分被封得死死的，再狡猾的猫也逃不出去的。

在大家都被狂躁、低沉交织的情绪笼罩时，老黄表现出了超乎常人的冷静。他像是临危受命的将军，镇定自若地指挥着我们。他挥动着手臂，都回自己的办公室去赶猫，尽可能把它逼到楼道里，迅速地把自己办公室的门关得死死的。然后我们集中到楼道里，它插翅难飞。老黄表现出了难得的领导才能，他的话合情合理，不容置疑。我们回到各自的办公室，卖力地寻找着猫的踪迹。我和小毛翻遍了所有角落，甚至抽屉里、书柜里的书都翻开看了看。我笑着说："它有可能变成卡通，躲进书里啊。"小毛故意说："那怎么办？怎么办？我们永远也抓不到它了。"寻找猫的过程充满着诙谐和对危机即将结束的期盼，夜晚也不再显得那么漫长。

楼道里又是一阵骚乱，我和小毛从一无所获的办公室冲出来，关闭身后的门。小毛惊呼了一声："在这里，在这里。"我也看到了，是只灰白相间的肥猫，它快速地跑过我们办公室门口，在我们的脚下逃窜着。我们追着它。因为我们做了充分的准备，意识到了胜利在望，所以并没有过于慌乱。它在我们晃动的目光下奔跑着，尝试着它熟悉的每个门。它慌不择路，最后跑进了所长董仙生的办公室。老黄拍了拍脑门，叹道："怎么忘了仙生了？"只有所长的办公室门是大敞着的。我们鱼贯而入，挤在所长办公室门口。老黄说："把门关上。"

这是这个夜晚最佳的时机，我们重新聚集到所长办公室里，不是来开会，而是要抓住一只有嫌疑的猫。董仙生一脸惊愕地看着兴师动众的我们。我说："那只猫，它是凶手，我们抓猫。"我指着已经蹿上窗台的猫。现在，它站在窗台上，惊恐地看着我们，身体上的毛似乎都在颤抖。它背后是已经在凋零的无尽的夜色。所长看看受惊的猫，再看看亢奋的我们，疑惑不解的表情越来越浓重。我们没容所长答复，也不需要他的指令，便不顾一切地越过他，越过椅子、桌子等重重障碍，冲向窗台。所长惊慌地站起来，不知所措地看着一拥而上的我们。我们追打着那只猫。它动作敏捷，本能的躲闪和跳跃只是瞬间之事，我们的眼睛根本捕捉不到它，更别说下手抓住它了。尽管我们意志坚定，认为肯定能够抓到凶手，但是这个局促的办公室，限制了我们的反应、动作和速度，发挥不出集体的优势。面对一个难对付的对手，不管老黄再如何保持清醒的头脑，如何大声喊叫，也无法让我们步调一致。突然我们听到有人喊："所长呢？所长呢？"是小宋尖厉的喊声。我们停下来，四处张望，没有看到他的影子。又有人喊："他倒在地上了，地上。"在办公桌的一角，躺着所长，他闭着眼，脸色苍白，双腿蜷缩着，脑袋边有一点儿血迹，他已经失去了知觉。小宋的声音变了调，拖着哭腔，"肯定是我们把他撞倒了。"我们围拢过来，悲伤地大声呼喊着所长的名字。

所长办公室乱成一团。

我们再次看到苏醒着的所长，是在他的家里。他刚从医院里出来，并没有躺在床上，而是健步迎上来，热情地和我们握手、打着招呼。他的状况完美，叫得上我们每个人的名字，唯一的缺憾是，他部分失忆了，有一些事情已经不可避免地彻底从他的大脑中消失了。我们不知道消失的往事是哪些，却都在暗自盘算着，希望所长能够忘记有关自己的某些事情。他笑着告诉我们，躺在床上的他，听着钟表的嘀嗒之声，每一声好像都在重复着上一声，而他听过的每一声却又真实地消失了。

再没有人提起手稿的事，好像它根本不存在似的。而那只猫，我们也再没见过，有人说，老江家的那只猫和它很相似，但没有人去考证。我们也不知道，所长还记不记得院长，以及他是如何回答院长的疑问的。

无法完成的画像

屋子里弥漫着一股淡淡的烧焦的味道。女孩被一个中年妇女领进来。中年妇女是女孩的舅妈,脸圆圆的,眉清目秀,却是男人嗓。我们已经见过几次，对她并不陌生。女孩几乎是被她拎着放到我们面前。她粗声说：“我外甥女，小卿。”

我们正端着茶杯百无聊赖地喝水，看到瘦弱的女孩，我师傅杨宝丰赶紧站起来，端详着瑟瑟发抖的女孩。女孩宽宽的额头散落着稀稀的头发，有几根遮掩着大大的眼睛，露出惊恐的眼神。我师傅愣了一下，然后轻轻抚摩着她发黄的头发说：“别害怕，我们是给你娘画像的。”

时间停留在 1944 年的春末。这一年我十五岁，我师傅大约四十岁。我师傅杨宝丰是城里唯一的炭精画画师。三年前，他来到城里，在南关开了家画像馆，专门给人画像，给活着的人画，也为故去的人画。师傅保持着一个传统，画遗像一定得到死者的家里去画。我想，可能是不想把晦气留在自己家里吧。我已经跟他学徒一年，能够简单地比着照片画人像了。

女孩的舅妈说："平时就她们娘儿俩一起生活。我这小姑子比较任性，因为恋爱的原因，几乎断了和我们来往。我一年也就能见她几面。三年前的秋天，我婆婆病重，临死前就是想见她这个小女儿一面。我和小卿舅舅来找她时，已经看不到她了，只剩下我这小外甥女独自在家。听小卿说，她娘是刚刚不见了，小卿也不知道她娘去了哪里。我们找了她整整三年，这三年里，我想让小卿到我们家里住，可小卿就是不离开这儿，说要等她娘回来。我只好每天过来照顾她。这三年里，我男人去了很多地方寻找，我那小姑子就是活不见人死不见尸，慢慢地，我们也就不抱什么希望了，只好放弃了，就当我这小姑子是死了，所以才请您来给画一张像，算是有个着落，有个结果。"她说得很平静。

是的，师傅来是给人画遗像的。师傅并不关心这些，他只想着如何对得起这份邀请，把他的工作做好。他把目光从女孩身上移到舅妈脸上："我需要她的照片，你们找出来，我来挑一张。"

舅妈转向小卿："快去把照片拿出来。"

因为一下子来了两个陌生人，小卿吓得只顾低头看地，对舅妈的话充耳不闻。只有两间屋子，找起来也不难。舅妈只好自己动手，来来回回在屋子里转了好几趟，却没有找到一张小姑子的照片，只找到了一本薄薄的相册，里面的照片却不见了。可以清楚地看到贴过照片的痕迹，照片一张也不见了。舅妈把相册递到小卿跟前，问："照片呢，照片咋就都不见了？"

小卿落下泪来，抽抽搭搭的。舅妈脸色大变，黑黑的，训斥小卿："你哭啥？又没打你骂你。"

师傅冲舅妈挥挥手，弯下腰来，和颜悦色地对小卿说："孩子，别哭。我们是替你娘画像的，只有知道你娘长什么样，我才能把她画出来。你知道照片在哪儿吗？”

小卿眼中带泪，点点头，“我知道。”她说。

她领着我们走出屋，左拐，在墙角处放着一个红花的搪瓷脸盆，已经掉了很多瓷，红花已经残缺不全。她指着脸盆里，小声凄凄地说：“喏，都在这里。”

我们顺着她手指的方向，低头观看，脸盆底有一层燃烧后的灰烬。那可怜的灰烬还保持着照片的模样，竖着、横卧着、侧躺着，张牙舞爪。这时，刮过来一阵风，灰烬犹豫地颤动着，然后开始盘旋向上，轻飘飘地飞到空中。隔着散成碎片的灰烬，向阳光密布的天空望去，天似乎阴了。怪不得我刚才一直能闻到一股淡淡的烧焦味。舅妈的声音尖厉起来，抓住小卿的细胳膊：“你把照片都烧了！这是为啥？”

小卿嘤嘤地哭出声来。

我们重新回到屋内，气氛便有些紧张和不安，没有照片，等于巧妇难为无米之炊。小卿垂手而立，脸上还挂着不屈的泪珠。师傅面露难色，对舅妈说：“没有照片，我画不出来。你还是另请高人吧。”

小卿的舅妈一时也没了主意，她并不是一个从容淡定的人，一遇到难题便慌了手脚，只会埋怨小卿，对小卿横加指责。还是师傅处事冷静沉着，提醒她，除了这里，哪里还能找到她小姑子的照片。这一下，舅妈茅塞顿开，跺了一下脚，拍一下脑门：“我都被她气糊涂了，我去找，我去找，我们家里一定有。”

我们便和小卿一起等待她的舅妈回来。

屋子里烧焦的味道渐渐散去。没有了舅妈在身旁，小卿反而没有那么胆怯，她逐渐活泼起来，看看我师傅，又看看我。舅妈说小卿只有十岁，或许是营养不良的缘故，她看上去比实际年龄要小。从开始到现在，我一直背着装满画画工具的布包，没有说一句话，她就对我有些好感，向我招招手，说："你来。"我犹豫地看了看师傅，师傅掏出烟来，点着，闭上眼。这就说明师傅并不反对。

我跟着小卿进了另一间屋子，里面摆着一张单人床，叠好的被子上还放着一个草编的娃娃。她把门关上，神秘地对我说："我还有一张照片。"

我大吃一惊："那你赶快拿出来呀。"

她拿起草娃娃，用手摸着娃娃的头："我不拿。"

我着急地说："我去告诉师傅。"

她说："你去吧，你去告密，我就说是你撒谎，根本没这回事儿。"

我说："我不告诉他。那你拿出来吧，让我看看。"

她绷着的脸便松弛下来，露出微微的笑容，她指指自己的心脏："在这里。"

我泄了气，转身要出去，听到她问："你们来干啥？"

"画画。你舅妈请我们来给你娘画像，把她的像挂在墙上，你就能天天看到她。我师傅画得可好了，就跟活着一样。"我向她解释。

她却噘起嘴巴，翻着白眼，不满地说："我娘没死。"

我猜想，她是不愿承认她母亲离世的事实。这不能怪她，搁到谁身上，都无法接受。于是我问她："那你娘去哪儿了？"

她摆弄着手里的草娃娃："找我爹去了。"

"那你爹去哪儿了？"

"我娘说，我爹去的地方不能让别人知道。"说到这里，她突然警惕地盯着我的眼睛，"你不能给别人说。"

我说："我都不知道你爹去了哪里，我咋告诉别人？"

她把掉落地上的一根细草，轻轻地捡起来，吹了吹，想插回到娃娃身上，可她尝试了几次，都没有成功。我说："我来试试。"我把草插回去，交给她。

开门的声音把我们召唤回师傅身边。师傅面前的桌子上，烟灰铺满了一张纸。师傅手中的香烟燃到了一半，一缕细细的白烟腾空而起，线一样直直地飘上去，似乎是静止的。小卿舅妈手里拿着一张泛黄的照片，递给我师傅："您看，这个行不行？我只找到这一张。"

她拿回来的是一张全家福，六个人，坐在前面椅子上的像是一对夫妻，后面是四个孩子，两男两女。她指着第二排右手边那个年轻的姑娘说："这就是她，小卿的娘。"

师傅掐灭香烟，盯着照片，似是在认真辨认照片中的人，半天没有说话。

舅妈焦急地催师傅："您倒是给个准话，行不行啊？"

"啊。"师傅像是刚刚有了结论，"这张照片是什么时候的？"

"大概十三年前吧。这之后没多久，她就为那个男人离家出走了。"舅妈说。

师傅没有说话。

舅妈又问："可以吗？"

师傅再次把照片拿近端详着，"好吧，就它吧。"他平静地说。

师傅的判断并不总是正确。我看到的那张7寸旧照片，在时间无情的作用下，清晰度已经大打折扣。照片色彩的饱和度明显减弱，眉眼、鼻子和嘴巴虽然还能分得清，但边际间的灰色调正在慢慢地退化，有些暗淡。我有些奇怪，以往，师傅在对照片质量上的要求是很挑剔的。而这一次，在小卿舅妈真诚的邀请下，他是在勉为其难，在冒一个很大的险。

此时，我才把背包打开，依次拿出画画的工具，素描纸、炭精粉盒、画笔盒、尺子、放大镜、橡皮……把它们按照顺序放到已经清走烟灰和茶杯的桌面上。我坐下来，开始在那张发黄的照片上画线条，横的线条和竖的线条，交叉形成一个个的小方格。因为人头很小，所以我必须小心地以毫米为单位画线。师傅坐在那里，闭目养神，他没有抽烟，画画前，他都会让自己的心静下来。小卿的舅妈出去准备午饭，屋子里没有了她的声音，很安静。折腾了一上午，已近中午，我边打方格，边能听到肚子里的叫声。偶尔，还能听到远处传来的隐隐约约的枪炮声。这两种声音，在我的耳朵里交替回响，就让我有些分心。师傅闭着眼都能感觉到我的神不守舍，他轻轻敲了敲桌面："把耳朵放到照片上。"

我安下心来，继续打格子。

小卿在一旁好奇地看着，她问："你把我娘怎么了？你把她关到笼子里了？"

我说："这不是笼子，这是方格。我把照片上的你娘挪到这张大纸上，她就更清楚了，更像活的一样了。”

她便安静下来，站在一边，静静地看我打格子。

简单地吃过午饭，我在铺展的素描纸上，以放大20倍的比例，开始打格子。铅笔在尺子的指引下，上下为竖，左右成横，雪白的素描纸被逐渐分成280个方格。小卿显然没有见过画像的过程，她看得兴高采烈，笑逐颜开，脸上早就没了泪水。

我放下笔，把铅笔放在打好格的素描纸旁，放大镜放在打好格的照片上，压好素描纸，看着师傅。师傅缓缓睁开眼，目光在纸上扫视一遍。阳光正好照在密密麻麻、方方正正的格子上，那格子犹如一个个开着天窗的房间，敞亮而温暖。师傅起身，净手，擦干，揉揉眼睛，松松筋骨，然后端坐在桌子前，拿起铅笔开始画头像的轮廓。他画得很慢，比平时要慢许多。我从来没有见他如此小心谨慎、畏首畏尾。铅笔拉成的浅浅的线在一个一个的格子间缓慢地前行，犹疑不定地寻找着方向。平时干净利落的线条也显得笨拙而胆怯。我站在旁边，感觉特别紧张，仿佛这不是平日里的一次寻常的画像，而是一次艰难的在丛林中的探险。我暗暗地捏着一把汗，开始为师傅担忧，不知道师傅是不是能够把人物肖像画好，是不是能得到亲属的首肯。这还是我学徒以来，第一次为师傅忧虑。

还有小卿舅妈的唠叨，对师傅是另一种干扰。她坐在一边，并不像小卿那样安静，她控制不住自己想要数落小姑子的欲望。也许，对这个倔强的小姑子，她早就心存不满。她说：“这兵荒马乱的世道，您说一个年轻女子，不好好在家，找个安分守己的男人，守着自己那个小家，好好过活。天天在外面疯跑，净和一些陌生的人打交道。谁知道她找的那个男人是谁，是干啥的，是好人还是坏人？她都自己决定了，也不听听我们的意见，甚至都不让我们见上一面。您说，哪有这样的？！”

师傅紧皱眉头。

“后来我们连她也见不到了，不知道她去了哪里，大约有三年的时间。等她再出现在我们面前时，她怀里抱着一个娃娃，就是小卿。我们问她，那个男人去哪儿了，在干什么，为啥他不管她们娘儿俩了？我这小姑子啊，倔得像头驴，死活就是不说。还是我男人东打听西踅摸，找了间房子，把她们娘儿俩安置在这儿。”她继续喋喋不休。

师傅手中的笔前行的速度越来越慢。

我把小卿舅妈请到了屋外，悄悄告诉她，我师傅画画时需要绝对的安静，不能和他说话，让他分心。

舅妈说：“真是毛病多，我闭嘴就是。我又不喜欢看画画，多无聊。”

屋子里能听到铅笔在纸上滑动的声音。师傅缓慢的勾勒无法吸引小卿的注意力，她看了一会儿就没了兴致，拉了拉我的衣袖，示意我出去。我跟着她悄悄地出了房间，来到院子里。院子里种着一棵枣树，枣树婆娑的影子正好遮住我们。她问我：“画到那张纸上的人就死了吗？”

我奇怪地看看她，那双大大的眼睛，衬托得她的脸更瘦削。“不一定啊，我师傅也给活人画像，有年纪轻的，还有小孩子，还有人请我师傅给他们家的猫画过像。我师傅画得可好了，他们都说，比照片上的人还好看，比真人还耐看。不过，我们是来给你娘画遗像的。”我细致地解释道。

“那人死了为啥要画到那张纸上？”她还是有太多的疑问。

我挠挠头：“我也不知道，反正有人愿意挂在家里，愿意找我们画，我们就画。”

“你画过没？”

我摇摇头：“还没有，我画得还不大像。我师傅说，我得再画两年，才能够正儿八经地给人画像。”

“那你能不能给我也画一张？”

我犹豫着说：“能，只要我师傅同意。”

她撇撇嘴：“真没出息。”

聊天中，我看不出她有多么悲伤，也许，三年的等待和期盼，对于一个孩子也有些倦怠了，麻木了。

天擦黑的时候，师傅才把人像的铅笔稿画完。白色的素描纸铺在桌面上，借助灯光，我们看到了一个清秀的脸的轮廓，眼睛、鼻子、嘴巴、耳朵都已经就位。虽然漫长，但那是一个好的开始。小卿盯着那张画稿，看了半天，晃着脑袋说：“这不是我娘。”

我对她说：“别着急，这是草稿。明天就让你见证奇迹。”

披着夜色，我们告别了小卿和她的舅妈。那张画好轮廓的素描纸就放在桌面上，慢慢地被黑夜覆盖。在同一屋檐下的黑暗中，可能还有一双明亮的眼睛在闪烁。

并不像我承诺的那样，奇迹来得并不及时。第二天画像的过程仍然延续着昨日的艰辛。

这是画像的关键环节。

师傅净手后闭目而坐，等着我把一切准备就绪。师傅的表情看上去波澜不惊。微风穿堂而过，师傅的头发微微颤动。炭精粉盒打开，露出细细的黑黑的炭精粉。小卿对灰烬一样的黑色粉状物十分感兴趣，伸手想摸一摸盒中的炭精粉。我抓住她的手腕，制止了她。

而后是毛笔，按照大、中、小号，并排放在右手边。这些毛笔都是经过特殊处理的，把柔软的笔头浸入糨糊中半个小时，等每一根狼毫都与糨糊充分而亲密地接触，拿出，在阴凉干燥处慢慢阴干。此时的毛笔头是饱满的，坚硬的，再把笔头捏松，修剪好，适于蘸上炭精粉。一根根黑头的毛笔面朝桌外，等待着我师傅的召唤。

一切准备停当，师傅开始作画。每一次，都是从眼睛画起，这是老规矩。师傅告诉我说，眼睛是一幅肖像画的魂魄，只要魂魄活了，这幅画就成功了一大半。而这一天，1944 年春天的一天，面对草稿，他稍微犹豫了片刻，然后，用小楷毛笔蘸上炭精粉，笔落在了鼻子上。我万分诧异地看着师傅的手。一旦落笔，他的右手便没有犹豫，没有迟疑。鼻头的阴影慢慢地擦出来了，然后是深色的鼻孔。当师傅用炭精粉擦出第一笔黑色的线条时，像是广阔的平原上，吹过来一股春风，等风慢慢地吹遍了平原，黑色的线条铺满了一张白白的纸，人物浮现了，春天也就到来了。

往常，师傅画出一幅 8 开的人像，大约是一白天的时间。可是今天，我向小卿夸下海口的奇迹却迟迟没有到来。一天下来，他只画了鼻子和嘴巴。但即使是如此，当那秀气挺拔的鼻子和有些倔强的嘴巴，以黑白灰的搭配变得立体，呼之欲出时，也足以令在场的小卿舅妈不住地赞叹："真像，真像！"小卿则牢牢地盯着那鼻子和嘴巴，眼睛瞪得很大，睫毛不住地闪动。

太阳快落山时，师傅便停止了作画，这也是一贯的规矩。我用一张宣纸把那张素描纸蒙住，细心地在四边压上镇尺。我叮嘱小卿的舅妈和小卿："谁也别动下面的纸！"

第三天，师傅画了脸部、耳朵和头发。第四天，他才最后画眼睛，画一幅肖像的魂魄。一直到傍晚，漫长的作画过程还未能结束。只留下一只眼睛，他再也画不动了。那一小块空白，像是一个深不见底的洞，特别突兀刺眼。我看到，师傅的右手手背上已经布满了密密的汗珠。而我自己也已经筋疲力尽，仿佛是跑了四天三夜。从来没有，从来没有过，这么难熬的作画过程。我反复看着那张旧照片，看着照片上青春而朦胧的脸庞，再看看素描纸上，那一个意气风发而清晰的面孔是多么得来不易啊。

师傅疲惫不堪而虚弱地说："明天早晨收尾。"

按照惯常的规矩，我把缺了一只眼睛的肖像画用宣纸蒙住，镇尺压住，嘱咐小卿和舅妈，别动那张画。我们走到街上，师傅的身子一软，险些摔倒在路上。我扶住他，说："师傅，您累了。"

第五天一早，我们就赶到了小卿家。清晨，金黄的阳光里有一股甜甜的蜂蜜味道。舅妈忙着给我们倒水沏茶。照例，我开始为师傅做准备。我掀开宣纸，惊得大叫一声："哎呀！"镇尺掉到了地上。

宣纸下面是空荡荡的桌面，陈年的桌面映着冷森森的光。听到我的惊叫，师傅站起来，凝着眉，有些惊恐地看着空空的桌面。我伸出手摸摸桌面，桌上桌下，都找了个遍，也未见那张画的踪影。

我哭丧着脸，看着师傅。师傅便叫住在眼前晃来晃去的小卿舅妈，问她看到那张画没有。小卿舅妈说：“没有啊，你们走后不久我也回家了，我走之前，还看了看桌子上，和你们走时一样，蒙着一张白纸。”她又风风火火地把屋子里能找的地方，挨个找了一遍，最后无奈地对师傅说：“没有，哪儿也没有，怪事了，难不成是有贼了？可是贼不偷别的偷一张遗像有啥用，又不能卖钱。”

师傅对舅妈说：“你把小卿叫来。”

舅妈把小卿从院子外领进来。小卿垂着手，一脸无辜地看着师傅。师傅想拉拉她垂着的手，可她缩了回去，师傅只好和蔼地拍拍她的头，问：“你见那张画像没？”整晚，只有她一个人在家里。

小卿摇摇头，又摇摇头。

站在一边的舅妈把她一把拽过去，手上的力气明显加重了。小卿被舅妈拉扯着，龇着牙，咧着嘴，眼里闪着泪花。舅妈吼道：“是不是你？你说到底是不是你？前两天你把你娘的照片烧了，这次你又把你娘的画像弄到哪里去了？你说呀，你倒是快说呀！”

舅妈越是逼迫，小卿越是不从。她倔强地憋着眼泪不流出眼眶，昂着头不回答舅妈的问话。舅妈气鼓鼓地说：“你们看看，跟她娘一样一样的，死倔死倔的，认准了理，八头牛都拉不回来。”

师傅上前拿开小卿舅妈愤怒的手，劝慰她：“让我来。”

师傅轻轻地抚了抚小卿发红的手臂，安抚她：“没有人怪你。不关你的事。你别怕。”又拍拍她的头。小卿怯怯地看了看师傅，又垂手站在那里，默不作声。

师傅挥了挥手，然后坐在椅子上，大口大口地喘着粗气。我胆战心惊地看着他，束手无策。

小卿舅妈跺着脚说：“这可咋办，这可咋办？”

师傅淡定地说：“我重新画。”

重新画像的决定让小卿舅妈放宽了心，却令我忧心忡忡，我知道，师傅做出这样的决定是非同寻常的。在这一年学徒时间当中，类似的事情从来没有发生过，师傅最忌讳的就是重画。他说过，重画就是对自己的否定。

不出所料，重画的过程是一场灾难。我师傅杨宝丰要克服他内心的那份执念，并不是一件容易的事。每一天下来，他都疲态尽显，像是经历了一场永无尽头的长跑似的。他甚至忘记喝水，吃起饭来，也毫无胃口，如同吃糠。返回的路上，他走得比平日里要慢许多。夜幕四合，街道上人流稀少。偶尔有辆自行车响着铃铛疾驰而过，还把他惊得歇息几分钟才继续前行。我听着他软弱无力的脚步声，能感觉到，两只脚几乎是拖着在行走，我不忍心地说：“师傅，要不我们放弃吧。”

师傅说：“不能。”

师傅回答得那么坚决，我就愈发觉得肩上的分量重了。我背着大大的画夹，里面是没有完成的画像。那张薄薄的素描纸，因为有了未完成的人物肖像，仿佛有雕塑般的形态，厚重了许多。我几乎能感觉到已经画完的鼻子、嘴巴的重量。除了要应对师傅心里的信念，我们还得防着画像再次消失。所以，我背来了画夹，每天回家时，我都把未完成的画像小心地装进画夹，而每次，小卿都非常庄重地看着那幅半成品的画像，在她的眼皮底下消失，她说：“你为啥要把它带走？晚上我给你守着，一定不能再丢了。”

我不能把心里要说的话全盘托出，我不能告诉她，我们不信任她，不敢把画像留在她身边。我哄着她说："我师傅回去还要加班画。你看看，这幅画像画得时间太久了，耽误好多事。必须加班加点把它画出来。你舅妈放心，我们也安心。"

小卿嘟着嘴，不信任地看着我。

如此谨慎，如此艰辛，又过了五天，时间像是在一个个的铅笔线条围成的方格中，缓慢度过的。小卿母亲年轻时的画像，即将大功告成。除了要修正一下细微处的头发，连最后的那只眼睛都已经画好了。那一刻，在傍晚来临之前到达，师傅四肢摊开，瘫坐在椅子上，面色苍白，汗湿衣袖，头发打着绺垂在额头上。我轻轻地给他捶着肩膀。

师傅闭上眼，没有说一句话。小卿和舅妈并排站在桌子旁，她们已经忘记了我们的存在。她们被那幅画像吸引了，静静地观看着基本成形的画像，一向爱说的小卿舅妈，也变得沉默了，她盯着那幅画，我在她脸上看到了一丝羞愧。小卿看了一会儿，突然间趴在桌子上，放声痛哭。我害怕她的泪水把画像打湿，急忙把那幅画像向里挪了挪，尽量离她一起一伏的头远一点。三年多来，舅妈说她从来没有哭过，她一直相信，她的母亲，一定会在某个黎明时刻，在她睁开眼的一瞬间，回到她的身边。现在，当她看到自己的母亲以这样的方式出现在她面前时，也许她意识到了那个黎明永远不会到来。她的绝望与痛苦，就这样，把时间重重地推向了夜晚。她的哭声嘹亮而尖厉，高亢而饱满，像是色彩浓烈的炭精粉，把没有点灯的房间染得漆黑。

没有人阻止她。

也没有人，说一句话。

就让那夜晚，快速地降临，快速地把所有人吞没。

等她的哭声渐渐地减缓，变成溪流样的节奏，我师傅才站起来，把她揽在怀里，像哄睡觉的婴儿一样拍着她的背。在师傅的安抚下，哭声才来到了溪流的尽头，她安静下来。我感觉到，夜色像水一样缓缓地分开。

我照旧背着画夹，回到了店里。这几日，我都没有回家，而是在店里看护着画像。画夹被我放在柜台上。柜台里的墙上，贴着几张画像，有一个七八岁少女的画像，画像上明眸皓齿的少女笑颜盛开。师傅睡在里间，而我睡在柜台旁边。临睡前，我看了画夹最后一眼，眼睛才沉沉地闭上。黑夜像是流动着的炭精粉。躺在黑暗中，我似乎能听到细细的炭精粉流动的沙沙的声音。一粒粒一颗颗，互相依靠着拥挤着，成为磅礴而密集的黑色力量，柔软而不顾一切地吞没了一切。

不知睡了多久，我突然醒来，暗夜中恍若传来细碎的声音。顿时睡意全无，我侧耳细听，那声音细若游丝，若有若无。我从床铺上爬起来，蹑手蹑脚地摸向柜台，柜台上的画夹已经不见了。我惊出了一身的冷汗。我摸索着走到里屋门口，轻声喊道：“师傅，师傅。”没有人回应。也许师傅太累了。我只好放弃打扰他，循着声音而去，声音仿佛来自屋外，店门虚掩着，我轻轻推开它，脚落下去，感觉像是落进了深渊之中。我深一脚浅一脚地迈出来，汗毛都立了起来，身后的画像馆好像立即就远去了。借着淡淡的月光，浓浓的夜色中隐约有一个人，正专注地站在那里。我掐了掐自己的大腿，算是壮胆。我停下来，不再向前走，唯恐惊动了那个人。我屏气凝神，躲在黑暗处，观察着前方的人。夜晚仿佛是由无数黑色方格组成的世界，每一个方格里都藏着一个妖怪。我缩成一团，想赶快回去。前边那人终于有了动静，他打着了火，他在烧什么东西。他点了几次，才点着，我立即闻到了燃烧的味道。燃烧的面积越来越大，被火映照的地方也扩展得越来越大，我的视线顺着火光向上移动，一屁股坐到了地上。那个人竟是师傅。我的脑子瞬间便凝固了。

我不知道自己是怎么回到店里的。我躺着，眼睛闭着，能听到轻微的脚步声由远而近，关门，上锁，从我身边过去，在柜台边停留片刻，折进了里屋，然后一切归于宁静。夜晚再也无眠。泪水从我的眼角慢慢地滑落，在等待黎明的过程中，变成干枯的泪痕。

画像的事就此结束。师傅彻底放弃了为小卿母亲画像。我和师傅，谁也没有再提起画像的事。一年之后的某一天，我在店里等着师傅，等了一天、两天、一个月、两个月，没有等到他。师傅杨宝丰再也没有出现，我不死心，走遍了整个城里，也没有见到他的踪影。没有人告诉我发生了什么。我央求父亲，替我盘下了那个小店，我继续着师傅未教授完的技艺，渐渐地成了城里一个有名的炭精画的画师。我想一边画像，一边等待着师傅回来。就像小卿等待她的母亲一样，我相信有一天，师傅也会突然站在我的面前，他一定会为我的炭精画而骄傲的，我能够滔滔不绝地给他讲，我攻克的各种技术难题，画出的令人难忘的肖像。又过了一年，遥远的枪炮声终于来到了城外，清晰而响亮。

1951年的一天，我的画店里走进来一个年轻的姑娘，她面色凝重，年轻的脸上写满了哀伤。她端详着墙上的画，再看看我，说：“我想请你画一张肖像。”

我觉得这个陌生的姑娘有些眼熟：“好的，把照片给我。”

她摇摇头：“有照片，但不在我手里。”

我微笑着向她解释：“没有照片我画不了。”

“你肯定能画。”她坚定地说，“也只有你能画。”

我诧异地看着她：“为什么？”

“因为你画过。”她确定地说，用忧伤的目光鼓励我。

我更加疑惑。

“我是小卿。”她说。

我一下子明白了，为什么我觉得在哪里见到过她。记忆像是泄下来的洪水。数年前的接触虽然短暂，却给我留下永生难忘的记忆。我内心涌动着一股暖流，不知道是因为见到小卿，还是想到了当年画像时的师傅。我热情且手忙脚乱地请她坐下来，给她沏茶。我小心地问她：“找到你娘了吗？”

坐下后，小卿努力克制着自己悲伤的情绪，对我说：“邯郸解放后，我一直在寻找我娘，我不相信她会丢下我不管，我相信一定有什么原因，阻碍了她回家。我找了很多地方，就像我舅舅当年寻找她一样。虽然我一无所获，可我并没有像舅妈他们那样绝望，那样灰心丧气。我漫无目的地找啊找啊，找了一年又一年，直到去年秋天。有一天，舅舅突然来到学校，把我从教室里叫出来，他满头大汗，气喘吁吁，表情很奇怪。他并没有告诉我是什么事。他骑着自行车，骑得飞快。坐在后座上的我能听到耳朵边的风声。

我们停在了晋冀鲁豫烈士陵园门口，舅舅连车锁都来不及锁上，拉着我就向里跑。烈士陵园刚刚落成，有很多单位在组织参观瞻仰。今天轮到舅舅单位。我一路踉踉跄跄，被舅舅拉着狂奔到烈士纪念堂里。我们站在一张照片前，一张模糊的照片，是一张合影。我能感觉到舅舅的身体在颤抖。合影上是四个微笑着的人，两个年轻的男人和两个年轻的女人，女人在中间，男人在两边。我站在那里，惊呆了，我越看，其中一个年轻女人越像我娘。而照片中的人像，似乎也越来越清楚。我确信，她就是我娘。我蹲在那里失声痛哭，根本不顾及周围有多少人。后来，一个陌生的女人走到我身边，问我为啥哭泣。我指着照片说，那是我娘。她把我揽在怀里，也是放声大哭。等我们哭完，她脸上挂着泪花，告诉我说，她是照片中的另一个女人，他们四个是曾经的战友，这是他们分别时的照片。她让我叫她黄姨，我觉得她特别亲，我喜欢听她讲话，软软的，带着南方口音。她指着我娘左边的那个年轻男子问我，你知道他是谁吗？我摇摇头。她说，那是你爹。我泪眼婆娑地看着那个陌生的男人，他的形象并没有像照片上的母亲那样越来越清晰，相反，却愈发难辨。我告诉她，我娘找我爹去了。她再次把我抱在怀里，她的眼泪冰凉地落到我的脸上。”

我默然无语，看着她眼角不断滑落的泪水，不知道如何安慰她，这既是一个好消息，又令人伤心不已。

她的脸上除了哀伤，还挂着几分自豪，“我想请你给我娘画一张像。”她说。

我跟着她来到晋冀鲁豫烈士陵园，在烈士纪念堂，看到了那张照片。她指着那张照片，对我说：“你看，我娘，还有我爹。”

我的目光随着她手指的方向望去。小卿的爹头发很密很长，看上去刚毅英武。那张照片虽然清晰度不高，但他们四人快乐的笑容溢出了照片，明显感染着小卿。她看着照片，眼里含着泪，却微笑着。我的目光重新回到照片上，我紧紧盯着照片右首的那个男人，我有点怀疑自己的眼睛。我使劲揉了揉眼睛，指着照片惊呼道："小卿，你看，那个人，那人是我师傅。"

黄姨领着我和小卿来到一个烈士墓前，她告诉我说，这就是你师傅，这里面埋着他的一顶帽子。黄姨说，他曾经化名杨宝丰，在城里工作过几年，他在南关开了一家画像馆，专门给人画像。我这才知道，我师傅叫宋咸德。

我潸然泪下。